茅盾文学奖
获奖作家短经典

Short
Classic

它来到
我们中间
寻找骑手

李洱
——
著

人民文学出版社

图书在版编目(CIP)数据

它来到我们中间寻找骑手/李洱著.—北京：人民文学出版社,2020
(茅盾文学奖获奖作家短经典)
ISBN 978-7-02-016067-9

Ⅰ.①它… Ⅱ.①李… Ⅲ.①中篇小说—小说集—中国—当代②短篇小说—小说集—中国—当代③散文集—中国—当代 Ⅳ.①I217.2

中国版本图书馆CIP数据核字(2020)第022906号

选题策划	付如初
责任编辑	樊晓哲
装帧设计	刘　远
责任印制	任　祎

出版发行	人民文学出版社
社　　址	北京市朝内大街166号
邮政编码	100705
网　　址	http://www.rw-cn.com

印　　刷	三河市中晟雅豪印务有限公司
经　　销	全国新华书店等

字　　数	187千字
开　　本	787毫米×1092毫米　1/32
印　　张	9.125　插页3
版　　次	2020年7月北京第1版
印　　次	2020年7月第1次印刷

书　　号	978-7-02-016067-9
定　　价	38.00元

如有印装质量问题,请与本社图书销售中心调换。电话:010-65233595

出 版 说 明

茅盾文学奖自1981年设立迄今,已近四十年。这一中国当代文学的最高奖项一直备受关注,获奖作品所涉作家近五十位,影响甚巨。其中获奖作品人民文学出版社所占的比例接近百分之四十,几乎所有的获奖作家都与人民文学出版社有过合作。这些作家大多在文坛耕耘多年,除了长篇小说之外,在中篇小说、短篇小说和散文等"短"体裁领域的创作也是成就斐然。

2013年,我们以全面反映茅盾文学奖获奖作家的综合创作实力为宗旨,以艺术的眼光,遴选部分获奖作家的中篇小说、短篇小说和散文的经典作品,编成集子,荟萃成了"茅盾文学奖获奖作家短经典"丛书,得到了专家和读者的一致好评。

此次再版,我们在原丛书的基础上,增添了第九届和第十届茅盾文学奖获奖作家的"短经典",一些作家的作品篇目也有所增删,旨在不断丰富丛书内容,让读者更加全面细致地了解这些作家的创作。相信该系列图书能够与我社的

"茅盾文学奖获奖作品全集"系列一起,为您完整呈现一代又一代茅盾文学奖获奖作家的创作实绩、艺术品位和思想内涵。

人民文学出版社编辑部

2020年1月

目 录

001　加歇医生

038　喑哑的声音
059　堕胎记
085　一九一九年的魔术师
103　夜游图书馆
117　遭遇
136　饶舌的哑巴
152　白色的乌鸦
169　儿女情长
190　狗熊
219　平安夜

236　它来到我们中间寻找骑手
248　局内人的写作
259　听库切吹响骨笛

262 卡佛的玫瑰与香槟
266 小说家的道德承诺
272 为什么写,写什么,怎么写

285 珍贵的时刻

加歇医生

世界的条条道路，其中一条跟随你。

——圣-琼·佩斯

外科医生加歇走进医院大门的时候，天色还是灰蒙蒙的。这次，他没有乘车，而是步行来的。正在花圃的栅栏前做晨操的几位病人和护士，都瞥见他在茶炉前突然跌倒了。两位年轻的护士觉得好奇，手拉着手上前看热闹的时候，才发现那个在地上蠕动的人是这所附属医院的副院长加歇医生。他挣扎着要爬起来，看上去像是在做俯卧撑运动。地面上有一摊血正向墙根的垃圾漫延。护士看到他的脸色已经不同往常，嘴唇毫无血色。他们愣了一会儿，才将他扶起来，然后站在一旁，看着自言自语的加歇医生在那里忙碌：他紧张地用煤渣掩着血迹。他嘀咕了些什么，她们都没有听清楚。他掩好血迹，就朝住院部的办公楼走去了。他仍然嘀咕个不停。出于好奇，一位护士紧跟几步撵上了他，这回，她听清楚了。"我的肺上长了个脓包。"她听见加歇医生说道。

第二天,医生和护士都知道加歇副院长生病住院了。他们在传播这则消息时,神情都有些诡秘。加歇住在三楼的楼道拐角处,病房的号码是三七一号。那是一个双人病房,另外的一个病人患的是晚期肺癌,估计很快就会死掉。负责安排房间的那位中年妇女对加歇暗示说:很快,你就可以单独享用这间病房了。

那位病人大概是个聋子。加歇和中年妇女谈话的时候,那位病人显得旁若无人,继续解着领带上的死结。看上去,他只有四十岁左右的样子,头发稀少,头顶上覆盖着薄薄的一层茸毛,目光显得浑浊不清,从他的瞳仁里,大概看不到什么影像。加歇医生盘腿坐在床上,瞧着同室的病号,像是在望诊。房间里只剩下两个人时,加歇忍不住问了一句:

"你患的也是肺病?"

"我又不是聋子,你喊叫什么。"那位病人低声说道,"我没病,我只是想死。"说着,他就用被单蒙住了头,一阵似哭似笑的声音响起来了。冬日的阳光照耀着那张病床,加歇看到那条单薄的被子让那人的肚子顶得很高,接着,被子又迅速塌陷下去,后来,人和被单就扭成了一团。

"就像一间停尸房。"加歇突然嘀咕了一声。

中午将近的时候,一位小脚老太太拎着一只瓦罐走了进来,在经过加歇的床边时,加歇听见了她滞重的喘息声。她颤巍巍地走到另一张床边,在床沿上坐下,用一把勺子从瓦罐里舀米粥。听老太太说话的口气,加歇猜测那是一对母子。老太太将一只缺口的瓷碗端到儿子的嘴边,儿子一边笑着一边吮起粥来。过了一会儿,当儿子的就直接对着瓦罐喝了起来。他喝了几口,就对老太太说:"您该走了,医生叫我吃完饭就睡觉。"老人显然不愿走开,她磨蹭了一会儿,将被角捏了又捏,然后才拎着瓦罐站起了身。加歇没想到她会把罐里剩下的一点米粥倒进了他床头的刷牙缸。他看见老人用牙刷将米粥搅了几下,谦恭地朝他笑笑,对他说:

"娃儿喝不下了,你喝了它。"

加歇惊异地看着站在床头的老人,他看见老人脸上的皱纹里满是尘土,她的牙齿已经掉光了,说话有点跑风。加歇看着盛满了刷牙缸的米粥,心中突然觉得温暖而又疼痛。他伸手去端刷牙缸时,老太太已经在儿子的催促下慢慢地走开了。

老人刚走,那位病人就剧烈地呕吐起来,刚喝进去的米粥已经变成了红色,大口大口地吐进了痰盂。原来,他刚才那样吞咽是做给老人看的。他大概真的快死了,加歇想起老人瞧着儿子吃饭时的那种心满意足的神情,一时间战栗不已。

门帘掀动了。一位身穿白色风衣的女人端着一盆花走了进来。她将花盆放到墙角的暖气片上,端详了片刻,然后将那只盛着米粥和纸团的痰盂端了出去。她经过加歇的床前时,加歇闻到了那股发自痰盂的血腥味,"跟我吐的血一样刺鼻。"他低声地说道。

这个女人很快又回来了,她将加歇床头刷牙缸里的米粥倒进饭盒,然后把缸子带出去冲洗了。

自从住进病房,他就彻夜失眠。黎明时分的阵咳更使他疲惫不堪。加歇躺在床上等待着天亮。到了白天,即使睡不成觉,他也心安理得,不必忍受失眠的折磨了。在夜间,一想到别人都在香甜地安睡,唯独他一个人难以入眠,他就恼火。更要命的是,在难捱的漫漫长夜里,他得独自面对自己的病体,在他看来,他的深入膏肓的痼疾简直是对他这样一位著名医生的嘲讽。

即便在半个月之前,他还非常满意于自己的生活。经过多年的努力,现在他不但是全市挺有名气的外科医生,而且还是医学院临床医学系的著名教授,最让他满意的,是他又将连任医院的副院长这件事。一次,他在指导实习生做手术的空当里,看着实习生们谦卑和羡慕的神情,他一边抽烟一边自言自语地说开了:"我同时养了三个女人:既当医生又当官,还很有名气。这个女人使我厌烦了,我就同另外两个睡觉,这或许有点放荡不羁,但却不显得那么单调。"他觉得自己已经功成名就,已经赶上了他从青年时代就仰慕的那些榜样了。眼下,他要认真地享受一下生活中的乐趣,比如,可以出门游玩一遍祖国的山水,同时也带上老婆和两个孩子,让他们也跟着他享享福。

他把出门游玩的想法透露给家人的时候,他们全都表示赞同。在医学院读三年级的女儿宁愿旷课,也要陪父亲出去旅游。这位公主希望能以陪父亲养病的名义免费出去玩一趟。儿子也持这种观点:我们是为了照料您的身体才请假出去的,可不是在乱花公费。两个孩子都鼓动父亲到单位做一番体检。"像您这把年纪的人,没有毛病才是怪事呢,我敢打赌。"在广告公司工作的儿子说。妻子也劝丈夫去搞一张证明,证明他有病,需要外出疗养,这样一来,全家的食宿问题就可以圆满解决了。

"我要是没有病呢?"

加歇问妻子。他觉得他们的主意有点好笑:即便我没有病,凭我的本事,我也可以让你们免费出去玩一趟,你们真是瞎操心。

"你怎么会没病呢?"妻子当着孩子的面就说道,"你不是常常嘀咕你同时养了三个女人吗?去检查一下你的肾吧。"

第二天,他到学校给高年级学生上课的时候,还觉得妻子的话有点出格,当着两个孩子的面,怎么能那样讲呢?这有损于我在他们心中的形象。那天,课上到中途的时候,他突然想呕吐,像患了热病似的,身子直打战。他要讲的话全都忘完了,脑子里一片空白。下面的学生看着他那副张皇失措的样子,都哄堂大笑起来。他已经记不得那后半堂课是怎样搪塞过去的,他只记得他走出阶梯教室的时候,他的妻子就站在门口的台阶上,"你到医院开证明了吧?"妻子问他。

他"哇"的一声,在光洁的台阶上吐了一堆秽物。

"到了医院,你就来上这一招,他们准以为你有病。"妻子说。

三天之后,女儿对他说,她已经拿到了去南方一个旅游城市的车票。接到女儿的电话,他就下楼去找为他体检的一个医生。那个医生这天没有来上班。另外一个姓冯的主治医师接待了他。

"初步诊断,你患的是肺结核病。你应该尽快住院。"冯医师说。

"不会搞错吧?"他疑惧地问了一声。

"你至少已患病十年了。"冯医师说。

冯医师的这句话,使他许久没能从椅子上站起来。他眼前一片黑暗,又耳鸣得厉害。

他送妻子和孩子去了南方,而他自己却留了下来。他没有将真实病情告诉他们,因为,他还对这种可怕的诊断结果怀有疑虑。上车前,他的儿子说:"爸爸的脸色不太好,最好闭门不出地休息几天,等我们回来再露面。"

儿子的话既是对加歇说的,也是对女朋友说的。未来的儿媳持着加歇的车票上了车。

家人走后,他果真在家里待了一周。冰箱里储存的食物吃光了。他到菜场买菜的时候,戴着口罩和墨镜,免得单位里的同事认出他,看穿他和家人的把戏。夜深的时候,每当他在昏暗的光线中惊醒过来,就会发现自己大汗淋漓。凭医生的经验,他知道这种盗汗现象多发生在重症病人身上。只要他稍一闭目,汗液就从胸部、头部、腋窝里涌出。一天早上,他咯了一次血,后来,他的痰液里也出现了血丝。他每吐一次痰,都要用牙签将它挑来拨去,在台灯下观察它的形状和颜色。他就这样坚持了两天,等待着家人从南方回来。到第七天,在黎明时分剧烈的阵咳中,他又咯血了。他突然清醒地意识到,这是肺组织坏死的前兆,随即他的呼吸就变得越来越困难了。在阵阵惊惧之中,他什么也顾不上了,就踉踉跄跄地步行来到了附属医院。

这所濒临市河的医院的院子里,有一个不小的花圃,由削尖的木棍编成的栅栏围了起来。它位于院子的西北角,里面有一条小道可以通到市河的岸边。栅栏的外围长着枯干的牛蒡和荨麻,这些多年生的草本植物一到冬天就和医院的楼房一样,显出垂头丧气的气象。住院楼前的烟囱,不停地喷吐着废气。加歇跟着主治医生冯顺从烟囱旁边经过时,眼睛里都钻进了尘粒。

冯顺医生又重复了一遍昨天一位内科大夫的问话。在问话之前,冯顺面带微笑地对他解释说,肺病是一种慢性传染病,因此病人主诉的症状及其演变过程对诊断和治疗很重要。冯顺将病历卡摊在膝头,开始了询问。

"加副院长,您以前有反复感冒的病史吗?"

"大概有吧。那时候我还很年轻。"加歇尽量使自己的话跟上次有区别。

"年轻时是否有过咯血、胸痛、胸闷的症状?"

"以后的许多年里,我经常感到胸闷。少抽几支烟,胸闷也就消除了。没有咯过血,这是近来才有的现象。天气干燥的时候,我常流鼻血。"他说着,就笑了起来,"你还要问什么,尽管问下去。"

"下列病史你或许有过,否则,你的病就无法解释。糖尿病、矽肺、原因不明的胸膜炎、淋巴结炎、结节性红斑、疱疹性结膜、角膜炎,等等。"冯顺将椅子挪近一点,又找了一个最舒服的姿势坐下,等着加歇回答。

"你念得太快了,有些病名我没能听清,不过,我听清楚的几个,好像都与我无缘。"

"是吗?"冯顺医生显得有点吃惊,仿佛受到了嘲弄似的,他又有点不高兴,"那你一定与肺病患者一起居住过,或者在一起接触过,否则,你的家族中一定有人得过肺病。"冯顺用打赌的口气说道。

"这我就不知道了。"加歇说着就要躺下了,"我是外科医生,和各种病人打过交道。"

"待会儿到CT室门口等我。"冯顺扔下最后一句话,带上病历卡走了。

尽管他已经做过一次CT检查了,但他还是照冯大夫的吩咐爬上了五楼。他在那里等了许久,一直没见到冯顺的影子。他心中焦虑不安,因为他直到现在还不知道自己的病情究竟有多重。那些内科医生和他都只是点头之交,如果不是因为他生病住院,他都懒得搭理他们。

星期天的上午,他正望着床头的空葡萄糖瓶发愣的时候,他的妻子和医院的老院长一前一后地走进了三七一号病房。他还没有来得及说话,他的妻子就对院长说:"他是劳累过度了,本来想让他出去玩玩,散散心,哪知道他刚疗养回来,就住进了病房。"

"你才五十挂零吧,老加。身体就是革命的本钱啊。把病养好,这就是我交给你的任务。"老院长说。

"你是什么时候回来的?"加歇突然对妻子说。

老院长以为加歇是问他的,就接口说:

"我是前天从上海回来的,听说你生病了,就赶来看你。"

这位院长是从卫生厅调过来的,有中医的底子。他早已过了离休的年限,但迟迟不愿办理手续。他的身体保养得极好,面色红如大枣,嗓门又尖又亮。加歇以前经常期待他快点离休,好接他的班。现在,加歇想起这个,突然觉得有点不舒服。他甚至想让他快点离开病房,以便让自己能和妻子单独相处一会儿。但妻子却用恭顺的眼神瞧着院长,入迷地听他讲着旅途上的见闻。于是,加歇也只好耐住性子听这位老中医侃侃而谈。

"……你知道这些学术报告会是一点意思也没有,当然,什么会议都没有意思。我那份报告虽然有点意思,但也在多种场合讲过了,所以也没有意思了。这么说吧,加歇,我们都知道台上讲话的人在放屁,但台下的人照样会听下去,听完还要鼓掌。那个在台上放屁的人,其实也知道自己在放屁,但他也会感谢别人的掌声,如果说开会有什么意思的话,指的就是这个。"院长眉开眼笑地说。

"院长这次作的什么报告?"加歇的妻子问道。

"说起来,我的报告也没有多大的意思,我自己也不敢相信中药对聋哑儿童有什么特殊的疗效。我念了一个钟头,剩下的两页也是些与医学无关的废话,完全可以略去的。我瞟了一眼会场,看见有一位女士和一位军医,四条腿像麻花糖那样在桌底下缠着。尽管如此,他俩也是满面倦意,可是这两个宝贝都睁大着眼睛,做出很想听的样子。我想,干脆让他们再难受一会儿吧,对他们来说,难受也就是享受。于是,我就喝了两口热茶,将最后的两页也念了,那掌声也真叫热烈啊。"

老中医说完,搓着手大笑起来。加歇也仿佛刚从睡意中挣脱出来,和妻子一起鼓了掌。他对院长说:"这段故事蛮有意思。"

老中医站起身,准备走了。临走前,他突然莫名其妙地对加歇说:

"干院长这一行,确实没有意思,我真想辞了它。"

说完,他叹息了一声,就走了。

"你把事情搞糟了。"院长一走,妻子就对他说。

"我的身体确实有点糟。"加歇说。

"你该等到报完车旅费再住院,反正你也没有什么大病,不过是装蒜给人看罢了。你大概不知道,一斤菠菜已经涨到一块三毛了。"

"萝卜也涨价了吧?"

"萝卜倒还便宜,不过也是要涨了。"

加歇忍受住厌烦,极力做出关心萝卜的样子,顺口问道:"坛子里腌的咸萝卜也涨价了吧?"

那天,直到妻子气咻咻地走掉,他都没有从她那里得悉自己的真实病情。他知道,医生通常将病情通知给家属而瞒住病人。但妻子却没有提起此事。

"我以前还把她比作月亮呢。"他端详着坐在吊针支架旁的妻子,嘟哝了一句。她新买的一条鼠灰色的围巾一直没有解下来,像是时刻都准备离开。她曾是一名妇科医生,但已经多年不上班了。最近两年,她迷上了中老年迪斯科,每天下午都要到省体育馆的露天舞池里跳舞。加歇瞥一眼她那肥硕的身材,高高凸起的肚子,又低声说道,"我还愿意把你比作月亮。"

"我永远是你的月亮嘛。"妻子说。

"每个月,我只需要看见它一次两次就够了,其余的时间,我就可以不再看到它。"加歇自言自语地说着,突然觉得心律加快,呼吸急促起来。他猜测这是因为肾上腺受到了结核毒菌的刺激而导致的症状。现在,他只想一个人静静地躺一会儿。他注意到妻子在频繁地看手表,就说:"跳舞的时间到了吧?"

"我得走了,"她说,"需要医院派人来家里取饭吗?"

"那就不必了。"他说,"我在医院的食堂就餐。"

同室的病友刚好在那时候醒过来,迷迷糊糊地对加歇的老婆说:"送个鸟饭,我就要到另一个地方吃饭了。"

加歇催促她走开之后,觉得应该和病友说上几句话,免得他显得太孤单。病友也望着加歇,眼睛亮闪闪的,一副加歇从未见过的样子,他显然也想和加歇聊聊。

"刚才那个是我爱人。你爱人也来看过你吧?"加歇问。

"老婆?我哪里还有老婆啊?我老婆早让我的一位同事给搞了。"病友盘腿坐了起来,由于体力不支,很快又缩回了被窝,但他仍然显出一种奇异的快乐,"那家伙白白地睡了一个女人,真他妈的舒服。那个女人想跟人家结婚,人家瞄准时机就睡了她。人家既然已经睡了她,她还有什么价值可言呢?于是,人家就干净利落地把她踹开了。她觉得我这人心眼儿好,就又来求我,央求我给那个男的说说情,娶了她算了。你说这种事适合咱知识分子干吗?显然不适合。但我看在和她的情分上,我还干了。我带上一些罐头,就去找那个男的了。令人伤心的是,那个男的根本不愿收礼。你不知道,那哥儿们以前对我有多好,见到我就喊老师……"

"是吗……竟是这样的吗?"加歇支吾起来。

"当然是这样的,好歹我也是个学者,我受党教育多年了,总不至于说谎吧。"那个病友突然生气地转过身子,面向墙壁躺着不动了。

加歇看着病友寂然不动的脊背,顿时觉得要昏厥过去了。他又觉得耳鸣得厉害,眼前昏黑一片。这种感觉又持续了很久,他才能够听见自己吸气时混浊的声音。

但几年前的一件事却毫无来由地突然闪现在眼前,他几乎把它给忘掉了,现在,他再次想起它,却觉得它仿佛是才发生的一样。

那时候,他在手术室的无影灯下一待就是七八个小时。一位俗艳的女麻醉师引起了他的注意。她是一位儿科医生的妻子。那位儿科医生在上大学的时候,还听过他的选修课,所以这对小夫妻都喊他加老师。有一段时间,就是那位女麻醉师引起他的兴趣之后没多久,儿科医生就到外地进修去了。只有她和一条小狗留在家里。她总是显得很忧郁。有一次,他听见她说,她的丈夫又酗酒了。当医生和护士都围着她开玩笑的时候,只有他知道她在说谎,他知道那位儿科医生压根儿就不在家。我早就看出来她不是个好货,他手里拿着一把止血钳,琢磨着她的话,她这话是说给我听的,在这群人里边,只有我是她的真正的听众。这么一想,他顿时觉得她以前瞧他时的那些眼神都有点意味深长了。

那天做的是一个常见的胃切除手术。手术进行得很顺利,但缝口的时候,病人的皮肤却松弛不下来,他们只好又站在手术台前等待了一会儿。他意识到这是一位不称职的麻醉师,要么就是她在注射麻药的时候走神了。她为什么会走神呢?想到这个,他就有点心慌意乱,同时又很兴奋。

究竟是在哪一天将她搞到手的,他已经记不清了。但是,那一天的具体情景他倒还记得。她将他领进家门的时候,那只白毛红唇的狮子狗就扑到了她的怀里。"它一定是条公狗,"他大胆地试探了一句,"它像是发情了。"她说:"加副院长猜对了,眼下正是阴历的八月,它每天都坐卧不宁的。"

房间里有点凉飕飕的,深秋的风在窗外卷起一股股黑灰。他故作优雅地脱去了她的外套,作为报答,她也扯下了他的领带,后来,就像互相报复似的,她脱下他的一件衣服,他就一定要褪下她的两层衬裙,直到剩下短裤的时候,两人才暂时住手。她提议先喝一杯酒。

"愿我的丈夫没有后顾之忧,事业早成。"她说,"干杯。"

她喝下那杯酒就跑进了丈夫的书房,也将门掩上了。她在那里停留了许久,他不知道她在搞什么名堂。他推开门,看到她神色痴迷地靠在书架上,手里还捏着注射器。"做爱之前我习惯先打一针麻药。"她若无其事地说道。

她的要求与别的女人有所不同。在他的性生活史上,偶然的私情和纵欲对他并不太陌生,但眼下的这个女人却让他感到格外新奇。如果他提前进入,她就会反抗,轻微的麻醉使她的反抗变得既无力又肆无忌惮。她的肌肉绷得很紧,在某个时刻,他甚至觉得她是一个垂死挣扎的人。这个念头在他的脑海里逗留的时候,他会感到奇异的欢快。两个人起来净身时,她往往正好从药效中解脱出来。她可以像没有经历过刚才的一幕那样,向他提出职称上的要求。

以后的一段时间里,每当他们俩在同一个班次里出现在无影灯下,他就会心猿意马。在他的眼前,即使是病人身上划开的刀口,也会变成女麻醉师的隐秘之处,让他在恒温的手术室里直打抖。有一次,他又跑神了,护士替他擦汗的时候,他竟然不由自主地呻吟起来。他发出的那种愉快的呻吟声,引起众人嬉笑了很久。那一次,因为大家的神情都难以专一,手术进行得很不顺利,那个做脑瘤手术的病人差点就死在手术台上。那件事他想起来就后怕。从那以后,他就很少再做手术了,慢慢地,他就感到那些止血钳和各式各样的镊子和刀,变得笨重了,也变得陌生了。

后来,她在他的努力下,终于拿到了副高级职称。医院里的职工对此议论纷纷。他劝她调走。她调走的时候,他曾请她和她的丈夫去喝了一次酒。酒至半酣,她的丈夫突然求他把她留下来,让她继续搞业务:"她到机关里工作,要荒废掉业务知识的。"她也这样求他。但他对他们的话已经不感兴趣了。那段时间,一位新分来的女大学生已经快被他勾上了。那是一位非常清纯的女孩,走路的时候,屁股撅得高高的,他总是忍不住地要想象那对乳房上翘的样子。

但是,他想不到那个女孩竟然会对他说:"我的男朋友最喜欢打架,揍起人来很有一套。瞧,这就是他揍的。"女孩撩开裙子,他果然看到,她那圆润的小腿肚上有一道紫痕。

"看得出来,这是用脚踢的,不是手抓的,也不是嘴咬的。"他自言自语地说着,就赶快走掉了。

现在,加歇医生慢慢地回想起来:那一天,在回家的途中,经过女麻醉师居住的街道时,他很想到她那里打一针麻药;那时候,他突然觉得自己的心肺都有点反常,隐隐约约有点疼痛。

但他还是直接回家了。他感到非常疲倦,只想躺下来睡个大觉。他记得那天他躺在床上不停地出汗,妻子进来的时候,他把脊背朝向她,就像眼前的这位病友那样,面对着墙壁沉默不语。但他的心里却无端地生着自己的气。

一个阳光普照的下午,他又躺在床上回想往事的时候,那个女人又来清扫病房了。他注意到,她每次进来,身上总带有一些泥点,她好像是个医院雇来的花匠,除了侍弄院里的花木,还要负责一些病房的清洁卫生。他看见她端着一盆花,掀开门帘悄无声息地进来了。那是一株罂粟,由于长年待在温室里,现在,它的枝头上仍然挂着椭圆形的浆果。她又将瓦盆放到暖气片上,远远地看着瓦盆里的植物。她倚着窗台站着,似乎劳累已久,难得歇息片刻。她编织着柔和发亮的辫子,动作和神态都给人以优雅、清新、健康、纯朴之感。加歇看着她,突然觉得这个时刻最为迷人。

然而,她好像又被什么事惊动了,一丝悲悯的情绪掠过她的脸庞。加歇惊讶地看见她走到那张病床前,捏着那位病友的手往被子里送,但那只垂挂在床沿的手却僵硬地不肯收回。加歇顿时醒悟到:病友可能已经死了。早上,医生进来查房的时候,人家问他什么,他总是一声不吭,医生就怒气冲冲地走了。

加歇慢慢地下了床,走过去掀开被子,看到他的眼睛还睁得很圆,那张被病魔和往事损害得难以宁静的脸,此刻却显得格外祥和。

"他的手冷得像块冰。"她吃惊地说。

"他死了。"加歇说,"可能是昨天晚上死的。"

他说着,就要回到自己的床上去。他后退了两步,看见女人撩起衣服的下摆擦了手,将死人的眼皮抹了又抹。她连抹几次,那眼睛都没能闭上,仍然空洞地圆睁着。

他跟在女人的身后走进医生的值班室的时候,医生们正在用扑克牌赌着普鲁卡因药品。冯顺医生的面前,堆了一堆药,大概他的手气不错。冯顺医生用诡秘的眼神扫了他们一眼,问道:

"你们也想参加进来?"

"三七一号病房有人死了。"加歇说。

"查房时我就猜到他要死了。"早上生气走掉的那个中年医生说,"我们会通知他的家属的。"

"现在,你可以单独住一间房了。对你来说,这挺合适的。"冯顺医生说着,就甩出一张牌,"又抠底了。"

其余的人都开心地笑了起来。

那天的薄暮,死人被抬到太平间之后,加歇已经身心交瘁。他依稀听见楼下有人哭泣,接着,就听到一位保安人员粗鲁的呵斥声。他听出有一群人在围观并且叫好。那个保安人员是他的一个熟人,是由他介绍进来的。

加歇觉得脑子里非常紊乱,一切都理不出头绪来了,时刻都会昏厥过去。

有一段时间,加歇以为自己也死了。他以为自己正和那位病友一起躺在太平间里。那里潮湿、阴冷,房顶上也垂挂着冰珠,刚死去的人积习难改地发出一声声叹息。他看见一个死去的四岁左右的孩子跑到死去的加歇身边,要求他给他看病,"妈妈还在外边等着给我洗澡呢。"

他惊呆了,他突然发现这个男孩很像童年的加歇。一幅非常久远的画面慢慢呈现出来:他又看到了光滑的木制的澡盆,澡盆里冒着热气的水,母亲卷起袖管,露出通红的手臂,那个孩童坐在澡盆里戏耍,外面,牛羊的叫声清晰可闻。

他认出那个男孩就是自己。他看见自己从澡盆里出来,小小的性器上还挂着水珠,他站在门后,透过门缝向外望着,看着母亲从一条河道旁边匆匆地往家赶……后来的场景,就变得非常模糊了,当中仿佛间隔着大段大段的空白……后来,他就成了一名医生,成了现在已经死去的加歇,躺在低矮的太平间里,面对着挂着冰凌的天花板长吁短叹,间或痉挛一下,语无伦次地嘀咕个不停……

……

他醒来的时候,房间里已经漆黑一团。一时间,他仍然分辨不清这是停尸房还是病房。我或许真的已经死了。他这样想着,恐惧就淹没了他,求生的欲望也突然生长起来,他在想象中伸手触摸着自己的肺叶,捂住那些虫子般蠕动的病菌、树瘤一般的细胞,使之停止蠕动。咳嗽又来袭击他,在阵咳中,他又咯血了。他感到失血的身体就像一张薄纸,在无边的黑暗中被风吹拂着,摇晃个不停。他奇怪地听到一阵窸窸窸窣窣的声音,接着他发现自己正在手腕上寻找着脉搏,捕捉脉息,他在太阳穴上找,在肩窝里找。那微弱的脉息告诉他,他还没有死透呢。

这时候,他听见房门打开了。他看见那个女人掀开了布帘,她的手里举着一盏灯。

"停电了。"她平静地说。

她一直待到来电的时候才走。在那漫长的时间里,她将整个房间清扫了一遍,将他的染上血痰的床单抽走了。在昏暗的光线下,他觉得她的眼神既悲悯又祥和。岁月销蚀,在她的脸上留下了痕迹,却又显得洁净完美。他好像在哪里见过她,几乎叫得出她的名字……可是,他怎么也想不起来。当她卷起袖管端着痰盂出门的时候,望着她的背影,他又迷惑起来:她似乎曾为一件事恳求过我,是的,我好像还记得这回事,但那是在哪儿呢?

这天的午后,他突然想回家看看。已经二十多天没有见过孩子们了,他们一定以为我是在装病。他这样想着,就感到悲哀。

他去找冯顺医生,向他说,他想出去走动走动,"我的骨架都快躺散了。"他说。

"加副院长,你想干什么就可以干什么,不过,你得抓紧时间干。"冯顺医生说,"只要在每天早上的八点钟躺在床上就行了,那时候,我们要查房。"

"这规矩我懂。"他说。

回家的道路通过市中心的广场。那里整天都是熙熙攘攘的,广场的中央耸立着墓碑,那是为纪念几十年前由于罢工而被打死的死者建立的。四周的建筑物上飘拂着巨幅的商业广告,在阴沉的天空下,杂乱的人群都在广告的条幅下指指点点,打着各种手势,灰暗的脸上带着满足的神情。加歇从那里经过的时候,那里刚发生一起车祸,一些人正在围观,加歇看到有几位手牵导盲犬的瞎子在人群的外围走来走去。在墓碑的另一侧,一群小学生正在老师的指使下,朝墓碑行注目礼。

加歇从那群孩子身边绕过去的时候,被一个孩子撞了一下,突然打了一个趔趄,几乎跌倒在路上。他站稳脚跟之后,朝四周一望,发现身边并没有小孩。他回想着那个孩子的容貌,吃惊地感觉到:他是被那个出现在他的睡梦中的孩子撞着的。

一直走到家门口,他都沉迷在那种现实和梦境的边缘地带。站在通向客厅的过道里,他再次回忆起那个孩子的形象,那个四岁左右的男孩朝他奔跑过来,脸蛋、眼神以及跑步的姿态,都带着热烈而又纯净的气质。他伸手去拉他的时候,握住的却是自己的另一只手。

现在,他就这样的两只手举在眼前端详着,他看到的是两只怪物。一切都有点不可思议:肉皮松弛,指甲丑陋地上翘着,手背上布满蝇屎般的针眼。

"这哪是外科医生的手?"他心里喊道,"这是垃圾。"

他用一只垃圾捧着另一只垃圾往客厅里走,他要到卫生间里清扫这样的垃圾。一种激烈而又反常的声响惊动了他,他就在浴室门口站定了。透过半掩着的门,他看见女儿正和一个男人在她的房间里做爱,他们哼哼哈哈地干着,他看见那男人的屁股朝门口撅着,而下边的那个女人把腿勾在男人的身上。他们俩突然爆发出一阵大笑,因为他们俩中的一个放了个响屁。

看到这个场景,他一点也不吃惊。他只是觉得自己这种冷漠的态度让他有点吃惊。他不想打扰他们,就拐进了自己的书房。他在那里没事可干,就只好低声抽泣起来。他想着自己的病体,嘀咕着:"我是一个既厌生又怕死的人……"于是,他就不再哭泣,缩在藤椅里,默默地干坐着。

后来,他看到女儿和那个男的在浴室的门前吻别。那个男的长着一身肥肉,留着板刷头,那双手还插在裤兜里,慢慢地蠕动着。

女儿再进屋的时候,他正准备离开家。女儿站在他的书房门口,对他说:

"刚才有人来找您。"

"我知道了。"他说。

"一个男的,他是我哥哥的同事,他找您谈药品广告的事。他已经找您多次了。"

"他已经走了吧?"

"我刚把他送走。过两天,他还要来。"女儿说,"他好像有点看上我了,不过,我不打算理他。"

"你妈呢?她去哪儿了?"

"我怎么知道?"女儿说。

那天晚上,他回到医院的时候,碰巧遇上一群人抬着同室的病友从太平间里出来。不断有人好奇地掀开死者脸上的布单。他从死者身边经过时,又看见了病友的脸,那双眼睛还睁着,眼睫毛上挂着白霜。

"我再也不回家了,下次,我就要到太平间去住了。"他对自己说,"虽然我不久就要躺到那里,但我却没有一点感想,真是奇怪。"

他边说边对自己这种自言自语的习惯厌烦起来。

"讨厌。"他突然对自己吼了一声。

第二天的早晨,他很晚才从睡梦中醒来,这是他入院以来睡得最好的一夜,这一点,连他自己也觉得不可思议。他到医院的食堂喝了一碗流食。他担心自己吃完就吐,但是,走出食堂的时候,他并没有呕吐。

"还得想尽办法活下去。"他敲着碗,望着医院里凋敝的景象,想着这句话。

他看到一些园艺师正在花圃里忙碌,将冻死的花木砍掉,扔到垃圾罐里。那个女人也站在花圃里,她走动的时候,她的靴子不时地擦动着花枝。她往这边看了一眼。加歇连忙走到栅栏的旁边,对她说:"你果真是个园艺师。"

她没有接他的这个话茬,而是说:"昨晚院长睡得很好,我听见你打鼾了。"

如果没有人打扰,他真想一直和她谈下去。但这时候他听见有人喊他。在门诊部大楼的阴影里,他的儿子领着一个年轻人正朝这边走来,他认出那个年轻人就是昨天他在家里见到的家伙。

"他又到家里去了。"他咕哝了一句,就往住院部走。刚回到病房,他的儿子就跟了进来。

"爸爸怎么会待在病房里。"儿子问道。

"这里安静。"他说。

"爸爸,这是我的哥儿们。"儿子将那个肥胖的留着板刷头的小伙子介绍给他。板刷头叫了他一声"叔叔"。儿子接着说:"这哥儿们揽到了一笔药品广告的生意。"

"与我何干?"加歇对儿子说。

"您只要到电视上给我们介绍一下这些药品的性能,就可以拿到一笔丰厚的报酬。您是大名鼎鼎的医生,很有号召力的。"板刷头打着缭乱的手势对他说,"最好你以医生和病人的双重身份出现在屏幕上。"

"这倒与我很合适,"加歇问道,"我都需要患上哪些病啊?"

"这不能由人说了算,得由这批药品的性能来决定。根据这些药品的性能,你可以得肝炎、脑萎缩、血癌、便秘,等等。你可以优先选择其中的一项或两项,其余那些比较吓人的病,让你的同行们去选择。你先带个头,后面的事就好办了。怎么样?你就得脑萎缩和便秘吧。"

"除了钱之外,我还可以得到什么好处?"

"你的名声会更大。"儿子说。

"按照我的设计,画面将非常具有生活的气息,譬如,你和家人团聚的场景将是很温馨的,你刚从病房里被护士推出来,你的妻子就跳起了中年迪斯科,你的女儿在你的轮椅旁边唱上一支歌,与此同时,印着你的职务、职称、医学成就的精美绶带在屏幕上缓缓飘拂。"板刷头显出一副心驰神往的样子。

"妈妈和小妹已经排演一周了。"儿子说。

"那你干什么呢?这样的好事总不能缺了你?"加歇问儿子。

"我搀扶着您走下轮椅,然后松开手。"儿子比画着说。

"我对此不感兴趣。时间已经太长了。"加歇想撵他们走。

"时间并不算长,要知道,我们的广告是在《为您健康》的栏目里出现的,时间再长一点也没关系。下一步,我要让新闻播音员患上阳痿和淋病,那广告就更具轰动性了。"板刷头成竹在胸地喊道。

"爸爸,你应该趁机捞上一把,这可是一件打着灯笼也难找的好事。"

"要是我得了肺病呢?"加歇突然问儿子。

"肺病也可以吗?广告用得着这种病吗?"儿子问板刷头,神情显得很急切。

"当然需要。加歇教授,你想选择肺病这一项,那真是太好了。眼下,这可是个热门病。"

加歇突然觉得肺部急剧地疼了起来。他闭上眼睛,对儿子说:"去叫冯顺医生来。"

儿子和他的朋友就出去找冯顺了。很长时间过去了,他才听见冯顺和儿子在过道里边谈边朝这边走来。但他们并没有走进病房。他依稀听见那个留着板刷头的肥胖的年轻人正一边喘息,一边向冯顺医生介绍着广告的图像。冯顺那种喜悦的笑声不时地传来……

现在,尽管他还经常嘀咕个不停,但连他也听不清自己都嘀咕了什么。他懒得和别人说话,即使偶然和同事们说上几句话,从同事们的眼神里可以看出,他们也没有听清他的意思,而且,他们的眼神往往显得游移不定,好像要极力地躲避他。

他觉得自己成了聋子和哑巴,而以前的那个加歇医生又像是一个疯子。

眼下,他只想跟那个女人说上几句。他还不知道她的名字。有一次,他到院长办公室整理信件的时候,看到了医院职工的花名册。他首先想到的是从那里边找到她的名字。但在那一刹那间,他放弃了这个想法。他宁愿让她在他的心目中仍然处在一种无名的状态,他突然觉得,这本由自己亲手装订的花名册是她所不屑的东西,它对她能有什么意义呢?

但是,最近两天他很少见到她。

这天早上,她走进房间给他更换被褥的时候,他对她说:"你把护士的活儿也干了。"

她笑笑,没说什么。

"这两天,我少见到你四五次。"

"到底是几次?"她的神态有点调皮。

"四次。每天少见两次。"他说。

"我快走了,"她说,"这两天,我常到楼后面的平房外散步。"

"那里是停尸房,你去那里干什么?"他迟疑地问道。

她叠着换下的被褥,没有回答他。看得出来,他的问话触及了她的隐痛,她那张柔美的脸显得有点伤感。过了一会儿,她说:"和你谈了一会儿话,我很高兴。你竟然还记得我少来了四次。我难以想象。"

"这话应该由我来说。"加歇躺在洁净的被褥上,清晰地听见了自己的话语。

那天,临近中午的时候,冯顺医生和几个同事来到了病房,他们的脸上还带着油彩。冯顺医生一进来就说:"我们刚从电视台的演播室回来。没料到加歇院长还有那么一对可爱能干的儿女。"

"我耳鸣得厉害,没能听清你的话。"加歇说。

"这么说吧,你看我长得像谁?像你,加副院长。要是我还戴着您儿子定做的发套,就更像你了。这回,我在广告片里扮演了你,连你的夫人都说演得像极了。您儿子已经说了,报酬三七开,我只拿三成。"冯顺说。

"这都是您的儿子出的主意。"另外一位女医生说。她也没有卸妆,显得比平时娇媚。她仿佛还处在剧情之中,说话有点娇滴滴的。"我扮演了护士,"她说,接着,她朝冯顺医生撇撇嘴,"还是我把你送出病房的。"

还有一位医生一直有些闷闷不乐,他显然是被冯顺拉上楼的。加歇猜测他大概是因为没能争上一个角色,白化了妆,而有点恼怒的。"其实,这人长得更像我,耳朵跟我的一样小,脸色也是灰黄的。瞧他的嘴唇儿,有话也好,没话也好,总在那里嚅动着。"加歇想。

"加副院长,你的病是减轻啦,还是又加重啦?"这位闷闷不乐的医生突然问道。他显然对自己的问话很满意,脸上浮出了一丝笑意。

"胡说什么呀? 加副院长得的是肺炎,只是急性肺炎而已。"冯顺医生插了一句。

"就算是急性肺炎吧,"加歇喘着气说,"不是人死就是病除,两者都是痛苦的结束,所以毫无区别。"

"这就对了。"那个问话者急不可待地这么一说,就心满意足地走掉了。

房间里只剩下他和冯顺医生的时候,加歇问冯顺:"我用不着开刀了吧?"

冯顺用食指抠着腮上的妆粉,然后端详着那根手指,好像在跟手指说话:"你说呢?"

"我的身体很虚弱了,那一刀就免了吧。"

"你说得对。"冯顺说。

"多给我注射几针营养,让我再多活几天,好像有件事还在等着我去办。"加歇喘息得更厉害了。他确实有一种感觉:他还有一件事没有办完,那件事像一个异物似的堵在他的嗓子眼里,他甚至还不知道那究竟是什么东西,但它催促着他快去办理。

"我已经无法给你增加营养的注射了。"冯顺医生说,"你懂得我的意思了吧?"

我当然懂得这句话的意思。他听见自己在心里喊着。他现在终于知道自己得的是不治之症,已经无可救药。在他多年的从医生涯里,他曾无数次听到过这类话,他知道新的东西对他已经起不到任何好的效果,任何营养都无法被他吸收了,那些癌细胞都把营养吸光了,而这就叫不治之症。

"通知我的家属了吗?"他问冯顺。

"这由我来办……我跟你儿子已经是朋友了,所以……我想请他喝杯酒,同时,和他详细谈谈……"冯顺突然显得忧心忡忡,他不停地捻动着手指,仿佛在数钱。

加歇猜测他在担忧那笔做广告的报酬,不由得觉得好笑。由他们去分红吧,他想。他没有再提此事,而是跟冯顺医生开了一个玩笑:

"你化了妆,确实很像十年前的加歇医生,或者,本来就是一类货。"

"您这是在抬举我。"冯顺乐了,打响了手指。

"现在,你应该去卸妆了。你这副模样,使我感到恶心。"加歇最后说道。

那天,他沿着花圃里的小道走到院墙外,在市河边待了整整一个下午。河面上游船如织,河水呈现着劣等咖啡的颜色,到处又漂着油污。寒风骤起吹皱河面的时候,游船上的欢声笑语和手风琴声就传到了岸上。迎面驶来的一艘驳船上,那个披着棉袄的人,身影一动也不动,仿佛凝冻在刺骨的寒风中了。加歇盯着他看看。他看见那只驳船被水冲进了画舫的缝隙,接着,又漂进了铁桥的拱形桥洞。

他又想起中午说过的话:"我还有一件事没有办完。"他记得冯顺一听这话就笑了。这个冯顺,他一定以为我光等着死了。可那究竟是一件什么事呢?它与我眼下的生活密切相关,又仿佛是一个意念的扭结,可我一时又想不起来。

他又看见了那艘驳船,它又被风吹出了桥洞。他惘然地望着它,再次觉得那个坐在驳船上穿着黑棉袄的身影已经被冻结在无限的痛苦之中。就在这时候,他看见了出现在桥头的那个女人,她穿着洗得发白的灯芯绒,走在桥头的树丛间,然后,她好像突然发现了什么事,就匆匆地从那里下来,绕过几株悬铃木和栗树,朝这边走来。

走近了,她喊了他一声:"加歇医生。"看得出来,她极力要做出这是偶然相遇的样子。她看了他一眼,接着就把目光投向了河面。"好像快下雪了,真冷啊。"她环抱着手臂,低声说道。

"你是来找我的吧?"加歇说。

"以前,我也常这样到处跑着找孩子,要是一时找不到他,我就很着急。那时候,他还病着,我总担心他会闹出什么事来。他常来这里看船。"她把胳膊松开,宽慰地朝他笑笑,"现在事情都过去了。我很快就要回家了。你可以到我们那里转转,在我们的老家,到处都是果树。"

"即便我成心要去,也去不成了。"他在心里说道。她的话突然引起了他的警觉:她向我提起了一个孩子?指的是哪一个孩子?

在令人糟心的环境里,他的混浊的记忆被一道光照亮了,就像堵塞的喉管顿时疏通了。他终于想起来了:她所说的那个孩子的事正是他意念当中的那件事。现在,当它又闪现在眼前的时候,他清晰地听见了自己内心里的一声声惊叫……

五年前的冬天,他还是一名普通的外科医生。他总是觉得,在人们眼里自己除了医术高明之外,就没有什么用处了。正当他以为自己永远无法和那些榜样人物看齐,只能唉声叹气地虚度光阴的时候,机缘之鸟突然栖落在他的肩头。他只是没料到,它会以这种方式来临。

一个大雪纷飞的早晨,他到医院给一个孩子做胆囊切除手术。他还记得孩子的妈妈曾经疑惑地问过他:"一个四岁的孩子,怎么会患上这种病?他的胆囊真的已被结石充满了?"

他也对诊断报告存有疑虑:这类手术我已做过上百例了,但如此年幼的患者,我还没有见到过。诊断报告上签着一个著名的主任医师的名字。这位主任医师曾经给某位重要领导人看过肾病,眼下,他行将退休,但已经被预定为省卫生厅的首席顾问,仍然权倾医学界。他正是加歇心目中的一个活榜样。看到主任医师潦草的签名,尽管他仍然存有疑虑,但他还是对孩子的母亲说:

"你这是乱猜疑。我还从一个四岁的女孩身上摘除过一只瘤子呢。"

手术前,他向孩子的母亲暗示,她应该给他一只红包。她将一只装着钱的信封交给他的时候,显得非常困窘。他熟练地将信封装进裤兜,开始端详她那副手足无措的样子。这时候他看见护士将那个小孩领过来了。那个四岁的孩子向妈妈跑过来的时候,脸上既带着对手术的恐惧,又带着纯洁无邪的微笑。孩子衣着整洁,显得很清秀,一双耳朵冻得通红,只是面色有点苍白,站在妈妈背后,不住声地咳嗽。他忍不住多看了孩子两眼。

那天,他打开孩子的小腹之后,果然发现胆囊里并没有结石。仪器扫描的结果,也证明了这个事实:胆囊里只有一泡黄水。这个被麻醉在手术台上的孩子,白挨了一刀。当他缝补刀口的时候,他身边的助手们都用疑惑的目光望着他。他知道,这绝不是一件孤立的事,凭借以往的经验,他可以推测到,这个病例和另外的某个病例搞混淆了,在医院这架机器运转的过程中,这种张冠李戴的错误时有发生,几乎每次都置病人于死地。他这样想着,缝补刀口的手就哆嗦了起来:如果这件事被我不慎捅出去,那位主任医师一定饶不了我;要是别人撞上了这件事,我倒可以在旁边看看笑话,但偏让我撞上了,我怎么这么倒霉啊?我本来就够倒霉了。

他走出手术室,就到值班室打听那位主任医师的去处。他想和他单独谈谈。值班室的一位医生用羡慕的口气告诉他,那位主任医师正陪着从京城来的一位官员在市河里游览观赏雪景呢。于是,他就急匆匆地赶到了河岸。一只油漆得格外俗艳的画舫正在河面上游动着,他认定他们就在那里面坐着,所以,他的视线紧紧地被它吸引着。那时候,他又觉得自己是个幸运儿:我或许可以引起主任医师的赏识,也可以借此机会结识一下那位从京城来的官员;这种机会可不是随便就能遇上的。他在岸边站立了许久,在大雪纷飞的中午,他的心里既忐忑不安又有一阵阵的狂喜。

那个中午,他果真有幸结识了那位官员。从主任医师那里,他得知那位官员就是曾让主任医师看过病的领导人的儿子。整个下午,他都黏着主任医师不愿离开,一直和他们待在一起。主任医师几次暗示他该离开了,他就是不走。他对主任医师说:"我得和您谈一件事,这事挺麻烦,又和您有关,几句话也说不清楚,但时间又很紧迫。"后来,那位肥胖臃肿的官员问他们在嘀咕些什么的时候,他说:"我在向领导汇报工作呢。"那位主任医师也顺势说道:"真是毫无办法,医院里总有些事让我操心费神,一刻也不得安生。"然后,主任医师迫于无奈,将他介绍给了那位官员:"他是一位优秀的外科医生,"主任医师虽然脸上带笑但话中透着讥讽地补充道,"但他经常发现内科上的疑难病症。"很可能是这最后的一句话引起了官员的兴趣,在天黑之前,加歇就和官员混熟了。官员还开玩笑地问他有什么减肥的秘诀,加歇说他倒有一个现成的药方,那就是女人。官员听得非常开心,但他还是摆摆手说,这药方对他已经失效了,得换一种药方了。洋女人。加歇又说道。官员听得更加开心,"你让我很感兴趣。"那位官员说,"我得服下几服药才知道这是否管用。"在他们谈话的时候,加歇仍然不失时机地替主任医师美言几句,使得主任医师同样乐不可支。

那天晚上,他和主任医师将官员送到宾馆的时候,那位官员突然对主任医师说:"加歇医生喜欢说真话,非常好玩。"

从宾馆里出来,主任医师将这句话又重复了几遍,然后,他恼怒地反问自己:"难道我就不好玩了吗?"

"他尊重您。"加歇悄声说道。

直到现在,加歇还记得主任医师听了这话之后的神情:他不再恼怒了,渐渐地平静了下来,接着,他就有点沾沾自喜了。加歇也记得自己当时的心情,他认为自己说得很机智,所以心里也非常舒坦。那时候,他甚至产生了一种奇怪的想法:那个白挨了一刀的小孩真是帮了我的大忙,要是没有你,我哪会有眼下舒坦的心情啊?

"加歇,你大概还不知道,我们陪同的那个虚胖的家伙是个性无能者。现在你知道他为什么喜欢你开的药方了吧?他有一种难以捉摸的奇怪心理,喜欢听那类下流的玩笑。"主任医师说。

他们默默地在昏暗的道路上走了很久。加歇不知道该说些什么,但他却在心里嘀咕着:"我才不管他的那个破玩意儿呢,只要他高兴就行。"过了一会儿,主任医师像是突然又想起了一件事,狐疑地问加歇:"我的哪一个病人出了事故?"

加歇说:"您猜呢?"

"最近几年,我只应诊两种人:老年人和幼儿。这两种人都比较脆弱,得了病,要么治死要么治活。他们为我提供了这种可能性:在任何情况下,都可以心安理得。加歇,你要记住,时刻保持镇静是医生的修养。现在,你讲吧。"

他们已经走到市中心的广场,在雪夜里,那座纪念碑的四周显得空寂。他们站在那里等着路过的出租车。那时候,加歇聆听着主任医师的教诲,突然觉得那个被误诊的小孩的事情是件微不足道的小事。当他断断续续地将上午发生的事讲完以后,他说:"我看那个孩子暂时还不至于死掉。"

"胆囊取出来了吗?"主任医师问道。

"没有取出来,我又把它缝死了。"

"这件事已经过去了,"主任医师说,"我再问一句,手术室的仪器出过毛病吗?"

"当然出过毛病。"

"那么所有的检测仪器都可能出了毛病,所以,这事既不能怪你,也不能怪我。"最后,主任医师对他说道,"你该懂得我的意思。"

那个雪夜里,当加歇医生独自一人从广场回家的时候,那个被麻醉在手术台上的孩子的形象又浮现在他的眼前。那时候,他压根儿就没有料到,那个孩子会在手术后的第三天就死掉。

孩子死后,那位年轻的母亲终于大病了一场,只好在医院里住了下来,母子俩也因此欠了医院一大笔医药费、手术费和住院费,一时无力偿还。那时候,那位主任医师及时出面,提议由年轻的母亲留下来以工代偿。这项建议博得了医院领导的高度赞赏,《医药卫生报》还为此发表了一条新闻。

加歇记得,当人们互相传诵这条新闻的时候,他曾在楼道里看到年轻的母亲用水冲洗着垃圾。他发现她的脸上镌着悲悯和难以言说的伤感。

"瞧你这个被我蒙在鼓里的女人。"他从她身边走过时,在心里嘲笑着她。

那时候,他和那位著名的主任医师已经私交甚笃。那天晚上,他将遇到的情形讲给主任医师时,主任医师说:"忘掉它吧,还有更重要的事等着你去做呢。"

第二年的初春,加歇就当上了副院长。不久之后,那位刚升为卫生厅顾问的主任医师就因脑溢血死掉了。那个时候,加歇已经将这件事忘到脑后去了。有一天,他偶然在花圃里看到年轻的母亲,只是因为她长得丰满漂亮,他才多看了她两眼……

现在,他已经记不清他是怎么回到医院的。他感到全身都被抽空了,一切都变得毫无意义。这里的床铺,床铺上蜷缩成一团的这堆肉,都毫无意义。隐隐约约地听见了将要下雪的天气预报,他觉得它们也毫无意义。

这天夜里,噩梦缠住了他。他看见自己穿着灰色间隔的斜条纹住院服,来到了死一般沉寂的过道上,他在空旷的楼道里走走停停,这过道,这里的向着过道洞开的窗户,窗户上耷拉下来的白布帘,固定在水泥地板上的椅子,楼梯口新堆放的垃圾,间或响起来的喊叫和呻吟……这些事物都让他感到窒息,他哆哆嗦嗦地在楼梯口的一面镜子前站住了,他看见了一个站在垃圾堆上胡乱摇晃的人。"给我站好。"他朝那人喊道。于是,他借着灰白的光线看清了镜子里的那张脸,他看见了松弛的眼睑,圆得一点也不规则的叫作鼻孔的黑洞,那里有两根粘连在一起的鼻毛伸在外面,灰白色的嘴唇旁边,几道深纹胡乱地蠕动着,只有一样东西颜色发亮,那是唇髭上面滑动着的清鼻涕……他突然觉得要呕吐了,但他肚子里空空如也,已经没东西可吐了。这时候,他看到地面上的纸屑和带血的药棉黏附在他的住院服上,他发了疯似的往病房里跑,他用肩膀抵住门,生怕那些垃圾从门缝钻进来,强烈的过堂风吹开了门,垃圾蜂拥而至,一朵黏糊糊的药棉牢牢地黏附在他的鼻尖上,他被垃圾堵得喘不过气来。后来,他发现自己已经窒息而死,他感觉到那堆蜷缩在病床上的肉正在慢慢冷却,变得僵硬……这样又过了许久,他突然又听见了一个孩子的哭声,那么遥远,又那么清晰,接着,他又看见那个孩子站在刺眼的光线中,向他招手……

当冯顺医生捏着鼻子将他弄醒的时候,他响亮地喊了一声:"那个四岁的孩子在向我招手。"听了这话,床边的两个护士就"咯咯咯"笑了起来。

"你度过了一个美好的夜晚,"冯顺医生笑嘻嘻地对他说,"昨晚你没有吐血吧?"

"我无血可吐了。"他说。

"我们又来给你输血了。"一位护士说。

"没这个必要了,因为那个加歇已经死掉了。"

两个护士按住了他的胳膊,他听见她们仍然笑个不停,但他不知道她们在笑什么。这时候,他突然看见那位年轻的母亲出现在门口,她的胳膊上挎着一只篮子,幼儿的衣服叠放在篮口。

躺在床上,凝望着她宁静的脸,他觉得心里变得敞亮起来,但他又分辨不清这是现实还是梦境。

这一天的午后,大雪纷纷扬扬地下了起来,医院的大院里聚集着许多人,一些人在往外面运送尸体,另一些人在雪景里摄影留念。两个值班的护士从市河边赏雪回来,走进三七一号病房的时候,发现加歇并没有待在床上。她们在床头的柜子上发现了一张写有"辞职书"三个字的信纸,上面潦草地写着一句话:

就像刺穿了一个脓包,我现在感到格外舒服。

这句话使她们觉得莫名其妙。"加歇已经神志不清了,看样子真的快死了。"一位护士说。她们传看着信纸,又笑了起来。

即使是加歇本人,也没有料到他会辞职。他觉得连辞职这个行为也是没有意义的。他更没有料到他会跟着年轻的母亲走到车站,又跟着她来到这个坐落在古河道上的村子。奇怪的是,他坐了一夜的火车,却一点也不疲劳。

现在,在清晨耀眼的光线中,他依然觉得眼前的一切仿佛是梦中的景象。他看见簇拥着庭院的苹果树和无花果树在洁净的雪地里投下疏朗的影子,那位年轻的母亲提着瓦罐在阳光和树影之间穿行,给果树涂上石灰浆。他来到这里已经三天了,昨天,他到村外走了一趟。在厚厚的雪被下,麦子正在安全越冬。他知道自己看不到麦子抽穗的那一天了,但他在想象中看到了成熟的麦子涌起金黄色的麦浪。

他想在这里永久地活着。附近的牲口棚里有几头牛和几匹马,它们像是生活在时间之外,他总看到它们在草垛旁悠闲地嚼食。有一天他看见她拎着装满麸皮的草篮出现在牲口棚,一见到她,他就充满孩子般的喜悦。他推开栅栏的时候,那些皮毛闪亮的马和牛,就穿过木门,朝野外跑去,雪粉和泥土溅得很高,又在阳光中静静地落下。

后来,他和她一起冲洗着马槽。在她敞开的外襟下,她那双饱满的乳房将内衣高雅地顶起,他的心中涌起了阵阵圣洁之感。他凝望着她的时候,她说:"我知道你又要向我提起我的孩子了。"她说那个孩子也常常这样痴迷地望着她,"他生病之前常在这里玩。"她突然停下来不说了。她用袖口擦去了他的泪水,但那泪水却一直涌现。

那天夜里,她替他烧热了洗澡的水。他坐在木制的光滑的澡盆里,看见她卷起袖管在一边忙碌。水雾迷蒙之中,他觉得自己又回到了童年。

睡到半夜的时候,他听见了牛的叫声。出自一种孩子式的冲动,他摸黑找到了牲口棚,在那里站立了许久。回到房间的时候,天已经快亮了。他刚躺下去,呼吸就变得困难起来,捱过了一段时间,他终于安稳地睡着了。

后来,他惊奇地发现自己紧紧地依偎在她的胸前,在清晨和煦的光线中,她衣服上的白色镶边被那光线染红了。他不再感到寒冷,也不再感到呼吸困难了。他只觉得自己正在祥和的阳光中慢慢地降生……

喑哑的声音

每个星期六,孙良都要到朋友费边家里去玩。费边家的客厅很大,就像一个公共场所,朋友们常在那里聚会。他们在那里闲聊、争吵或者玩牌,有时候,这三者同时进行。赌资不大,打麻将的话,庄家自摸,顶多能赢个五六十块钱。朋友们都是脑力劳动者,赢钱不是他们的目的。费边的邻居小刘,在公安上做事,他也常来费边家串门,而且每回都能赢。孙良他们一开始对小刘存有戒心,后来看到他也是个有趣的人,并且能带来许多有趣的话题,就把他也当成了朋友。他们说话的时候,小刘很少插话,他不关心那些知识界的事,可小刘一说话,他们就不吭声了,小刘是刑侦队的副队长,他讲的许多事,只有低级小说里才有。这帮朋友不屑于看低级小说,可他们愿意听小刘讲那种故事。

这个冬天的星期六,下午五点多钟,孙良穿上大衣,围上他那条鼠灰色的围巾,就出门了。在家属院的门口,他看见几个妇女围着一个卖芹菜的老人在说着什么。他往跟前凑了凑,想看看她们究竟在搞什么。他的妻子也在那里,她手里已经有了一把芹菜,但她似乎还没有回家的打算。这是他的第二任妻子,她刚从澳大利亚回来,好像无法适应这里的气候,所以她穿得比那些女人都要厚一些。她把芹菜递给孙良,孙良接过芹菜,又上了楼,把它送回了家,然后他就从家属院的后门走掉了。他手里有后门的钥匙,这是个小秘密,连看门的师傅都不知道。

他赶到费边家的时候,已经将近七点钟了。主要是在街上吃烩面耽误了一些时间。还好,这一天,别的朋友来得比较晚,他没有耽误谈话,也没有误掉牌局。费边刚吃过饭,正钻在书房里,在电脑上打着一首诗。费边告诉孙良那不是他自己写的,而是一个叫曼德尔施塔姆的苏联诗人写的。费边有这个习惯,他喜欢把他读到的好诗打到电脑上,然后整理成册。他对孙良说,他现在并没有荒废诗艺,还在抽空写诗。"你看这诗有多好,好像是我自己写的一样。"费边说着,就朗诵了起来:

真的能颂扬一位死去的女人?
她已疏远,已被束缚,
异样的力量强暴地将她掳走,
带向一座滚烫的坟墓。

"好诗,"孙良说,"给我打印一份出来,我回家再慢慢欣赏。"

费边正在打印的时候,又有一个朋友进来了,费边就又打了一份。他们一人拿着一份诗稿,坐在桌前,等着凑够四个人。费边说他之所以觉得这首诗好,是因为他以前也真心地爱过一个女人,可她后来死去了。孙良和另外那个朋友就默不作声了,以示哀悼。其实孙良知道费边所爱的那个女人并没有死去。费边一直爱着他的前妻,而他的前妻却嫁给了别人,他现在其实是在咒她。

等了很久,还是没有别人来。那个朋友就走了。他刚走,小刘就来了,但还是凑不够一桌。小刘看见桌上扔着一份诗稿,就拿了起来。他看了两行,就把它扔到了桌上。他说,他其实可以把儿子叫过来顶替一阵,他的上小学的儿子打麻将是一个天才。他说,这就跟学棋一样,学得越早,打得越好。费边忙说算了,不能让孩子学坏了。就在这个时候,费边的同事来串门了,他说他不会打牌,小刘说,只要坐下来,没有学不会的。后来,他们才知道此人是个高手,漫不经心地就把他们赢了。

真是一物降一物,小刘这次怎么打都打不顺手。只要他坐庄,那个人肯定自摸。小刘平时赢惯了,没见过这种阵势。他不停地讲着他知道的那些低级故事,想以此转移那个人的注意力。费边的那个同事,大概也猜出了小刘的心思,就不愿再赢了。小刘以为是自己的讲述奏效了,就一个接一个地讲下去。后来,他就提到了最近发生的一个案子:郑州的一个小伙子打电话给济州交通电台情爱热线的主持人,说自己遇到了一个好女孩,他已经让女孩怀孕了,可他突然发现女孩又爱上了别人,他问主持人,下一步该怎么办。主持人说,你先要搞清楚,对方是不是真的变心了,在搞清楚之前,不要随便瞎猜疑。主持人还说,你一定要相信对方,去和对方心平气和地交谈一次,再打电话过来,共同商量个办法。小刘说,那个小伙子去和姑娘谈了,姑娘说她确实爱上了别人,小伙子就给主持人打了一个电话,可是电话一直占线,小伙子一急,就把那个姑娘杀了。杀了之后,他把责任推到了那个主持人身上。说到这里,小刘又和了一把。

孙良是济州人,对和老家有关的事,他有着一种天然的兴趣。小刘说他也喜欢听那个主持人的节目,说着,他就把费边的收音机打开了。调试了一会儿,接着他们就都听到她的声音。她的声音有点疲惫,好像还有点伤感。这时候,小刘又和了,他随手关掉了收音机。他的妻子给他打了传呼,让他回去,再干扰他们已经没有必要了。事情似乎就这样过去了。这一天,孙良没输也没赢。

这一年的十一月底,孙良应邀到济州讲学。他的一个大学同学刚当上济州师院的教务主任,想在校长面前显示一下自己的能力,托孙良在郑州联系几个名人到那里讲讲课。已经有两个人去讲过了,他们回来说,济州发展得很快,都快超过郑州了。还说,那里的师生虽然笨点,但求知欲很强,很崇拜有真才实学的人,让人很感动。"你的老家还是很有希望的。"那两个人对他说。现在轮到孙良自己去了,他想借此机会亲身感受一下故乡的变化,同时也看望一下自己的伯父。他在上海上大学的时候,伯父到杭州出差,曾专门拐到上海看过他,还给他留下五十块钱。当时那五十块钱可不是个小数目,够他花上两个月的。

坐着老同学派来的林肯牌轿车,走高速公路,用不了两个小时就可以到达济州。进入济州境内,他的眼睛就望着窗外,看公路边的那些麦苗、沟渠和麦地里的农人。农人们在清除地里的杂草,当他们伸起腰来的时候,几只乌鸦就飞了起来。看到这种情景,孙良有点激动。他想下车到麦地里走一走,和他们说几句话,听听乌鸦翅膀扇动的声音。可一想到麦地里的那些湿泥会把他的皮鞋和白色的袜子搞脏,他就放弃了这个打算。再说了,高速公路上也不准随便停车啊,他想。

他在济州讲了两天课。既然师生们喜欢听那些热门话题,他就向他们介绍了已接近尾声的人文精神大讨论。他讲的时候很动感情,讲完之后,有许多学生围上来要求签名,购买他带来的自己的论文集。为了减轻学生们的经济负担,他按半价卖给了他们。不过,他给老同学的那一百本,可是按原价给的,因为那是给学校图书馆的。他问这一百本要不要签名,老同学说你省点力气吧,前面那两个人我也没让签。孙良说不签也好,我的手都签酸了。

讲完课的当天晚上,他的老同学来到他下榻的济州宾馆的三二四房间,说院长明天请他吃饭,并交代他见到院长该说些什么。"我们的高院长其实是个政客,现在还兼着副市长,此人喜欢附庸风雅。"孙良说,你放心好了,我不会给你丢脸的,我知道怎么对付这种鸟人。

房间里剩下他一个人的时候,他把下午卖书的钱整理了一下。漂亮,一共有一千五百多块钱的收入呢。他将"请高院长斧正"几个字反复练了几遍,然后把它们写到了书的扉页上。忙完这个,他就到楼下的小院子里散步。这里处于闹市区,周围的嘈杂更衬托出了这里的幽静。据说中央的领导人每次来济州视察，也都是住在这里。那些低矮的仿古建筑，在清冷的月光下，确有某种迷人之处。它们仿佛和历史沟通了起来，并和现实保持着距离。他看到这里的一些女服务员也很漂亮，她们说的不是济州话，而是标准的普通话。他倒很想听听济州话从那些漂亮姑娘口中说出来，是什么样子。有一句话说得好，乡音就是回忆的力量。

一个女服务员也在外面散步，她耳边举着一个小收音机。她走过他身边的时候，孙良闻到她身上有一种泡泡糖似的香味，他还听到了一种比较耳熟的声音。服务员听得很入迷，没有注意到孙良跟在她的身后。后来，她在一株悬铃木旁边停了下来，抱着那个小收音机，小声地哭了起来。

回到房间，孙良一直想着他在悬铃木树下看到的那一幕。他基本上看清了那个女孩的脸，看不清也不要紧，在一群女孩当中，他保证能把她挑出来，因为哭过的女孩子，眼睛会像小兔子那样发红。他相信自己能够把她带到房间里来，抚慰一番她那伤感的心灵。是啊，来济州仅仅是讲讲课，确实有点太单调了。

在对付女人方面，孙良虽然说不上是个高手，但也屡有斩获。孙良知道自己的性格中有某种轻松的东西，很讨女人喜欢。过了三十五岁之后，他感到自己的外貌、气质发生了一些变化，那种轻松的东西依然存在，但又加入了一些新的内容——主要是沉稳，以及沉稳中蕴藏的某种难以捉摸的因素。沉稳有沉稳的优势，能给女人一种可依赖感；难以捉摸也有它的好处，它能增加诱惑力。他确实有过不少艳遇，对这一点，孙良不像一般的人那样抵赖。他乐意把其中的一些故事说给朋友们听。他很会剪裁,故事中比较困难的那一部分,在讲述的时候,他都顺便略去了。他不愿给生活抹黑,不愿让大家对生活失去信心。他想,作为一个理想主义者,起码应该让朋友们感到生活是简单而有趣的。

他又走出了房间,这一次他没有到院子里去,他只是挨着楼梯找那个听收音机的女孩。他尽量做出一副悠闲的样子,在楼梯上走上走下。他手指间夹着一支烟,可他并不点着,因为楼道里铺着地毯。后来,他看到二楼的服务台有一个小收音机在独自响着。他在那里默默站了一会儿,顺便用放在服务台上的一个剪指甲刀,修剪了一下指甲。再后来,他就把那个小收音机带回了房间。当然,在带走之前,他在那里留下了一张条子。上面写着:我想听听新闻,把收音机带到了三二四房间。他本来还想说明自己是高副市长的客人,但一想到那样做有点庸俗,就免掉了。

当女服务员来到他的房间的时候,他已经给电台的那个女主持人打通了电话。他捂住话筒,很有礼貌地问服务员,这个收音机能不能借给他用两天。说着,他掏出一张印有领袖头像的钞票放到了一边的茶几上。他不想让那个女孩子有被污辱的感觉,所以他又捂住话筒说:"钱先拿去吧,我明天会给你作出解释的。"接着,他就听到自己对着话筒又说了起来。那是一种深思熟虑的即兴表达,当然其中要有一些必不可少的间歇。在这陌生的故乡,星光在窗外闪烁。他斜躺在床上,边听边讲。他慢慢讲得流利了起来,他感到自己的声音从容而优雅,寂寞而自由。

后来,当他放下话筒的时候,他借助停留在耳边的声音,在脑子里描绘着那个女人的形象。他想起不久前在费边家里的那场牌局,想起小刘的讲述。他现在似乎有点明白了,讲课是次要的,是这个女人在晦暝之中促成了他的故乡之行。

"这大概是一次轻松而迷人的猎艳。"他想。他又觉得那个女人真的是有点不幸,他都有点可怜她了。这么想着,他取出几粒速效利眠宁,用温开水灌了下去。他拉开窗帘,凝望了一会儿星空,呼吸了几口新鲜空气。接着,他就感到睡意如期而至了。

第二天一大早,他就到了济水公园,在一个儿童滑梯前的长椅上坐了下来。他刚好把椅背上用油漆喷成的卡通画挡住了。他随手翻阅着别人留在长椅上的过期的电影时报。在等待中,他将报缝也看了一下,那上面有医药广告,还有电影预告。预告的日期表明,电影还没有在济州上映。他不时抬头看一下门口。很少有人进来,偶尔进来一个,也是上了年纪的人。那些像我这样的闲人大概都还没有睡醒呢,他想。他看着脚下干枯草皮上的白霜,看久了,他的眼睛就有点发虚,有那么一会儿,他竟然将地上的一个纸团当成了一只鸟。

那个女人迟到了二十三分钟。一看到她走进那个门,他就知道那就是她。他站了起来,向她摇了摇手中的那份报纸,但他并没有上前迎接她,只是在她走近的时候,他才往前走了两步。

公园里的人渐渐多了起来,那些越老活得越认真的人,扯起电线,拧开录音机,练起了气功。他们只好另找个地方。他们过了一座小桥,绕过了一座假山,终于又找到了一张长椅。在他们走向那张长椅的时候,孙良对昨天晚上说过的话已经作了必要的补充。他说,他是应高市长的邀请来济州讲学的,今天上午还得去应付高市长的饭局,所以他只好这么早就请她来。"我在郑州就听说了那件不幸的事,当时我就想,我要找个机会来济州一趟,见见你。这种话是无法在热线电话里讲的,只好说,我有要事和你商量。我为我假称是你的朋友而向你道歉。"

他这么说话的时候,那个女人一直不吭声。女人不时抬手捂一下自己的圆顶软帽。河边确实有风,那风凉飕飕的。孙良乘机将衣领竖了起来。

他继续说:"当然,我本人也不时遇到一些麻烦,很想找你谈一谈。是些什么麻烦,一时又说不清楚。我还想告诉你,所有这些都无法促使我直接去拨打那个热线电话。我或许应该非常坦率地对你说一件事。你想听听吗?"

她第一次开口了,说:"反正我已经来了,你就尽管说好了。"这么说着,她第一次露出了笑容。

"昨天晚上,我在济州宾馆看到一个服务员,她一边听你的声音,一边流泪,后来,她却破涕为笑了。我是个人文知识分子,关心的是人的心智的发展和人的情感世界。哦,你的帽子被风吹歪了。我关心的问题可以说与你相近。你得告诉我,你究竟是用什么魔力,使一个人顿悟的?"

一辆临时改装成小垃圾车的剪草车从他们身边驶过,扬起了一阵尘土。一个卖芝麻糖的小贩走到了他们的身边,很响地敲了一下招徕顾客的小铜锣。就是这一声锣响,使她又笑了起来。她说:"我小时候,听见这锣响,就忍不住要舔嘴唇,现在这毛病好像还没有改掉。"

他反对她吃那种东西,说那不干净,对她美丽的牙齿也没有好处,但他还是给她买了两串。在她的要求下,他也吃了一点。看着对方用舌尖舔着嘴唇上沾的芝麻,两个人都乐了。然后,他们又默默地吃着那东西,都吃得很慢。后来,他们就像熟人那样并肩而行了。他们边走边谈,显得很轻松。吃完那两串芝麻糖,女人从小皮包里取出了饭店用的那种湿巾,递给他擦手。接着,他就又看到那个小包在她好看的身段上飘来荡去了。孙良将湿巾扔进垃圾罐的时候,向着河面做出了一个凌空欲飞的姿势。她也做了这样一个动作。河水有点发污,河面上有许多塑料袋,被水泡黑的树枝,有一截伸出了水面,上面落着一只鸟。孙良现在觉得这一切都很美丽,很神秘。看得出来,她似乎也有这种感觉。

这个公园离济州宾馆不远。他们几乎是不由自主地朝那个方向走去了。进到那个幽静的院子,她说她来过这个地方。她第一次提起了她的丈夫,说她的丈夫经常在这里开会,有时一开就是半个月。"不过,我只来过两次。第二次,是要对丈夫说,他那瘫痪的父亲又不幸得了脑血栓。"

上到二楼的时候,孙良看到了那个服务员。不过他没有跟她打招呼。他们径直来到了房间里。孙良把窗帘拉开了一半,让阳光照进来。他给她削了一个苹果。她咬了一口,有点顽皮地说,她更想吃只广柑。他就给她切了一只柑子。他自己也切了一只。有那么一个瞬间,吃广柑的两个人都没说话。他扔给了她一本书,说那是自己几年前写的。她想把它装进那个小包,但小包盛不下。他跑到服务台要了个小塑料袋。

这时候,电话响了。是孙良的那个老同学打来的。孙良说他不想去赴高市长的饭局了。"和当官的在一起吃饭,每次都得喝酒,你大概还不知道,我已经戒酒了。"

女人说自己该走了。她说她的真名叫邓林。"这个名字起得好。"孙良说,"夸父追日,弃其杖,化为邓林。你是神话中的植物呢。"他没有挽留她,但他替她开门的时候,他又穿上了外套。他提醒她应该将上衣的扣子全都系好。"外面的风好像大了一点。"他说。

他是怎么离开饭店的,他已经想不起来了。夜里九点多钟,他被电话吵醒了。是他的那个老同学打来的。老同学对他说:"孙良,我们的院长今天非常高兴。他也喝醉了,可他一醒过来,就提起了你,说你很够意思。他现在信了,我的朋友都很够意思。"孙良想开口说点什么,但他的胃突然翻腾了一下,有一些东西很快就跑到了他的嗓子眼。他只好把电话放到一边,到卫生间吐上一阵。当他用手纸擦着那根散发着酸臭味的食指回到电话旁边的时候,他的同学还在电话里讲着呢。

这一天的后半夜,他又吐了一次。吐过之后,他就再也睡不着了。他想,他吃的那些利眠宁大概也被吐了出来。他想起他的妻子在出国之前,每次见他喝醉,总是默默地在他身边坐下,看着他吐出来的那堆秽物发呆。他数了一下,妻子这次回来以后,他只喝醉过三次,加上这一次,一共才四次。

需要往胃里填点东西了,因为他听到了肚子的叫声。他用小刀将一个柑子切成了几瓣,悄悄地吃着,同时注意着胃的反应。他听到了自己的嘴巴发出的吸溜汁液的声音,偶尔也能听到胃里发出一种类似于气泡破裂的声音。每当这个时候,他就半张着嘴巴,悉心地捕捉那种气泡的声音,想着那里还会有什么动静。那只柑子吃完之后,他用邓林留下的湿巾擦了擦嘴巴。

他想,要不要再跟邓林联系一下呢?如果就此拉倒的话,他很快就会把这个女人忘掉,甚至会想不起来他曾和她有过一次美妙的散步。一个人没有记忆,就像一个人没有影子。但又怎么联系呢?她晚上才上班,而打那个热线电话,就会占用别人打电话的时间。他又想起了小刘讲过的那个杀人的事件。那真是个不幸的事件,愿那个女人安息,愿那个小伙子的灵魂早日得救。

天亮的时候,他想再到济水公园走一走。可他刚走出幽静的院子,就遇上了邓林。邓林对他说,昨天她回去的时候,把他的那本书和她的那个小包丢在出租车上了。她请他原谅。

"你知道,济州堵车很厉害的。我急着赶回去,就提前下了车。我没走多远,车流就疏通了。可我发现包没有了。我的脑子一定出了点问题,这段时间我一直有点丢东落西的。"

她一口气说了那么多。他吸着烟,微笑地听她讲着。这个在电台的播音室里口齿伶俐的女人,现在是多么笨拙啊。可他喜欢她的这种笨拙。这么想着,他自己的嘴巴也突然变笨了。他对她说："我其实比你还笨,昨天,我本来应该送你回去的。"这一句话,他是磕磕巴巴讲完的。他也照样喜欢自己此时的磕磕巴巴。他再次觉得这一切都是多么新鲜迷人啊。

房间已经被服务员整理过了。一些新鲜的水果又放到盘子里,服务员好像料到他会很快回来似的,把广柑给他切成了几瓣。可他对她们这一项周到的服务并不高兴。他自己动手给她又切了一个。她就让他那样递着,却不去接。过了片刻,她说："你看我的手有多脏。"她摊开她的手让他看。那手一点都不脏。她又让他看她的手背。他看见她的指甲是透明的,上面并没有像一般女孩子那样上蔻丹一类的东西。这好像就是他们抱到一起之前的全部细节。

当他们重新坐起来的时候,她很快就跑进卫生间去了。他听见了一阵水声。她重新出来以后,却不看他,而是盯着窗户看着。"刚才你关窗户了吗?"她有点胆怯但又很着急地问他。

"这太不应该了,"她又说,泪珠在她的眼圈里打转,"你现在一定会觉得我是一个不好的女人,一定是这样的。我没说错吧?你说,我说错了吗?"孙良不知道该怎样安慰她。他只能走到她的身边,把手搭在她的肩上,他的手还顺着她的胳膊往下移了一点。刚才,他看见那里有一个种牛痘留下的小疤。"幸亏我还没有孩子,"她说,"否则我真不知道怎样去看孩子的眼睛。"有那么一段时间,他短暂地离开了她,为的是把窗帘拉开,让微弱的阳光照进来。窗外有一株悬铃木,那些荔枝似的果穗悬挂在那里,把阳光搞得非常零碎。"幸好你马上就要走了。"她说。说这话的时候,她仰起脸看了他一下。她的眼里已经没有了泪水。她把她的头抵在他的胸部下面,而且抵得更紧了。她的几根头发好像和他的扣子缠到了一起,他小心地把扣子解开了,以免她突然站起来时,把发丝拉断。

他在济州待了三天。第三天,他本来想去城外看望一下伯父的,可他到车站的时候,却上了开往郑州的汽车。车在济州市兜了一个圈子,使他有机会看了一下济州的变化,但那些变化并没有在他的心底留下什么痕迹。他只是想,车怎么还没有开出去啊。

回到郑州,孙良就又回到了他原来的状态。他的妻子没过多久就又去了澳大利亚。送妻子走的那一天,他有一种永别的感觉。想到上次也是这样,这种感觉就淡了许多。但从机场回来,他还是给妻子写了一封信。信中的话也是他多次说过的。他讲他之所以不愿和她一起走,是因为他是一个靠文字生活的人,他无法想象离开了母语,会是什么样子。当天晚上,他打完牌回到家里,又接着把那封信写完了。但写的时候,他的感觉有了一点变化。他想,他或许真的应该离开这个鬼地方,离开那些朋友,到那个四周都是海蓝色的国度去。"那些辽阔的牧场啊。"他这样感慨了一声,随手把这句话写了进去。他看了看,觉得它放在那里有点别扭,就把这一页揉到了纸篓里。

两个星期之后,他就把邓林给忘了。只是看到墙角堆放的那些变少的论文集,他才会想起他的济州之行。他模模糊糊地想起了他去济州的路上看到的那些麦田和麦田上的乌鸦。在记忆中,那些情景都很有诗意。他给晚报写了一篇文章,谈到正是那些鸟引起了他对日益消失的田园的怀念。写这篇文章的时候,他又有点激动,字迹难免有点潦草,定稿时有些字连他自己都认不出来了。因为写这篇文章,他的一些记忆被激活了。在那些惊飞而起的鸟的背后,邓林出现了。他随之想起了许多细节,包括邓林胳膊上的那个牛痘疤。

这一天,他去参加一个座谈会。会上会下,他发现自己总是不由自主地要把他看到的每一个女人拿来和邓林比一下。他想起了邓林在做爱之后的那种羞怯的表情和她的忏悔。当时,他觉得那种忏悔有点好笑,现在他却不这样看了。他想,如果你觉得可笑,那你就是在嘲笑真正的生活,嘲笑人的尊严。我当时笑她了吗?吃饭的时候,他坐在一个角落里,一边对付一块牛排,一边问自己。他想自己其实并没有笑她,在她说话的时候,他正盯着悬铃木那灰白的枝条和暗红色的果球发愣呢。

费边这天也在。当费边跑到孙良的这张桌子旁边,说他怎样吃不惯牛排的时候,孙良说:"你吃过悬铃木的果球吗?"话一出口,他就感到自己的话有点莫名其妙。费边说他没有吃过,也不打算吃,据他所知,那东西没有什么用处。孙良很想跟费边谈他在济州遇到的邓林,可费边离开了。下午接着开会的时候,他和费边坐到了一排,他正要开口,突然觉得不知道该从何讲起。这件事隐藏在他的胸口,似乎很重,他感到自己有点承受不住了。他到楼梯口站了一会儿,又觉得有点轻飘飘的,就像微醉之后的眩晕。

当天下午,他没有等到吃那顿晚餐就走了。他坐的是一辆破旧的长途客车。在高速公路上,车坏了一次,好久没有修好。他对售票员说,他不要求退票,但请她帮他再拦一辆车。他的说法遭到了别的旅客的反对,他们说,要是修不好,票都得退掉,不能因为一个人坏掉了规矩。他只好在那里等下去。天已经黑了,他接过一个旅客的手电筒,帮修车的司机照着。他还往天空照了照,灯柱一直延伸得很远。人们都等得很着急,为了让人们不生气,他还用手电照了照自己的脸。这是他小时候常玩的把戏,手电从下巴往上照,那张脸就显得非常好玩。"真他妈滑稽啊。"果然有人这么说。他想起有一次,几个朋友在一起为南方的一本杂志搞人文精神对话,晚上喝酒的时候,一个人喝醉了。有人在饭店门口用手电照了照星空,那个喝醉的人立即要顺着那个光柱往上爬。拿手电的人把灯光一灭,那个人就像从树上掉下来似的,一头栽到了地上。他想,等我见到了邓林,我要把这个笑话给她讲一讲。

一直到九点多钟,他才到达济州。他来到了济州宾馆,可门卫不让他进去,说这里正在开会,不接纳别的客人。他看了看他住过的那间房,那里并没有亮灯,有许多房间都没有亮灯。他想大概是他的衣服太脏了,门卫把他看成了胡闹的民工。他后悔自己当初不该往车下面钻。我怎么那么傻啊,售票员都懒得钻,我干吗要进去呢?

他在济水公园斜对面的一个小旅店里住了下来。房间里没有电话,他也不想给她打电话,他想给她一个惊喜。但认真地洗漱完了之后,他还是到门口的一个小卖部里去了一下，那里有一个公用电话。可他怎么也打不进去。小卖部的那个人把电话拿了起来，交给了别人。人的心灵是多么粗糙啊，孙良想。他站在小卖部外面，生了一会儿气，又向另一个小卖部走去。他刚刷过牙，本来不想抽烟的，可他一进去，就买了一包烟，并对卖烟的人说，先不要急着找钱。后来，他发现自己来到了交通电台的门口。有一个女人从里面走了出来，戴着他熟悉的那种圆顶帽子。从身高上看，她显然不是邓林，可他还是差点喊出"邓林"两个字。他理过发了，那件她熟悉的外套也留在了旅馆里，他担心她出来的时候，一下子认不出他来，所以他尽量往有灯光的地方站。

　　第二天下午，他终于和她取得了联系。她告诉他现在没法出来。"要过元旦了，我们正在准备一台节目，很忙。"她在电话里对他说。他没吭声。过了一会儿，她又改口了，说，要见也只能见一面。她以为他又住到了济州宾馆，说，她派人将一张票送到济州宾馆的门卫那里，他可以拿着票进来。"如果别人问起来，你就说，你是司机，送人来审查节目的。"他还听见她抽空和别人开玩笑："都是你把我害的，谁叫你让我主持这玩意呢，不管是什么人都向我要票。"那个男人说了点什么，引得她笑了起来。孙良想，那是个什么鸟男人呢？他立即难受了起来，对她甚至有点憎恨。

　　他去了，从打印出来的节目单上看出来，这是一场和部分听众联欢的节目的预演，邓林是主持人之一。到场的人并不多，可是有第三个人在场，孙良都会觉得人有点太多了。邓林穿着白纱裙，他周围的人都说，那身打扮不错。可孙良觉得一点都不好。他不想看到她这种公众形象。到场的那些人基本上都是电台的职工和家属。他是从身边人的谈话中听出来的。"正式演出的时候,也不能让那些傻帽听众来得太多,否则的话,很可能会闹出点什么乱子来的。"他听见一个人说。现在我就想闹出点乱子,孙良想。

孙良出去了,在演播厅外面吸着烟。吸了两支烟之后,邓林也出来了。她并不叫他,直朝楼道走去。他连忙跟了过去。她果然在三楼的楼梯上等着他。那里有两个工人在扯着电线。邓林和他们打了个招呼。她平时大概从来没有搭理过他们,所以他们一下子有点反应不过来。她又和他打了个招呼,说:"你也是出来取东西的吗?"他感到这实在是好笑,但他还是说,是的,我要取一份贵重东西。

"你怎么能把它称作东西?"她突然说,同时还在往上走着。

他没有答话。他的脑子还来不及产生另外的念头,只有刚才那个念头在他的脑子里嗡嗡响着——我想闹出点乱子来。

这个楼只有五层,否则,他们可能会一直这样走下去。走到头的时候,她说:"你现在就走,一分钟也不要耽搁。"她吻了他。因为彼此的慌乱,有一次,她竟然吻到了他的耳朵上,在那里留下月牙似的一圈口红。"他也坐在下面。"她说。他知道她说的是她丈夫。她拒绝他吻她,因为她脸上的浓妆,一吻就是个牛痘似的疤痕。他是多么想吻一下那个牛痘疤啊,那是让他悸动的私人生活,可它现在却牢牢地隐藏在给众人看的白纱裙下面。她用手擦了擦他的耳朵,让他从另一个楼梯口绕下去。

一个抱着手风琴的男人走在他的前面,边走边拉着。孙良跟着他走到一楼演播厅的门口。那扇门把手风琴的声音挡住了,但他还是听到了一些声音。先是邓林那标准的主持人的声音,然后是一阵打击乐。他在门外站了一会儿,但他没能从那喧嚣的鼓点中听出来什么节奏。

以后每隔两三个星期,他们就会见一次面。如果是她来郑州,她就会在这里住一个晚上(也只能住一个晚上,因为她的节目一星期要播三次)。她不住他家,她每次都先在附近的一个旅馆里安顿好,再打电话让他去。只有一次是个例外,那是在临近春节的时候,那个小旅馆里住满了人,她只好在他这里住了下来。可那天,他们几乎没有怎么睡,他们先在街上漫无目的地走了很久,然后回到他家里,默默地吃着从街上带回来的快餐。孙良吃得很认真,把菜叶上凝结的浮油抖掉之后,再填到肚子里。她说她正在减肥,不能多吃,但她喜欢看着他吃。她问他最近写了什么文章,她想带回去看看。他说好长时间没写了,不是没东西可写,而是觉得自己写下的每一句话,别人都写过了。说这话的时候,他抬头看了看那顶到天花板的书架。"如果你想看什么书,你就从上面拿好了。"她的手在膝盖上拍了两下,坐在那里没动。她好像被地板上的什么东西吸引住了,那是一封信,是他写给妻子的信。他对她说,那信虽然很短,但抄它还是费了一些时间,因为他想把它写得尽量工整一些,漂亮一些。他说,他的妻子也喜欢看他的字,那是她和祖国唯一的联系。

有一年冬天,一个星期六的午后,他正在午睡,突然被她的电话吵醒了。她说她现在就在郑州,让他到奥斯卡饭店附近的那个公园里去见她。他在新买的市区交通图上查了一阵,才搞清楚那个奥斯卡饭店就是以前的中原酒家。那里距他的住处并不远,他还有时间把脸、头发收拾一下。刮胡子的时候,他一不小心把耳垂刮了一下。他小心地在那里涂着药水,突然发现有几根白发支棱在鬓角。

她已经在公园里面等着他了。正对着门口,是一个用冬青树修剪成熊猫形状的盆景,远看上去,就像一幅卡通画。她就站在那里,一些暗红色的落叶在她身边拂动着。他们边走边聊,后来不知道怎么就聊到了她的丈夫。她说,这次她是和丈夫一起来的,她的丈夫正在宾馆里开会。"他常来这里开会,接见别人,或受别人接见。"她谈到自己并不厌恶丈夫,尽管他从未让她感到幸福,但也从来没有给她带来过什么痛苦。

他们继续走着。她谈到她的那些听众非常可爱,也非常可怜,因为他们从来听不到她真正的声音。"只有你是个例外。"她说。他纠正她说,不是可怜,而是可爱。他们这时候真看到了许多可爱的人。那是些孩子,他们在一个滑梯上爬上爬下。像往常一样,在散漫的交谈中,有什么最紧要的话题好像随时要跳到他们之间。他们踩着悬铃木暗红色的果球,绕过了一个小树林,在金水河边坐了下来。她把脸埋到双膝之间,小声地哭了起来,那声音跟她平时说话的声音一样喑哑。他想象着能用什么办法来安慰她。他对她说,他真是在爱她,但这似乎并不顶用。是的,如果她现在明白无误地对我说,她也深爱着我,那又顶什么用呢?如果现在是我哭了起来,她又会怎样安慰我呢?于是,他又想象着自己哭起来,会是什么样子。好在天黑之前,还有一段时间可以让他想象,所以他并没有感到事情过于棘手。周围的灯光慢慢亮了,在他们面前,是金水河黝亮而细碎的波纹。

堕　胎　记

　　和别的高校一样,到了九十年代末,《新闻联播》一结束,我们的公寓就要杜绝女性的进入。把门的老张是个退伍军人,他甚至拒绝夫人们到公寓探亲,出示结婚证也没用。"有这玩意(指结婚证),你们可以到旅馆里去住。在那里想怎么搞就怎么搞,天搞塌了,也没人管你们。"这是老张的原话。老张指出的是一条光明大道,可是没人愿意理会。因为这幢公寓里住的进修教师和博士生,虽然比一般的本科生和硕士生有钱,可毕竟还算是穷学生。据校方说,到了下个世纪,门就放开了,不光男生的门放开,女生的门也要放开。下个世纪眼看就到了,可我们还是高兴不起来。原因很简单,我们对校方的许诺从来就没有相信过。再说了,到了下个世纪,我们当中的大部分人都已经离开了学校。它放开也好,不放开也罢,跟我们又有什么关系呢?

　　可是十二月中旬的那天晚上,一个女孩闯了进来,并且没有女扮男装。那大概是十点钟左右——说清楚这一点是必要的,因为从九点到十二点这个时间段,老张的精神最为集中。他支着耳朵,竖着眉毛,就像狗和猫头鹰似的,从他的眼皮底下溜进来，实在是件困难的事。等她出现在我们宿舍门口的时候，我的第一个反应就是关于老张的：老张出事了，脑溢血？还是心肌梗死？第二个反应才是关于她的：她要找谁啊？那时候，我正在和同宿舍的古汉语博士顾庆文下军棋。他刚吃掉我的一个师长，正在兴头上。我以为她是来找庆文的，就趁机把棋盘推开了。我没想到她是来找我的，她走到我跟前，把手放到了我的肩头。外面正在下雪，从她的发间流下来的一滴水，滴进了棋盘。同时，隔着毛衣和皮夹克，我感受到了她那双轻盈的手留在我肩膀上的重量。

我很快认出了她，她是哲学系的研究生，和廖希有着密切的交往。我跟她也交往过几次，可是这会儿，我却没能立即想起她的名字。多亏了顾庆文，我才想起她叫黄冬冬。能够熟记许多甲骨文的顾庆文在我的暗示下躲出去的时候，隐秘地笑了一下，对她说：冬冬，你们先聊吧，我再找人杀两盘。顾庆文一走，我就频繁地称她冬冬，而不再使用第二人称代词，以示我真的是一直记着她。

她告诉我，她在外面站了好长时间，才找到机会溜进来，然后问这里怎么也不通暖气。我说，冬冬，那暖气片不是给我们用的，而是给国家教委"二一一工程"的审查人员看的。审查人员是秋天来的，所以我们就有了只能看而不能用的暖气设施。如果他们是春天来的话，我们可能连暖气片也见不着了。我问她找我有什么事，她说，没事就不可以找你了吗？

我一直留意着门口的动静，提防看门的老张突然出现。我提醒冬冬，公寓里不能多待，还是出去走走为好，可她却突然一声不吭了。你是不是想在这里住一夜？我大胆地说了一句。她摇着头笑了笑,仍然没有吭声。我试着拉了她一下,她拍了拍膝盖,站了起来,可很快又坐了下来,恢复到原来的姿势:双腿吊在床沿上,随着两个膝盖的轻微碰撞,她的腿给人一种夹得越来越紧的印象。

后来,她终于又开口了。她的声音很低,但我还是听清楚了。我怀孕了。她说。她的话音刚落,我就条件反射似的站了起来,将房间又巡视了一遍。我因为反应过头而显得滑稽了,连冬冬都笑了起来。

我的记性虽然很糟,但有一件事我没有忘掉,那就是我和黄冬冬并没有睡过觉。我之所以紧张,是因为担心她的话被不明真相的人听到,将这事记到我的头上。我很快就松弛了下来,并且还可以轻松地和她开两句玩笑了。我点上一支烟,对她说,站起来呀,让我瞧瞧到底有几个月了。她没有站起来,只是下意识地把手放到了肚子上面。正经点好不好?她嗔怪地撇了撇嘴,说。接着,她就谈到了廖希,问我最近是否见到了他。你不是说过,遇到什么困难都可以来找你吗?所以我就来了。我知道你是个好人,她说。我笑了起来。有一点可以肯定,她来找我并非因为我是个好人,而是因为我和廖希是好朋友。我想我已经大致明白了她的意思:她怀上了廖希的孩子,想让廖希出钱打胎,但又不好意思向廖希张口。

前天上午,我还和廖希在一起吃过饭,但在和廖希通气之前,我不想把廖希的行踪告诉她。我让她把call机号留了下来,答应一找到廖希就call她。

那天晚上，黄冬冬一走，我就赶紧奔赴廖希的住处。在应聘到《汉州日报》当记者之前，廖希是这所大学的新闻系讲师。他原来住在教工家属院的三号楼，和同系的一个姓李的讲师合住着一室一厅的小套间。他们觉得，二十一世纪马上就要到了，个人隐私也应该受到保护了，住宿问题应该好好商量一下，达成个协议。商量的结果是，一个人出去租房住，另一个每月替廖希分担三百元的房租，反正两个人不能住在一起。廖希一直在外面住，上个星期才和姓李的调了一下，搬回学校。

还好，廖希没有出去，让我逮了个正着。廖希是个音乐发烧友，有很高的音乐素养，我进去的时候，他正在听英国室内乐团演奏的巴赫的大键琴协奏曲。他曾多次向我推荐这张唱碟。他现在是个大忙人，作为对生活的一种矫正，他反倒喜欢起了巴赫轻盈典雅的巴洛克风格，大键琴那散淡、超然的演奏，尤其让他着迷。我感到事情比较急，没等他听完就讲开了。我的讲述和英国室内乐团使用的节拍非常相似，在节奏上都是均衡如一的，但出于对廖希的同情和尊重，也为了避免给他留下幸灾乐祸的印象，我的讲述没有像音乐那样达观欣悦。在讲述的时候，我还发现在书架的第二层的两扇玻璃之间，卡着一张黄冬冬的照片。照片中的黄冬冬比她本人要漂亮许多，有点像是街头卖的明星照。我拿着那张照片在廖希面前晃了一下，说，你真的好好想想，这种事处理不好，会闹出乱子的。

她怎么不直接给我说？这是廖希说的第一句话。他的第二句话更让我无法应答：她是什么时候怀上的？还没等我愣过来,他就又说,黄冬冬上午还来过,还在这里吃了午饭,那张照片就是她刚留下的。吃过饭,他们还在一起聊了一会儿。她告诉他,她的毕业论文的题目已经定了,叫"道德与智慧"。她还说,她之所以想到这个题目,是因为刚在他送给她的报纸上看到一篇名人轶事。杜威与两个中国弟子胡适、蒋梦麟一起出游,遇到一个蜣螂(屎壳郎)推粪球,推到坡顶又滚了下来,于是从头再来。两位中国教授同声赞美蜣螂有毅力,可杜威却说,它是毅力可嘉,愚蠢可怜。蒋梦麟后来记下了此事,并评价说,两学生是东方弟子,所以首先想到道德,而美国老师是西方弟子,所以首先想到智慧。你看,屎壳郎都谈了,还有什么不能谈呢?难道怀孕还没有屎壳郎推粪球重要吗?廖希说。

后来廖希掐指算了一下,黄冬冬怀上的孩子应该有三个月大了,依据是他和黄冬冬睡的最后一觉是在三个月以前。三个月的胎儿有多大?大概和这个杯子差不多大吧?他端着咖啡杯说。他还拿着桌子上的一只吃了一半的烤白薯打了个比方,说,那胎儿顶多像它那么大。他这样说,无非是要显得若无其事。他又咬了一口白薯,然后把它丢进了垃圾桶。

说来好笑,廖希其实做梦都想当爹。他今年三十五岁,早到了当爹的年龄。可他的过分讲究体形的妻子曲波却不想生孩子。曲波眼下还在枋口,也不想调过来。有一次,曲波似乎改变了主意,说她怀孕了,想把孩子生下来。廖希高兴了半天,后来才发现是空喜了一场,这次倒好,他好不容易有了一个孩子,却不得不打掉。

廖希不是一个小气的人,他愿意出一笔钱,让黄冬冬去自行解决。廖希基本同意我的分析,黄冬冬之所以要我把怀孕的事转告给他,就是因为她不好意思开口向他要钱。廖希的意思是,只要黄冬冬开个价,不管多少,他都会如数把钱交给她,另外还可以再付给她一笔营养费。他还进一步表示,在她毕业分配的时候,他愿意利用自己的关系,将她留在汉州。廖希这样大度,让我都有点感动了。

第二天我就给黄冬冬打了个传呼。我以为她会满意这个条件,可她却说,她不要钱,一分钱也不要,也不需要廖希帮她找工作。她说她只想让廖希陪她去医院,因为她一个人去,有点害怕。她的理由很正当,所以我当场就替廖希答应了下来。可她提出的第二个条件我就做不了主了。她不想在汉州的医院做手术,想到枋口去做,因为廖希以前给她说过,他在枋口医院有熟人,没错,廖希在那里确实有熟人,因为廖希本人就来自枋口。能找个熟人做当然是最好了,问题是曲波也在枋口。

可是奇怪得很,当我把黄冬冬的意思转告给廖希的时候,廖希却没有提出什么异议。他说,去就去吧,只要不出意外就行。我本来想提醒他要留意曲波,可话到嘴边,我又把它咽了回去。既然他能想得开,我还有什么好担心的呢?

廖希很快就和枋口的朋友联系上了,连手术的日期都定了下来:下星期一的上午,医生一上班就动手。星期五晚上,廖希为了感谢我的忙前忙后,提出要请我吃顿饭。他将我带到了离学校不远的紫金城公园门口的一家餐馆。上次,我的未婚妻来汉州时,廖希曾领着我们去那里吃过一次。那里的酱肘子和韩式烧烤确实别有风味,我的未婚妻后来还经常在电话中念叨,并要我寒假回去时,捎几只酱肘子给她的父母尝尝。

到了之后,我才发现廖希请的不是我一个人。黄冬冬也在!并且早到了一步。她已经点好了酱肘子,面前烤架里的炭火也烧得正旺。那红色的炭火,却有着微蓝的火苗。她不喝酒,廖希单独为她要了一份杏仁露。带着血丝的牛排、羊排、羊凹腰,串了竹扦的麻雀、鹌鹑端了上来,黄冬冬把它们放到了烤架上,并且老练地往上面撒着盐巴、辣椒粉和孜然。看来廖希以前常带着她来这个地方。带着煳味的肉香,和花雕酒的气息,在这样的雪夜是多么沁人心脾啊。我和廖希端着温热的黄酒,和端着杏仁露的黄冬冬响亮地碰杯。

廖希把日程安排给她讲了一下,说明天(星期六)上午八点钟见面,早点坐车去,这样可以在那里好好休息一夜,以逸待劳。她说一切听廖希的,她没有意见。廖希说,这只是个很简单的手术,不要有什么精神负担。廖希这么说的时候,还打了一个掏东西手势。大概是意识到在黄冬冬面前做这样的动作有点轻率,他的那个手势做得并不是很充分。黄冬冬也看出了这一点,她笑了,并问廖希:我像是有负担吗?同样的话,她又向我问了一遍。确实不像,她很平静,看上去什么事也没有发生过。她主动叫侍者拿来一个杯子,说她也要喝上两杯。她的语气也是平静的,不像是要借酒消愁。如果我说得没错的话,她是被眼前辛辣质朴的食物吸引住了,觉得应该开怀畅饮。她是个讲究的人,从随身携带的小包里掏出一包话梅,让侍者在温黄酒的时候泡进去,并且最好再往里面加点姜丝。

黄冬冬不算是美人,但她确实别有一番风韵。她不做作,很率真,这是我对她的基本印象。我记得两个月前,她向我表示她和廖希要尽量少交往,慢慢断绝来往的时候,我对她说,那咱们两个试试吧?这样说着,我就抱住了她。她并没有过分拒绝。吻的时间一长,她也有点动情了,面颊绯红,胸脯起伏不定,我甚至感受到她的乳头都硬了起来,但她却不允许我进一步深入,最后倒把我搞得羞愧难当。她请我原谅,还解释了半天,说她和别的女孩不一样,不能同时和两个男的有这种交往。我就问她,你不是说正要和廖希分手吗?她说,是的,她和廖希已经没有那种关系了,现在只是一般朋友。那么,另外那个男的又是谁呢?我不由得好奇心大发。她一边整理衣服,一边说:说出来你也不认识,他是搞建筑的,同济大学毕业,是个桥梁工程师。我问她,他是不是比我棒。她说不能这样比,因为各自的专业不一样,就像不能拿熊猫和波斯猫比较一样。我又问,他是不是比我强壮,一上床就龙腾虎跃。她立即伸出食指,戳了一下我的前额,骂我比廖希还坏。她还开玩笑地说,如果她和那个工程师没能谈成,她愿意把名额留给我。她是否说了谎,能不能说到做到,我是无从知道的,但她的坦率确实给我留下了非常美好的印象。

加了话梅、姜丝的花雕,果然有一种非常醇美的口感。我们都没有再谈打胎的事,我和廖希聊了一会儿足球,以及足球带来的新闻自由。黄冬冬和我们聊了一会儿她喜欢的网球。她说,在诸多网球名将中,她最喜欢的是美国的阿加西,因为他的笑很羞涩,也很迷人。她衷心祝愿阿加西和波姬·小丝白头偕老。餐馆里的人渐渐少了,我们也走了出来。回到校园里,我们发现有人在玩雪。路灯下,地上的一层新雪闪着微弱的亮光,校院呈现出少有的寂静。人影在雪地里晃动的时候,给人一种抽象的感觉。她拒绝了廖希把她送回寝室的要求,说她想一个人走走,还说她最喜欢听雪在脚下发出的那种咯咯吱吱的声音。

我和廖希抽着烟,目送冬冬拐过了一个自行车棚。廖希拉了我一下,说:帮人帮到底,明天你和我一起去枋口,好有个照应。他还说,既然冬冬不要钱,那她找你传话可能就是这个意思。

黄冬冬真的想让我去枋口吗?我不知道。但我是想去的,至少可以像廖希说的那样,好有个照应。那一天早上八点钟,我准时赶到了廖希的住处。廖希正在跟机关头打电话,说他想到枋口采访,在那里待上两三天,我在旁边听了直乐。廖希放下电话,我就问他,如果报社要他提供采访稿,他该怎么办。他说,不要紧,不管走到哪里,新闻都是现成的,随便写一个就可以交差了。他还说,现在的人有两大爱好,就是读报和通奸,报纸办得再差,也是有人看的,就像女人长得再难看,也总会有人上去凑热闹一样。

黄冬冬不在。一直等到上午十点钟,黄冬冬还没有来。我催廖希想想办法,比如,到黄冬冬的寝室看看她是不是睡过头了,或者到哲学系的图书馆去一下,看看她是不是把这事给忘了,写论文去了。廖希说再等等吧,如果到十一点半还不来,他就去找她,然后赶下午的火车。

为了等黄冬冬,中午那顿饭我们都没有吃好。廖希从冰箱里翻了半天,翻出了两包速冻饺子。据廖希说,那还是姓李的讲师搬出去时留下来的。这期间,电话响过几次,但都不是黄冬冬打来的。下午两点钟的时候,廖希火了,他在房间里踢桌子打板凳,说搞什么搞,再这样搞下去,老子就不去了。书架上黄冬冬的照片,也被他取下来扔进了纸篓。

话虽那么说,廖希还是让我陪他去找了一次。黄冬冬住在十号学生公寓。那个把门的也是一条机警的狗,和老张唯一的区别只在于她是条母狗。廖希向她出示了记者证,说他从总务处那里得知这个公寓管理得很好,他想上去采访两个学生,多掌握一些资料。以便能写一篇长文章,把这里的先进经验宣传一下,不愧是搞新闻的,谎话说起来一点都不磕巴,把那条母狗撩拨得心花怒放。

后来廖希一个人上去了。黄冬冬住在八〇五寝室,窗户朝南,从东头数第三个就是。我站在十号公寓前面的操场上,望着那个窗户。我当然不能看见里面的情景,看到的只是挂在窗外晾衣架上的乳罩、短裤,它们是那么小,从远处看就像是从树上长出来的蘑菇、木耳。和我一起在操场上张望的,还有另外几个男的。其中一个人向我借火的时候,还递给了我一支烟,过了很长时间,廖希才出来。他显然想到我会在操场上等,所以他一出来就径直来到了操场。廖希来的时候,我正站在双杠旁边和那个借火的人聊天。他是个出租车司机,要等的那个女的住在五楼,为了保护隐私权,他没有透露具体的房间。他说他和那个女生是在歌厅里认识的,第一夜,他按市场价付给了她二百元钱,后来又连续住了几夜,感觉还像第一夜那么过瘾,这不,他刚送一个客人从机场回来,就来等她了。廖希站在旁边,惘然地等着那个人说完,然后对我说:今天去不成了,反正又不差这一天两天,以后再说吧。

　　黄冬冬那天没有去上课,也没有去图书馆,究竟去了哪里,同寝室的人也不知道。廖希的恼火可想而知,他只好再和枋口的朋友联系,说事情往后推了,详情以后再说。对那一天的失约,黄冬冬后来有自己的解释。黄冬冬是在第三天出现的。她先找到我,然后又和我一起去找了廖希。她的解释是,那天一大早,她就去了车站,并且替我们买好了去枋口的车票,她在检票口左等右等,开车时间就要到了,还没有等到我和廖希,她就把车票退掉了。她说那个时候她的肺都要气炸了,觉得上了两个臭男人的当。第二天,她本来还打算找廖希算账的。

　　她的话由不得我们不信。当她责怪廖希没有把话说清楚的时候,廖希也只好笑着向她赔礼道歉。她大方地原谅了廖希,并开玩笑地要廖希做出下不为例的保证。如果我是你妻子的话,我肯定饶不了你,她说。廖希说是的是的,我请你吃饭。我在旁边打圆场,说再约个时间吧。明天怎么样?黄冬冬问廖希。廖希说这事他不能完全做主,得和枋口联系一下才能把时间定下来。要知道这种事放在咱们身上是大事,可放到医生身上就不算个事了,如果那个朋友明天不值班,或者另有安排抽不开身,那就没有必要去枋口了。廖希这么说着,在黄冬冬的肩膀上轻轻地拍了拍。黄冬冬的身体闪了一下,似乎想躲开廖希的手。她没有闪开,她那溪流似的秀发刚好流到了廖希的手上。廖希就又顺便抚摸了一下她的秀发。在那个瞬间,黄冬冬的脸突然显得非常妩媚,而廖希却有点发呆——他抚摸着那些秀发,望着那道突然闪现的乳白色的耳轮,好像走神了。

有那么一星期时间吧,廖希一直没有什么动静,黄冬冬也没有再来找我。他们那么沉得住气,倒显得我有点坐立不安了。我真的想让这件事早点了断。有一天晚上,我在梦中到了枋口,到了那个我从来没有去过的地方。我没有在街上逗留,直接去了医院。在医院的走廊里,我来回走动着,女人(是黄冬冬吗?)的尖叫穿过一层层的紧闭或虚掩的门,从手术室里传出来,将医院后院的棕榈树的叶子都震动了。梦里的时间变幻不定,一会儿是白天,一会儿是夜间,当棕榈树的叶子停止颤动的时候,月光下的树木和走廊都显得那么虚白。过了一会儿,我听到了婴儿的哭声,就像发出第一声鸣叫的知了那样,嗓音细细的,荡若游丝。接着那声音变粗了,哑哑的,还有点跑气,像是生手吹出来的笛音。然后一切都又无声无息了。我站在门庭下抽烟,廖希不知道从什么地方冒了出来,我们就边抽烟边聊,同时又等待着什么事情的发生。又过了一会儿,护士抱着一个婴儿来到了我们面前。我把手放到婴儿的鼻子前,手背所感受到的婴儿的气息,有如蚂蚁在爬动。我完全被那种细微精妙的感觉吸引住了。我向廖希说了我的那种感觉,但廖希很快打断了我。他说你胡说什么呀,婴儿早就死了。接着我就醒了过来。

就在那一周的周末,学校里出了一件事,一个女生在寝室里上吊自杀了。那个女孩也住在十号公寓。晚饭后,我和廖希散步的时候,不知不觉就走到了公寓前面的操场上。借着灯光在操场上踢足球的人,有时会突然停下来议论几句,还有些过路的人拿着手电筒朝公寓楼上照着。因为众多手电筒的灯光频繁地停在六楼的一扇窗户上,我们也就搞清楚了女孩自杀的房间。我提醒廖希,这是条很好的新闻,应该上去采访一下。廖希说:等你提醒,那还不晚了?原来他下午就去过了,他告诉我,那个女孩是计算机系的学生,他已经到市二院的冷库里拍了照片。廖希还说,校方已经通知了女孩的父母,他们明天早上九点多钟就从江西赶来了。死去的女孩今年十九岁,据廖希说,女孩长得很好看,在冷库拍照的时候,他不由得想到了"冰美人"的说法。

一个如花似玉的姑娘,就这样上了天堂,实在是一种浪费。她为什么上吊呢?这是我和廖希共同关心的问题。廖希的想法和我一样,他也想到女孩可能是怀孕了。因为怀孕时间过长,错过了打胎时间,最后只好一死了之。他说,等着看好了,家长明天来了可能会闹事,但尸检结果一出来,家长就哑巴了。

这件事按说和我们没有什么关系,但它还是给廖希很大的启示。廖希当场就决定,要尽快把黄冬冬的肚子问题解决掉，免得留下后患。我笑话他有点杞人忧天，黄冬冬是个开朗有理智的人，不至于闹出什么事。但廖希认为还是谨慎点好。他说，在青春期，自杀冲动有时会像霍乱一样胡乱传染的。他的看法是，黄冬冬要是也从中得到什么启示，以此来威胁他，或借此敲他的竹杠，他的神经可是受不了。

但是，接下来的几天，黄冬冬表示她得临时抱佛脚，应付英语抽考，事情就又耽搁了下来。考完外语的当天，廖希就去找了黄冬冬。那天我没有去，他们具体是怎么谈的，我并不知道。我从廖希那焦躁的神态上，看出他们谈得并不愉快。我问他，黄冬冬到底是什么意思。他说，黄冬冬说了，她刚考完有点累，想把这事往后放放。他告诉她，什么事都可以往后放，但这事不能再往后放了，他是替她着想，往后放一天，孩子就长一圈，到时候受苦的还是她自己。他催她明天就去，可她说，她真的是有点累，担心顶不住，从手术台上下不来。笑话，他对她说，怎么会下不来呢，又不是让你生孩子，你只管往上面一躺，别的事就不用你操心。黄冬冬还是没有答应他，只是说晚上她要好好地睡上一觉，恢复一下精神，然后再决定第二天去还是不去。

很快就是元旦了。元旦过后，廖希正要再去催她，她自己送上了门。她说，还是廖希说得对，事情确实不能再拖了，她已经感到胎动了。照她的描述，胎动有点像气球在肚子里飘来飘去，既让她心悸，又让她觉得神奇。不行，我得赶快把它处理掉，要是再拖几天，我的心一软，可能就下不了手了，到时候，你这当爹的可该如何是好啊。她对廖希说。听她的口气，她说的事情好像与她没有多大关系似的。廖希被她说得一愣愣的,站在门后一声不吭,就像一个傻瓜。

当天(元月三号)下午两点多钟,我们就坐上了通往枋口的火车。出了市区,从雪地里反射过来的混乱光线,透过车窗玻璃,映在黄冬冬的脸上。我第一次发现她显得忧郁和不安。削果皮的时候,水果刀在果皮上打滑了,差点划破她的手指。但在整个旅行中,黄冬冬并没有什么反常的举动。她还从列车服务员手中买下了两本杂志,丢给了我和廖希,免得我们显得无所事事。她自己买了一包话梅,然后含着话梅和我们聊天。我们聊的和手中杂志的栏目有关:陈希同和王宝森、电影《泰坦尼克号》、克林顿与莱温斯基、电脑网络、人妖,等等。这期间,廖希用手机和他的朋友联系了一次,要求对方到车站去接我们。听他的口气,他和那人的交情确实很深。黄冬冬把廖希的手机拿过来,也打了一个电话。廖希问她是给谁打的,她只说是给一个朋友,别的什么也没说。大概没有人接电话,所以她很快就关掉了手机,把它还给了廖希。

回想起来,因为杂志上正在讨论新的《婚姻法》草案,所以我们也提到了爱情和婚姻。这样一个话题对我们来讲是那么不合时宜,所以它一冒出来,我们都巴不得赶快了结。但是,什么事情都不能由我们说了算,一个寂寞的旅客插了进来,一谈起来就没完没了。他的观点是,新的《婚姻法》其实更注重了物质的因素,而忽略了精神。他对分居三年之后才能离婚的条款难以接受,声称这表面上好像对妇女有利,其实并非如此。他提请我们大家做个设想,一个想离婚但又得等上三年的男人，是会把所有的怨气都发泄到女人头上的。三年呐，有这三年时间，那男的还不把女的捶成肉饼。为了突出那种暴烈的效果，这位旅客一次次地举起他的拳头。

就是在这种情形下，黄冬冬提到了她和廖希的关系。我当时的印象是，那是一种拐弯抹角地切入，有如低空飞旋的落叶无意中飘入光和影。她说，如果人们能忘掉自己的初恋，那么，什么事情都可以忘记。这样其实也挺好，因为既然已经忘了，那么每一次恋爱就都成了初恋。给初恋设计一个标准，然后把人们往里面套，也是一种形而上学。然后她问廖希是否还能记得自己的初恋，能不能把她和他的初恋情人做个对比。他肯定不记得了，黄冬冬咬着饮料吸管，对我说。廖希果然说他想不起来了。他话音刚落，黄冬冬就说：怎么样，我没有猜错吧？出乎我的意料，黄冬冬又说了一句，说她跟廖希不太一样，至少目前还没有忘记初恋。我没有搞清楚她的意思，提出让她讲讲她的初恋。她手中玩着饮料吸管，用胳膊肘顶了我一下，让我去给买一瓶饮料。她也没忘记话梅，隐秘地眨眨眼睛，说她现在就喜欢吃酸的。

快到枋口的时候，廖希拉我到车厢的接头处抽烟。天色已经暗了下来，丘陵、树林、废弃的矿山，都浮游在灰白色的雾霭里。一束晚霞在一个斜坡上刺目地亮了一下，又倏然消失了。廖希盯着窗外愣了一会儿，然后扳住了我的肩膀。他说他想和我商量个事。他的口气是那么郑重，让我一时都有点难以适应。你能不能扮演一次冬冬的男朋友？就这一次。他说。见我没有开口，他就又说，反正你在枋口又没有熟人,不会有人说你什么。以后,你有什么需要我帮忙的,我一定为你两肋插刀。然后,他又告诉我,他其实已经给枋口的朋友说了,是陪着朋友和朋友的女朋友来打胎的。他再一次请我原谅,再一次提到了两肋插刀,并紧紧地抓住我肩膀上的肉,使劲地捏了捏。

事已至此,他又把话说到了这种地步,我再推辞就有点不近人情了,更何况最后要挨一刀的并不是我。我接过他递的烟,眯着眼望了一会儿窗外,又望了望他,突然有点神思恍惚。我感到手心里多了一点东西,低头瞧了半天,才意识到那是一笔钱。

你这是干什么?我吃惊地问他。廖希说那是手术和住宿的费用。我说,这就是画蛇添足了,既然你是陪我来的,我就可以把钱托给你照看嘛。他想了想,大概觉得这个理也能说得通,就又把钱拿了回去。随后,他像一个孩子似的,嘬起了自己的食指。

到了枋口,廖希的那个朋友果然在出站口等着我们。廖希告诉我他的朋友叫王金发。我上前和他握手的时候,王金发让我叫他老王。老王还和黄冬冬握了一下手,并夸她长得漂亮。黄冬冬说了一声谢谢。按照廖希的安排,我这会儿应该挽住黄冬冬的胳膊。我上去挽了一下,可黄冬冬却把手背到了身后。好在老王正和廖希寒暄,没有看到这一幕。

有一位小姐在离我们几步远的一根水泥柱跟前站着,灯光照着她,使她显得格外俗艳。她穿着红色的高筒雨靴,一手拿着手电筒,一手拿着一把收拢的伞。她身后的两根高大的水泥柱上,贴着一副对联:"安全行驶百天,迎接澳门回归"。门楣上的横批是"一国两制"。我不好意思一直盯着她,就去欣赏那对联上的书法,并想着"安全行驶"和"一国两制"到底有什么关系。来来往往的旅客中,没有人去关心它,车站的人大概也不会多看它一眼。如果那个姑娘不站在那里,我也不会去看它。我发现对联里面"行驶"的"驶"字写错了,写成了"奔驰"的"驰"。在车站出现这样的对联和标语,总让人有点心里发怵,担心自己在百天安全期之外乘车,会不会遇到什么意外。那个女孩还在往我们这边看着。我没有猜错,她果然是和王金发一起来的。这时候,老王朝她打了个响指,把她叫了过来。她一过来,就热情地和黄冬冬抱到了一起。老王说她姓艾。他还比画了一下,告诉我们是哪个字。我和廖希都叫了她一声艾小姐,算是彼此认识了。

我们都钻进了老王带来的那辆黑色的桑塔纳。天已经彻底黑了下来,在凌乱的街灯照耀下,枋口的街景给人一种影影绰绰、杂乱无章的印象。廖希坐在司机旁边,我、艾小姐和黄冬冬坐在后面,老王另外租了一辆夏利车在前面带路。黄冬冬问廖希,这里的街道他是不是都很熟,廖希说,说不上熟,但他不至于迷路。后来,桑塔纳在一家川菜馆前面停了下来,吃得比较简单,最后是老王掏的钱。老王说,等事情办完之后,再请大家好好吃一次。廖希拍了拍我,说:看见了吧,我和老王是非常好的朋友,可以说是狗皮袜子不分反正。

王金发也把旅馆安排好了。旅馆在市区的西北角,名字很怪,叫"忘川旅馆"。经黄冬冬提醒,我才想起"忘川"二字来自《圣经》和希腊神话。廖希补充说,办这个旅馆的人在枋口很有名,曾经信仰过基督。后来虽然又不信了,但旅馆的名字还是留了下来,因为它已经成了招牌和商标。

艾小姐和黄冬冬去了另一个房间。我们三个男的坐在一起,商量着第二天的安排。老王说,艾小姐就是人民医院的护士,他已经付了她一笔钱(他没有提具体数目),她会好好照料黄冬冬的。廖希开了句玩笑,问她是不是他的情人。老王说,怎么可能呢,兔子不吃窝边草嘛。他又对我说,他现在已经调出了医院,调动时和医院的关系搞得很僵,否则就没有必要拉艾小姐过来帮忙了。这么解释了一通,他突然一梗脖子,又说了一句:不过,是情人又怎么样?允许州官放火,就不许百姓点灯?廖希说,你现在不就是个官吗,也称不上是百姓吗?老王这次没有梗脖子,而是低下了头:我这也能算官?这样的官在枋口有上千个。

转入正题,他说他已经给艾小姐交代了,对外就说黄冬冬是她的朋友,别的不要多说。你们甚至没有必要露面,明天可以睡个懒觉,做完手术,小艾就把她送回来了。你考虑得真周到,不过,这样行吗?廖希问。怎么不行?办这种事情,小艾早已经是轻车熟路,老王这么一说,我的心情突然变得轻松了许多。说心里话,我虽然答应了廖希,可真的让我来扮演黄冬冬的男朋友,我还是难免紧张。廖希也轻松了下来。王金发出去的时候,廖希还给我开了句玩笑,说他本来想安排我和黄冬冬一起住的,现在看来,我只好和他住一个房间了。

艾小姐当天晚上没有回家,她另外开了一个房间。老王走了之后,艾小姐还和黄冬冬一起来到我们房间聊了一会儿。她们两个人都刚洗过澡,热气把脸蒸得红扑扑的。黄冬冬长发披肩,看上去非常随意、素净。艾小姐没有穿袜子,我注意到她的脚指甲刚涂了蔻丹,鲜艳夺目。后来,黄冬冬说她想早点睡觉,就先回了她的房间。我们和艾小姐接着聊。话题慢慢跑到了冬冬的肚子上面,我们从艾小姐那里知道了一些打胎的知识。她告诉我们,手术之前得把体毛剃掉,医生们把这称作"备皮",然后把一个扩宫器戳到里面,把里面打开。手术的方式具体说起来有多种,比如钳刮术、负压吸引术、剖宫术,等等,但不管是选用哪种方式,医生都是很熟练的,没有必要担心,因为我们的基本国策就是计划生育,中国医生打下的胎儿,每年都可以组成一个小的国家。活儿比较多的情况下,一个妇产科医生一天打下的胎儿,就可以组成个街道托儿所。她打了一个手势说,打胎其实就像渔民掰开一只蚌那么容易。她还告诉我们,刚才她也把这番话给黄冬冬讲了一遍,让黄冬冬不要有心理负担。她还向黄冬冬保证,一星期之后就可以上床了,什么都不耽搁。

第二天,我和廖希还是早早爬了起来。七点半左右,老王在楼下鸣笛,我们看到桑塔纳已经停在那里了。老王再次表示我和廖希没有必要去,否则还得另外租车。廖希征求黄冬冬的意见,黄冬冬说,既然老王说了,那大概真的没有必要。廖希又倒过来问我。我说既然来了,还是去比较好。

艾小姐和黄冬冬坐桑塔纳;老王、廖希和我,另租了一辆车,紧随其后。枋口虽然只是个小城市,但车辆还是很多,加上正赶到上班时间,交通不时出现堵塞。老王说,迟到也不要紧,医生会等着我们的。话虽这么说,老王还是要求出租车司机从车缝穿过去，超过他那辆桑塔纳，好在前面带路，绕到另一条街上面。后来，我们在前面走，黄冬冬她们的车在后面跟着。过了一个街口，发现后面的车没有跟上来，我们就把车停到路边等了一会儿。大约十五分钟之后，桑塔纳出现了。通过后视镜，我看到它在急速追赶，但直到医院门口的时候，它才撵上来。桑塔纳还没有完全停稳，艾小姐就打开了车门。她一开口，我们都呆住了。她说：冬冬下车了，说想呕吐，可她下了车，转眼就不见了。

要不，顺原路回去找找她？过了一会儿，见谁也不说话，艾小姐怯怯生生地说了一句。

她知不知道，我们来的是这家医院？老王问廖希。廖希没有吭声，老王就又问艾小姐。艾小姐说，自己已经想不起来是否给她说过。

别担心，她又不是傻子，找不着我们，她会自己回到旅馆的。我说。

她会回旅馆吗？廖希说。看上去，廖希的神情还是比较镇定，但他其实已经心神不宁。他一直往路中央挪动着脚步，并朝我们来的方向张望着。有一辆夏利车从他身边开过的时候，司机摇下玻璃，骂了他一声"找死"。可廖希就像没有听见似的，仍然保持着那个张望的姿态。

我们很快就知道，黄冬冬并没有回到旅馆。黄冬冬临阵脱逃了！别说廖希了，连我都生气了。我和廖希一遍遍地问艾小姐，黄冬冬下车之前到底都说了些什么，有没有什么异常表现。艾小姐说来说去还是那几句：冬冬说自己想呕吐，喊着让停车。一停车，黄冬冬就捂着嘴钻出了车门，跑向了路边的一个窨井。这期间,为了给后面的车让道,桑塔纳往前开了一小段,停到了路边。过了几分钟,见黄冬冬还没有过来,她就下车去找,找了一会儿没发现她的人影,她才感到事情有点不妙了。

只要看一眼那两天的廖希,你就知道了什么叫热锅上的蚂蚁,什么叫无头苍蝇。枋口虽然只是个小城市,但要想找到黄冬冬,无疑仍是大海捞针。她会去哪呢?回汉州了吗?我打电话托室友顾庆文去找过一次黄冬冬,得知她并没有回去。她的老家在焦作,但她绝不可能回去,因为她没有必要让家人知道她未婚先孕,除非她是个傻瓜,但她分明又不是傻瓜。老王不在的时候,廖希第一次承认,以前曾夸张地向黄冬冬讲过他和曲波在婚姻上的不幸,还比较具体地谈到他多么想生个小宝宝。但那已经是很久以前的事了,那时候,他还没能和她搞上呢。莫非她真的去找了曲波?可她找曲波干什么呢,报复还是摊牌?

廖希抱着手机想了一会儿,往家里打了一个电话。电话没有人接,他就又打了114,问了问曲波单位的号码。单位里的人说,曲波随工会到海南旅游去了。廖希又向对方打听曲波是什么时候去的,什么时候回来。对方说了什么我不知道,我只看见廖希的眉毛一点点竖了起来,在眉毛之间形成了一个"川"字。

随着时间的推移,各种可能性都被我们一一排除了,当然新的可能性又不断地被我们罗列了出来。其中,最坏的两种可能性是这样的:一种是,黄冬冬蹲在窨井边呕吐的时候,说不定真的被后面的车撞住了,然后被人送进了附近的医院,现在,正在医院躺着呢;另一种更加恐怖,黄冬冬说不定已经不在人世了。老王回来的时候,又添乱似的提出了这样一个假设:由于黄冬冬是单身一人,又操着外地口音,所以她很可能被人贩子盯上了,说不定现在已经被转移到了乡下,正要卖个好价钱。这种说法因为过于离奇,一提出来就被我和廖希否定了。我们的否定还引起了老王的不满,他说:别不当回事,这种事情报纸上登过的,而且卖的就是女研究生。那你说怎么办呢?我问老王。老王说,卖就卖了,他有什么办法。到最后,我们谁也不敢再提什么假设了,因为每提出一个,都能把我们吓得半死。廖希已经有点傻了,有一次他在厕所里待的时间过长,我只好去看他到底在搞什么名堂。我看见他站在坐厕前面,翻着自己的包皮发呆。

那一天的后半夜,廖希哭丧着脸,第一次向我提起了他为什么会同意到枋口做手术。他说,其实他并不是没想到来枋口的诸多不便。之所以答应来,一是他确实跟黄冬冬说过,他在这里的医院有熟人,怀孕了也不要紧;二是他一直想给曲波造成一种似是而非似非而是的印象,那就是还有别的女孩爱他。他坦承,让我扮演黄冬冬的男朋友,就是为了造成这种模棱两可的效果。他说,没有不透风的墙,曲波很快就会知道他带着一个怀孕的女孩子来了枋口,但怀疑归怀疑,有我在那里顶着,她就抓不到确凿的证据。可是现在,一切都他妈的搞砸了。他说着,朝枕头跺了一脚,然后又要上厕所。我说你不是刚上过吗?他这才坐了下来。

天快亮的时候,我醒过来看见廖希还抱着枕头坐在暖气片跟前。我叫了他一声，他吓得一下子站了起来，并且连着打了几个寒战，他说出了经过一夜的思考得出一个假设：黄冬冬会不会撇下我们，自己去打胎呢？

天还没有亮透，我和廖希就出发了，我们先去了人民医院，然后是枋口中医院、妇幼保健医院。跑完市级医院，又去了几家区级医院。区级医院还没有跑完，廖希的身体就吃不消了。他的腰怎么也直不起来，就像烧过的大虾。他让我别担心，说他老毛病犯了。他的精神状态和胆囊的关系很密切，现在是胆囊里的石头在作怪，那一兜石头快把他的胆囊撑破了。

但是，在那一天，他还是坚持着跑完了最后一家。在枋口的怀庆区医院，我们查到有个女孩昨天下午在这里打了胎，而且是艾小姐介绍过来的。廖希掏出手机，要和老王联系，让他去问艾小姐那个女孩到底是谁。但由于胆囊的疼痛，他一时想不起来老王的手机号了。我们只好祈祷那个女孩就是黄冬冬。

那一天下午，我们就是在那家医院度过的，当然不是为了摸清情况，而是为了廖希的胆囊。在医院后院的病房里，医生为廖希打了两瓶吊针。人们打点滴时容易犯困，加上他昨天一夜没睡，他很快就睡意沉沉了。一开始，他还能强打着精神和我说东道西，问我是否对黄冬冬有兴趣，想和她睡上一觉。黄冬冬还没有影踪，事情的结果还很难预料，所以我当即就否认了他的说法，强调我纯粹是为了他才来到枋口的。打到第二瓶，他终于撑不住了，睡得像只死猪。不过，他很快就又醒了过来。他出人意料地问起我对老王的看法。

我不知道他是什么意思,只好实话实说,表明我对老王一点都不了解,谈不上有什么看法。廖希像说梦话似的,突然来了一句,说他一直怀疑老王就是曲波的情人。他说,老王拉那个姓艾的女人过来,其实是给他看的,表明自己有的是女人,用不着去搞曲波。廖希说着又笑了起来。笑完之后,他又沉沉睡去了。

天很快就黑了下来。医院后院的棕榈树上,披挂着一朵朵的雪。这和我来枋口之前做过的那个莫名其妙的梦有点相似。偶尔有一声尖叫从某间病房里传出来,我就失神地望着棕榈树的叶子,看它是否会因此而颤动,上面的雪是否会抖落下来。我不关心廖希提到的曲波和老王,我想的是,这会儿黄冬冬会躲在哪里呢?廖希说的没错,我确实是喜欢黄冬冬的,否则我不会跑到这个地方。但是,不知道什么地方出了问题,一直到她失踪,我都不知道应该怎样和她交往。我还想到了自己的未婚妻,想着她现在正和谁在一起吃饭,吃完饭要去哪里打发时光;想着她是否会打电话到学校找我。我正这样胡思乱想,感到肩膀上突然放了一只手。我打了一个激灵,差点喊叫起来。

来的是个医生,他问我病人是否还要在这里继续观察,是否要在这里动手术。医生说,病人的皮肤、黏膜和眼球的巩膜,都有点发黄,如不及时治疗,很可能会发展成黄疸。

廖希坚持要赶在曲波回来之前离开枋口。他不想住院,更不想在那里动手术,理由是他不想让曲波看见他那种倒霉相。那个时候,黄冬冬已经给我们来过电话了,让我们不要再找她,还说她一切都好。我们回来之后,廖希向单位出示了他在枋口的住院证明,领导不仅没有查问采访一事,反而催促他赶快去动手术,还给他很多安慰和同情。

我和廖希都没有再去找黄冬冬,当然黄冬冬也没有再来找我们。期末考试结束之后,我去设在学校食堂上面的舞厅里跳舞,偶然遇见了她。她和一个小伙子配对,在舞池中央跳得非常热烈。后来,当那个小伙子出去买饮料的时候,我撇开舞伴,挤到了她的身边,邀她共舞一曲。她迟疑了一下,还是答应了。跳舞的时候,我一直在想,应该和她说点什么呢?我本来想避开有关枋口的话题,但是"枋口"这个词最后还是跳上了我的舌面。她没有回避,说她那天确实呕吐了,呕吐过之后,她一时找不到那辆车了,就进了街边的电话亭给廖希打电话。拿起话筒的时候,她又试着往汉州打了一个。她说,这次她没有失望,那个长时间和她断掉了联系的建筑师刚好接住了她的电话。她生怕对方听不出她是谁,竟然连着把自己的名字说了三遍,就像在初恋中一样。说到这里,她顺便告诉我,她对廖希的感情,就是她的初恋。

乐曲再次响起了,那个小伙子又走了过来。她没有介绍我们认识,也没有再和他跳舞。她对我说,等走出了舞厅,我们最好谁也不认识谁。我和黄冬冬跳了一曲又一曲。在最后的舞曲声中,我们先后走出了那扇门,然后背向而去了。

1998年10月12日　郑州

一九一九年的魔术师

一九一九年的正月十五,一个玩魔术的人来到北京天桥摆摊卖艺。他身无长物,只有随身带来的一只虎皮鹦鹉和几只鸽子。那只鹦鹉是个语言天才,它精通汉语和英语,而且不管是英译汉还是汉译英,都称得上信达雅。由于它的童年是在拉丁美洲度过的,所以它还懂得西班牙语和葡萄牙语。又由于和鸽子长期相处,所以它也精通鸽言。比如,鸽子即将产孵时的告白,就是它翻译给主人听的。它在北京只待了两礼拜,北京话就说得很地道。当它操着一口既嘎嘣脆又黏黏糊糊的咬舌音跟你打招呼时,你会以为在街上碰见了自己的老街坊。这样的一只鸟,若能活到今天,定会成为电视里的脱口秀明星。它原来的主人,一位在小荒山传教的牧师,就曾经把它称作"长翅膀的巴别塔",意为语言之鸟。

这个玩魔术的人自称天宝——后来人们才知道这并非他的本名。他其实就是后来在现代史上赫赫有名的田汗。他是小荒山青梗镇人氏,鹦鹉和鸽子就是他从青梗镇带出去的。众所周知,在天桥地界找个卖艺的摊位,实在比登天还难。可对一个魔术师来说,事情就好办多了。那时候,他的鸽子孵出的那四只乳鸽已长到半大。他临时增添了一个新的项目,即活鸽子变熟鸽子,然后将其中的三只送给一个王记卤煮火烧店的俩小伙计打了牙祭,那两个小伙计就睁一只眼闭一只眼默许他在店前设摊卖艺了——他们的老板回张家口奔丧了,要过些日子才能回来。他的摊位离天桥的东十字只有一步之遥,来往人丁甚多,算得上黄金地段。于是,在卤煮火烧那臭烘烘的香气中,天宝拉开了他在北京城生活的序幕。晚上,为了能在店里睡上一夜,他会主动地替小伙计清洗猪肠。天一亮,天宝就起了床,他先把那两小伙计床下的尿盆端出去倒了,接着再把自己脑袋伸到冷水里涮上一涮。出于魔术事业的需要,他剃了个青皮核桃的光头,涮起来是比较方便的。忙完这个,他就把鹦鹉端出来,让它对着行人来上一阵"哟,大爷,你早啊"或是"good morning",算是先来个简短的开幕式。

所有玩魔术的人都少不了一顶帽子和一双宽大的袍袖,天宝也不例外。他的帽子看上去简单,实际上却是机关密布。比如,帽子的里面有个深深的凹槽,现在那里面就藏着一根长长的辫子。那根辫子和鹦鹉、鸽子一样,都是他玩魔术时必不可少的道具。他把那顶帽子往头上戴着,他的动作看上去是那么轻松、随意,就像骑士给马套上马刺一样。在鹦鹉的叫声中,周围的人慢慢多了起来。天宝双手抱拳,谦恭地欠欠身子,说:"各位老少爷们,有钱的捧个钱场,没钱的捧个人场。"话音没落,他把临时从店里抓来的那块抹桌布轻轻一抖,一只鸽子就在他的手背上咕咕咕叫了起来,在众人拍手叫好之时,那只鸽子突然飞到了他的帽子上,在那里开始了它的工作。随后,他光溜溜的脑袋突然长出了一条辫子。天宝后来对我说,他的那根辫子确实是无价之宝,因为"它像鸡巴一样能硬能软",而当它硬起来的时候,它能像狗尾巴那样慢慢地翘起来。这是他的绝招。在一九一九年的北京城,会玩这个把戏的只有他天宝一个人。

谁要是认为这个叫天宝的人会在天桥一直干下去,那就是傻帽了。魔术师最忌讳的就是在一个地方长待,因为魔术师的技艺可以穷尽,而看客们的要求却总是没完没了。跟着师父在广东学艺的时候,他就已经懂得了这个浅显的道理。所以,在天桥的第七天的早上,天宝起床之后,不但没把床下的尿盆端出去,而且还往里面加了一泡。多年之后,天宝把他的这泡尿理解为革命行动的说法,虽然有点勉强,但也并非不挨边。这天早上,当鹦鹉对着那两个仍然没有睡醒的小伙计说"您歇着,明儿见"的时候,天宝不由得笑了起来。他当然再也不会回来了,卤煮火烧那臭烘烘的味道,他已经闻够了。

有一个叫孔繁泰的记者曾在一篇文章中写道:天宝离开天桥地界时,曾受到当地混混们的围追。孔繁泰还写道,这是葛任告诉他的。葛任是天宝的同乡,早年是新文化运动积极参与者。他们都来自青梗镇,都在外国牧师开办的一个育婴堂里度过一段童年时光。葛任的说法自然是来自天宝。不过,多年之后我见到天宝时,他对我说那是他瞎编的,为的是取得葛任的同情,好让他在北京有个立足之地。他来北京就是为了见到葛任。他路过杭州的时候,就听说葛任从日本回来了,正在北京做事。那一天的实际情形是,他离开的时候天还没有亮透,别说那些好吃懒做的混混们了,就是那些精明的小商贩们,也大多还待在梦乡呢。天飘着小雪,一切都是静悄悄的。他的鸽子此时也是昏睡未醒,鸟头还在翅膀下面掖着呢。他是端着鸽脯把它带离天桥的。天宝到死还记得,那时候街上只有几个靠摔跤吃饭的年轻人正在练习劈胯下压。他们的师父,天桥一带有名的"跤王四世"赵奎,和一条狗静静地站在一边。那只狗是前任跤王"跤王三世"胡彪在圆明园一带从八国联军手中夺来的,算得上国人在那场战争中所获得的唯一战利品。据《天桥异物志》记载,这只狼狗每天都要吃上几只野兔,啃上两只牛胛骨。里面还记载,这只狗因无法交配,而染上了手淫的恶习,准确地说是口淫,即用舌尖反复撩拨自家的狗剩。时间一长,其性情就变得更焦躁,见到生人就分外眼红。但是在那个早上,那条狗一见到天宝,却像见到阎王爷似的,哼哼唧唧地连连后退。这是因为天宝随身带的那根辫子里面夹有一样东西,那是几根豹子的胡须,它隐蔽的精血的腥气能使狼狗闻风而逃。写到这里,我就可以透露一点小秘密了:玩魔术的时候,天宝的那根辫子之所以能像狗尾巴那样翘起,就是因为那几根豹须在暗中相助。

好像和"狗尾巴"这个词有缘分似的,几天之后,当天宝跟着一个捣鼓古玩的人来到了一个堆满各种破罐子的胡同的时候,别人告诉他,这个胡同的名字就叫狗尾巴,即地图上所标明的高义伯胡同。顺便说一下,他之所以跟踪那个人,是因为对方乃一白面书生,他觉得那人长得有点像童年时代的朋友葛任。身后时刻跟随着一位胳膊上卧着鸽子、手拎拴着鹦鹉的小铁环的青皮壮汉,那个白面书生没有理由不感到害怕。在一家名叫隆裕的店门前,那个人突然惊叫起来。天宝后来对我说,他的惊叫把一个正从店里走出来的人吓得跌倒在地。他本人也被吓了一跳,忙乱之中碰翻了一张八仙桌。随着一阵稀里哗啦的声音,八仙桌上的那些瓶瓶罐罐,全都碎成了瓦砾。

直到后来当上小荒山地区的书记,天宝才从一个当了"右派"的收藏家那里知道,当初那些做尿壶都不够格的东西,确实都是珍品重器,乃无价之宝也。到这个时候,他才理解了隆裕店老板对他的责罚并不为过。由文物出版社出版的《隆裕店史》一书记载了穷光蛋天宝当时受到的责罚:"仆役先用铁链将他吊到后院的古槐上,因此人膀大腰圆,铁链长不及使,故又剁开拴鹦哥的铁链续上。继之,以桑条鞭其后背,并用夹棍夹之,压其膝弯,使其跪到炭碴之上。"后来,店主见他确实并非出于歹意,才命人将其从古槐上取下。天宝虽然是个革命家,但他终生并未受过多少皮肉之苦,这次是个唯一的例外。其实,就此次受罚而言,称之为皮肉之苦,也有点夸大其词。那些家奴与其说在鞭打他,不如说是要吓唬他。那个店主战钦荣乃旗人后裔,是个精明的古玩经纪人,善于察言观色是他的看家本领,他很快就看出天宝并非出于歹意。他自认倒霉,并未对他恶语相加。认真说起来,他还应该感谢战钦荣。如果战钦荣不收留他在店里挑水劈柴(当然,这都属于义务劳动,是分文不取的),他与葛任就不会有后来的相遇。果真如此,他可能一辈子都是一个靠玩魔术混饭吃的主儿,那与走街串巷靠劁猪过活的人比起来,又有什么两样?

在狗尾巴胡同的隆裕店,天宝挑水劈柴之余,还在店前的空地上继续从事他的魔术活动。这无形当中起到为隆裕店招徕顾客的效果。那些从五湖四海赶来的古玩商人,一边看他的表演,一边把自己的手伸到店主的袖袍之中,通过一连串外人无法参透的乖巧指法,就某样或真或假的古玩达成协议——此乃后来所谓的"文化唱戏,经济搭台"的源头。在较短的时间里,隆裕店就一跃成为整条狗尾巴胡同最兴隆的商场,并一举确立了它在全国古玩交易方面的霸主地位。这之后,隆裕店又在全国开设了无数的分店,进一步形成了自己的WTO体系。当然,战钦荣一家后来也因聚财甚多而获罪了——它因一个魔术师的介入而兴盛,又因历史的魔术而倒了血霉,所谓成也魔术,败也魔术。不过,这都是题外话了。

天宝就是在隆裕店门前见到辜鸿铭的。这是一个意味深长的重要的历史时刻——对天宝的个人历史来说是这样,对我们民族的历史来说也是这样。遗憾的是,那一天的准确日期现在已经无法查考,天宝本人也难以记起。《隆裕店史》一书在谈到此事时,也有点语焉不详,只是称"其时,院子里的柳树已露出鸟舌状嫩芽,(战家)二小姐桃红的小手尚有冻疮若干,(门前)石狮子舌下亦有冰凌未消"。从节气上看,这应当是在惊蛰即农历的二月初八前后。这一天,那只训练有素的鸽子刚刚飞到天宝的帽子上,那根拖在天宝脑后的辫子刚刚翘成狗尾巴状,那位拖着一条真正长辫的北大教授辜鸿铭先生就来了,天宝说,最初他并没有看见辜鸿铭的长辫,也没有注意辜鸿铭头上的那顶红缎子的瓜皮帽。他当时的注意力全放在辜鸿铭旁边的那个金发女郎身上。那个金发女郎又高又瘦,就像一株穿天杨。这时候,天宝听见自己的鹦鹉突然来了两句英语。那两句英语一定说得很地道,因为辜鸿铭和那个洋女人都仰脸看着他的鹦鹉。鹦鹉还说了一句什么,那个洋人没有听懂。辜鸿铭听懂了,他对洋女人说,这鹦哥说的是拉丁语。那个女人吃惊地看着鸟,咽了咽唾液。随后,女人才看见天宝脑后的那根翘起来的辫子。顺便交代一下,这个女人是英国《泰晤士报》的记者,名叫 Emma Woodhouse(爱玛·伍德豪斯)。她眯着眼看了一会儿,突然咧嘴笑了起来,然后凑到辜鸿铭的耳朵前说了一句话。说的是什么呢?伍德豪斯后来在一篇文章中写道:

> 我当时对辜先生说,瞧见那根辫子了吗?即便是托尔斯泰,也写不出这种巧遇。

辜鸿铭的眉头当时就皱了起来。而此时的天宝也已经看到了辜鸿铭的那根辫子。他们都以为对方在模仿自己,并因此而恼火。对辜鸿铭来说,他的历史地位要靠那条辫子来奠定,对天宝来说,脑后那条可硬可软的辫子就是他的看家本领。现在北京城又克隆出来了一个和自己一模一样的辫子,岂有不恼之理。

辜鸿铭是个恃才傲物之人,在最初的惊讶和愤怒之后,他故作轻松地走进了隆裕店。他那天口袋里并没有几个子儿,但却一定要买一点东西。最后,他相中了店主战钦荣用的一套宜兴茶具。他带的钱不够,只好临时向詹姆斯借了一些。看见有洋人掏钱,战钦荣就咬咬牙狠敲了他一笔竹杠。那套茶具共计一个茶壶、四个茶杯,上面都刻有一个"战"字。此外,茶杯上还分别刻着战钦荣三个老婆的姓氏。辜鸿铭抱着这套茶具,突然找到了他所鼓吹的一夫多妻制的现实依据。当他来到隆裕店前的石阶上的时候,他冷不防喊了起来:"诸位都看到了,家家都是一个茶壶配几个茶杯,从来没有一个茶杯配几个茶壶的。"这个男性主义的"茶壶论",很快就流传开了。多天之后,这个男性主义的"茶壶论"又派生出了具有女性主义色彩的"牙刷论"。其始作俑者是一个叫陆小曼的女人。她对自己的丈夫徐志摩说:"志摩!你不是我的茶壶,我也不是你的茶杯。你是我的牙刷!茶壶可以公用,牙刷却只能我一个人用。"没有男性主义的"茶壶论",也就没有女性主义的"牙刷论",由此可见,天宝脑后的那根狗尾巴,对中国的女性主义理论的兴起,间接起到过一定的作用。而在那个时候,天宝当然不会去思考什么茶壶和牙刷。他当时只关心一个问题:狗娘养的,那家伙到底是谁?

从一个经营字画的店主的儿子那里,天宝终于打听出对方是北大的教授,并非什么魔术师。字画店主的儿子那时就在北大读书,读的是法律(他后来成为著名法律专家周继槐先生的助手)。听对方这么一说,天宝反倒有点喜欢上辜鸿铭了。当他知道整个北京城只有辜鸿铭一人留着长辫的时候,他恨不得立即跑到北大,在那里安营扎寨。他知道看客们最喜欢看的就是他变辫子。之所以喜欢,无非是因为他们不久之前都还有辫子。他想,既然北大还有一个留辫子的人,那么北大的师生们对他的表演一定会有浓厚的兴趣。这个时候,他压根都没有料到,他会在那里遇到葛任。这真叫众里寻他千百度,蓦然回首,葛任就在那灯火阑珊处。当然,他去北大的另外一个原因,也值得提一下,那就是他不得不考虑虎皮鹦鹉的情绪。那只鹦鹉自从见到了伍德豪斯和辜鸿铭,每天就只说英语和拉丁语了。直到天宝决定带它去北大找那两个人,它才改说汉语。

那时候北大还在沙滩,天宝拎着鹦鹉,几乎是大摇大摆走进了这新文化运动的发祥地。据天宝说,只有一个学监模样的人曾问过他来北大有何贵干。他正想着该怎么应对,那个人就被他的鹦鹉迷住了,左看右看。看完了鹦鹉,又看他的装束,然后笑着走开了。天宝的打扮在外人看来确实比较荒诞:天还很冷,可他却是单衣单裤,袖袍肥大,腰间又系着红绫,肩头还落着一只杂毛鸽子。至于肩上的那一片白痕,不用说,那自然是鸽粪了。

天宝的运气不错,他很快就在北大遇见了葛任。那时,经李大钊介绍,葛任在北大的图书馆工作,所以他们是在北大图书馆的阶前相遇的:葛任从图书馆出来,看到一个人在那里表演魔术。他在那里看了一会儿,正要走开时,有一只鸽子突然从魔术师的袍袖里飞出来,落到葛任的肩头。与此同时,葛任突然听到了一青梗口音,并且指名道姓,就是叫他的:"阿双,阿双。"众所周知,阿双就是葛任的乳名。

到了晚年,天宝终于承认了这样一个基本事实,即他能到北大图书馆工作,是得益于葛任的穿针引线。其实这方面资料繁多，天宝即便不予承认，那也是铁板上的钉子难以拔掉的。这方面的情况，我以后还将另文介绍，我现在要谈的，是他在北大再次见到辜鸿铭之后发生的事。那时候，葛任因迷恋英国诗，正旁听着辜鸿铭的课。见到天宝的第二天，葛任去听课时，天宝也跟去了，同去的还有一个刚从杭州来的人，此人名叫梁松，原是康有为的信徒。他来北京找葛任似乎有什么要紧事。那一天，天宝没有进到教室——他从小就不是一个能坐得住的人。他在墙外等着那两个朋友，一边等，一边咽着唾沫，这是因为梁松说过，这天他要请他和葛任到全聚德吃烤鸭。

在等待他们的时候，他被室外的那些女学生吸引住了。准确地说，他是被她们的耳朵吸引住了，她们大多剪着齐耳的短发，露着白净的双耳。她们也注意到了他的鹦鹉和鸽子。当她们好奇地围过来时，他一时技痒难忍，就免费给她们表演了一番辫子魔术。和往常一样，当那根辫子翘起来时，他就会不由自主地流露出某种可以称之为淫荡的神情来。在天桥和狗尾巴胡同时期，他的这种表情最能博得喝彩，可在女学生面前，它显得不伦不类了。尤其是鹦鹉再在一边担任解说，说什么"灰喜鹊，尾巴长，娶了老婆忘了娘"的时候，那种淫荡色彩就更是无以复加了。她们一定把天宝看成了街头的泼皮，不然她们不会一哄而散，只有个别故意装聋作哑的女学生，和随后到来的观众还站在他旁边。其中有些人以前就看过他的表演，是老顾客，此时前来，已经带有穷根究底的观摩性质。而此时此地，因为一墙之隔就是正在讲课的蓄辫的辜鸿铭，这些平时看惯了辜鸿铭洋相的观摩者，不能不强烈地感到,天宝这样做,实在是有他的具体所指。他们于是呦呦地叫了起来。天宝呢?他更是倾情出演。那两只鸽子也是忙得不亦乐乎,在他的袍袖和帽子之间不停地飞来飞去,嘴巴都忙烂了。鸽子的嘴巴怎么会忙烂呢?看来,我有必要将鸽子、帽子和辫子三者的关系说明一下了。如前所述,那根辫子是掖在帽子里的,帽顶中央的那个红穗子里,安着一个小轮子,上面所缠的比头发丝粗不了多少的绳头,是和藏在辫子里的豹须连在一起。鸽子的任务就是衔住那根绳头,然后绕着帽穗散步,把那根辫子拉竖起来。那鸽子虽然看上去胜似闲庭信步,其实它是把下蛋的力气都用出来了。因为用力过度,那只母鸽曾经有过一次早产——它把一只软蛋提前下到了天宝的帽子上。

下课的时间到了,从教室里走出来的人当然也看到了天宝的表演。葛任也看到了。他想阻止天宝也阻止不了,因为天宝正在兴头上。这不,他把帽子摘下来,让众人看看他绝对是个光头,然后他又再次戴上了帽子,要从头再来。辜鸿铭自然也看到了这一幕,不过,他并没有在那里逗留,而是很快走掉了。这当然不能说明他对此事无动于衷。否则,在随后写成的一篇文章当中——它是以欧洲中世纪基督教徒们使用的问答传习体(Catechism)写成的——他不会留下如此的记录:

哪里是天堂?
天堂在上海静安寺路最舒适的洋房里!
哪里是地狱?

地狱在北京一个玩魔术的人的帽子里!

就在天宝倾情出演的第二天早上,天宝在鹦鹉的叫声中爬起来的时候,觉得鹦鹉有点不对头。自从来到北京,除了偶尔说几句外语,那鹦鹉一直是说北京话的。可是这个清晨,鹦鹉却突然说起了文言文,而且还有点口齿不清。在这新文化运动的发祥地,那文言文听起来难免使人产生隔世之感。后来,他慢慢听出了一点门道:鹦鹉好像是在致悼词,因为它总是重复地说什么"呜呼哀哉"。后来他才发现,他的两只鸽子梗着脖子躺在地上,尸首已经凉透了。随后他又发现,他的帽子里也是空空如也,那条辫子也变得不知去向了。

自从葛任将他介绍到图书馆工作,一般情况下,天宝就在图书馆过夜,偶尔才回到葛任的住所。昨天晚上,他和梁松就是在图书馆阅览室度过的。那时候梁松还在昏睡,天宝叫他也不醒。据天宝说,论年龄,梁松应该算是他的长辈,可天宝那时顾不了那么多了,他捏紧梁松的鼻尖,硬是把他给憋醒了。随后,他们紧张地做了一番分析:一定是有人趁他们睡觉时在鸽食中投了毒,然后将辫子偷走了。至于为何没将鹦鹉毒死或弄走,一来鹦鹉有早睡早起的习惯,并且睡眠状况良好,半夜不解手,也不吃夜宵;二来鹦鹉是拴在链子上的,脖子上还系有铃铛,稍有不慎就会打草惊蛇。那又是谁下了此等毒手呢?他们自然不约而同地想到了辜鸿铭。尤其是天宝,一想起昨天辜鸿铭匆匆离去的背影,他就更加觉得那偷辫之人非辜鸿铭莫属。他恨不得立即揪住辜鸿铭,将他的辫子剪掉。当天发生的另外一件事,似乎部分地印证了天宝的分析。这天中午,图书馆的一个管理员告诉天宝,校方已经知道有个图书馆管理员蓄有一根长辫,仍似有不妥。而向校方反映这个情况的,不是别人,正是辜鸿铭教授。蔡子民先生已经要求调查此事,并将调查结果及时上报。据那人说,辜鸿铭还放下话来,此事若不严肃查办,他便辞去教职。当在场的陈独秀提醒辜鸿铭,他这是"只许州官放火,不许百姓点灯"的时候,辜鸿铭不但不予反驳,反而一甩辫子,给自己的反对派陈独秀戴上了高帽:"知我者,仲甫也。"

但他们的分析却遭到了葛任的怀疑。随后的一些迹象也表明,葛任的分析是有道理的。第一个迹象是,有一只猫吃了那两只鸽子,但并没有被毒死。那只猫是图书馆为防鼠患而养的,因为它吃的是共产主义式的大锅饭,没有固定的主人,所以从来就没有吃饱过。那天,这只猫到阅览室视察工作,突然看到了那两只还来不及清理的鸽子。它一时嘴馋,就把它们给吃了。但吃过之后,它竟然安然无恙,还幸福地打起了呼噜。第二个迹象是,辜鸿铭最近搞了一次讲座,其中涉及辫子问题。他说,现在社会大乱,主要是没有君主。比如,你要说法律,就没有人害怕,你要说王法,大家就害怕了,少了那个"王"字就不灵。这么说着,他突然捋着自己的辫子说,他这根辫子要留下去,永远留下去,因为它就是王法。说到这里,他还岔开话题,说八大胡同的那些妓女们很喜欢他的辫子,他每次去,那些婊子们就像厨娘们喜欢带鱼似的对他的辫子爱不释手。最后他说:"走自己的路,让别人去说吧。"依辜鸿铭的性格,如果他果真偷了那根辫子,他是不会隐瞒的。想想看,连逛次窑子都怕别人不知道,他还有什么不能说呢？按照葛任的说法，那一定是偷儿所为。那个偷儿也并非为辫子而来，只是为了偷书，那根辫子被偷儿当成绳子，临时用来捆书了。但是割掉辜鸿铭辫子的念头一经产生，就像种子发了芽，车票打了洞似的，再也不能回复到它原来的样子了。天宝说，连他自己也不知道是怎么回事，一想到辜鸿铭拖着辫子走来走去的样子，他的手还是痒得很。那一年的四月底，辜鸿铭来图书馆借书。那时天宝正用锥子在过期的杂志上打洞，好把它们装订在一起，他的身边就是剪刀。他说，他感到自己的手指头有点不听使唤了，像后来在战争年代扣扳机那样，胡乱地跳着。这个时候，如果他要去剪辫的话，可以说没有人能拦住他，但他却没有下手。他感到，自己好像真的是被葛任说服了。他只有找到一个切实的理由才能下手，否则，即便抓住了他的辫子，也可能再次松开。在后来的几天里，他就为寻找这样的一个理由而绞尽脑汁。后来，他想起了葛任曾说过一句话，谁若剪掉了辜鸿铭的辫子，第二天就会在中外报纸的头版露面，准比辜鸿铭还出名。天宝想出名的念头是有的，不过，他想以玩魔术而出名，不想以剪辫子出名。再说了，这与辫子的丢失又有什么关系呢？

天宝告诉我，他就是在这种情形下，开始像间谍那样尾随辜鸿铭的。他一边走一边积聚着割辫子的借口。设若他的那根辫子有灵，也一定会为主人的举止感动不已。他跟着他到过许多地方，什刹海，陶然亭，故宫。还有一次，天宝又旧地重游，来到了狗尾巴胡同，他远远地看见隆裕店的老板战钦荣将一堆茶壶放到辜鸿铭面前，但辜鸿铭却一只未买。

在一个星期天的下午,天宝终于尾随着辜鸿铭去了一趟八大胡同。那个时候,天宝自然还不知道,对他来说,此次通往烟花之地的旅行,和他后来的二万五千里长征一样,都具有重大的历史意义。

据天宝说,以前在广东学艺的时候,他的师父也喜欢逛窑子。但这次跟辜鸿铭逛了窑子,他才发现逛窑子也是各有各的逛法,所谓母鸡不撒尿,各有各的道。辜鸿铭的逛是既不动手动脚,更不脱裤子。他由老鸨唱名,让婊子们从他面前鱼贯而过,然后他像发工资似的,挨个给那些婊子们发钱。发完最后一张,他哈哈大笑一通,然后就扬长而去了。这奇怪的一幕,让我们的天宝看得眼都花了。他尾随着辜鸿铭从八大胡同出来的时候,回想着看到的情形,就觉得那比魔术还要精彩。他真的有点喜欢这个人。但就在这个时候,辜鸿铭发现了他这个尾巴。辜鸿铭在原地站着,招着手让他靠近。而天宝呢,却突然掉头走开了。于是,街头就发生了这样一幕:一个和尚模样的人在前面走着,一个拖着长辫的人在后面追着。为了不让众人围观,二人都没跑,只是走得很快,用天宝的说法就是"就像脚底抹了油"。天宝还是个童男子,又有着玩魔术的功底,所以他很容易就和辜鸿铭拉开了距离,然后他再装作若无其事地东瞧瞧西看看,等着辜鸿铭慢慢追上来。当辜鸿铭走得有点近了,他就快走几步。这期间,他还有意藏到墙角里,让辜鸿铭走到他的前头。之所以这样做,并不是要和辜鸿铭捉迷藏,而是他还不认识回北大的路径,只有跟着辜鸿铭,他才能摸到沙滩。从形式上看,他们就像是重复龟兔赛跑的游戏。对他来说,辜鸿铭脑后的长辫已经不是他攻击的目标,而是他的路标。如果把天宝比作乌龟的话,那么,辜鸿铭的辫子就是兔子长长的双耳。而这个时候,街上的行人越来越多了,那可不是一般的多,而是多如蚁群,而且许多人手中都举着一面小旗。每当辜鸿铭的长辫被人群和旗帜挡住,天宝都会手足无措,那副样子真的就像是一只回不到沙滩去的乌龟。

天宝坦率地承认,当时,他不但不知道那一天随后发生的事件将被人称作伟大的"五四"运动,甚至连自己当时所处的方位都搞不清楚——多天之后,他才知道那一天他走失的地方,原来叫东交民巷。和现在一样,那时的东交民巷也是槐荫蔽日,他就是在槐花那甜丝丝的香气和鼎沸的人声中与辜鸿铭走失的。那天的天气良好,据《鲁迅日记》记载"一日有雨,二日放晴,三日夜里起风,四日昙"。"昙"即"多云"。这样无风无雨又无太阳暴晒的好天气,无疑有利于游行,但天宝当时却没有那份好心情。他看到许多游行者手中举着北京高校的小旗,于是就心急火燎地寻找北大的旗帜。寻找的结果令天宝绝望,因为其中偏偏缺少北大的招牌。他当然不知道这时候北大的学生都还在校院里圈着,周围的喊叫声越来越浓了,天宝渐渐听出所有的口号都与山东的权益有关,于是他也跟着喊了起来。他的口号比所有人都简单,那就是"山东山东",听起来就像"煽动"似的。没错,他的情绪就是在"山东山东"中被煽动起来的。这一天,直到他跳进曹汝霖的西式洋房,将曹汝霖的卧室点火烧掉之后,他才慢慢平息下来。

到了晚年,天宝最喜欢回忆的就是他跳进曹家大院的那一幕。曹家楼位于赵家楼二号,那是一幢西式洋楼,与天宝晚年住过的那幢两层小楼颇为相似,连紧闭的门窗,院内的槐树,以及把守于四周的军警的肩章和墙壁的颜色:曹宅的外面爬满了爬墙虎,绿油油的,就像正在晾晒的地毯,而天宝所住楼房的墙壁上却贴糊着一层层的标语,看上去五颜六色的,就像隔夜的墙报。住在这样的楼房里,那回忆中的往事自然历久弥新,仿佛就发生在眼前。事实上,天宝讲述往事时,就常常拿这幢楼房打比方。当他指着落地窗户上的玻璃告诉我,他就是从那里进来的时候,我就明白了,他其实是说他是将那里的玻璃打碎,钻到曹宅里面去的。当然打碎玻璃的并非他一个人,因为史料记载,当时的学生是从几扇玻璃门里同时进入的。进去之后,学生们四处搜索曹汝霖,天宝也帮着寻找,好像那个人真的跟他有什么关系似的,后来,他就看到学生们像传接力棒似的,将一只油光可鉴的木质水桶传到房间里来。天宝也加入了水桶接力,他很快就闻到了一股非常好闻的气息,可他不知道那就是汽油。最后的那个学生拎着那桶汽油在房间里来回走着,好像不知道要把它派上什么用场似的。那个学生是个瘦子,拎了一会儿,就招呼天宝帮他抬一下。这时候,从某个地方突然传来一声女人的惊叫,接着,他们就看到一个女人从一扇门后跑了出来,那里是曹汝霖的卧室。

后来照亮了整个历史,也照亮了天宝革命一生的大火,就是从那间卧室里燃烧起来的。不过,那个时候的天宝关心的并不是火焰,而是差点被火烧到的一根长辫。它挂在曹汝霖卧室的门后,它好像早就在那里等待着天宝。当天宝将它拿在身上比画的时候,他还闻到了上面的灰尘的味道。在大火烧屁股之前,天宝从破碎的玻璃门跑了出来,为防止那根辫子被人抢走,他把它当成了项圈,紧紧地缠在了脖子上。闻讯赶来的军警扭住天宝,要用那条辫子将他反剪住,但他提议他们最好还是用他的裤带。这么说着,他的裤子突然掉了下来,原来是那只一直藏在袖袍之中的鹦鹉,此时善解人意地跑了出来,用自己钩状的鸟喙帮他把裤带解开了。他缠着辫子光着屁股的照片,第二天就在中国的各大报纸上出现了。

在西方,最早发表这张照片的,是英国的《泰晤士报》。照片的作者就是天宝在狗尾巴胡同见到过的那个英国女人伍德豪斯。在这张照片的下面,她写下了这样一段文字:

> 北大教授辜鸿铭先生,一九一九年五月四日在曹家楼前,受到警厅和步军统领衙门的当众羞辱。

但是事隔一天,她又在同一份报纸上做了一点更正:

> 应北大有关方面的要求,特作如下说明:前日所记有误,受到警厅和步军统领衙门当众羞辱的,是辜鸿铭教授的高足。辜先生和北大方面均不愿意透露其姓名。泰晤士报记者 Emma Woodhouse(伍德豪斯)发自中国北京。

夜游图书馆

大家说好在这里集合的,可徐渭和陈亮来到人民公园门口的时候,却没有见到庆林。已经是夜里九点多钟了,再过一会儿,公园就要关门了。总不能在大街上讨论问题吧?陈亮说。徐渭没吭声,自从成了哲学博士,他就变成了慢性子,什么事情都是想好了才说。陈亮不,他虽然也是博士,可他还是那种急性子。这三个朋友当中,只有孔庆林是个硕士,他不想上博士,他是个写小说的,认为博士文凭没什么用处。

陈亮不想等下去了。他说:"咱们自己干吧,咱们又不是没长手。"话虽这么说,他站在那里还是没有动。其实这一天徐渭比他还急,因为他们刚才出来的时候,徐渭的妻子正为把她一个人丢在家里生气呢。徐渭的妻子快生了,生气对她和孩子都没有好处。如果不是陈亮在后面催得厉害,他今天晚上是不会出来的。

他们听见有人叫,接着,他们就看到了庆林。庆林站在公园大门的内侧,朝他们招着手。他身边还站着一个女孩。陈亮掏钱买票的时候,对徐渭说:"这个女孩比咱们上回见过的那个还漂亮。妈的,咱不能不服。"

"我是跳墙进来的，"庆林说，"她也是。"

庆林没有介绍女孩，他们也不便多问。但讨论问题的时候，徐渭却让女孩到一边玩去。庆林说："讨论什么呀，不就是到图书馆一游吗？"徐渭知道他是对支走女孩不高兴，就解释说："庆林，维吉尔说过，'女人多变而又反复无常'，哪一天，她不高兴了，把这事捅出去，你就只好吃不了兜着走了。"

"我是让她来站岗的。"庆林说，"你没看她的眼睛有多亮，就像一对珍珠。"

已经是十月份了，天有点凉了。陈亮出来得很急，光记得带包了，没有想起来多加一件衣服。这会儿，他对徐渭把他拉到这里来，有点不满。本来说好在徐渭家碰头的，可徐渭却说最好到外面讨论。徐渭的心思他最清楚不过了，无非是怕事情暴露之后，被说成是由他组织的。徐渭在学界慢慢被看成了学术带头人，现在看来，他还是欠一点火候。

"不是已经说好了吗，还有什么好讨论的？东西我都已经带来了。"庆林说。庆林让那个女孩把包给他递过来。在公园昏暗的路灯下，庆林把各种工具都一一掏了出来：螺丝刀、手电筒、鸭嘴钳。光螺丝刀就有好几把，鸭嘴形的、梅花形的，大小型号的都有。他的东西已经够多了，可跟徐渭比起来，还是不够全。徐渭刚才出门的时候，还往包里塞了两本辞典和一个跟电动剃须刀差不多大的吸尘器。辞典是英汉、俄汉的，吸尘器是用来吸书上的灰尘的。徐渭的妻子有洁癖，带着灰尘回去，是绝对饶不了他的。相比较而言，陈亮着手最早，可准备得最差。他只带了一个大包和一副手套。

他们这天要去的是陈亮那个学校的图书馆。陈亮在一所师范大学教书。香港著名实业家邵逸夫先生在他们学校投资修建了一个新的图书馆，国庆节那天刚刚竣工，最近几天，图书将全部搬到新馆(逸夫楼)里面。旧馆是五十年代苏联人帮助建的，由几幢一模一样的小楼组成，文史哲图书的一部分放在二号楼的一层。陈亮他们的教研室在这幢楼的二层。陈亮昨天下午从那里经过时，发现里面有许多人正在捆书。后来，他又从那门口过了一次，发现他们走的时候，忘记锁门了，准确地说，是他们把锁锁偏了，锁鼻按到了锁的外面。陈亮说他是无意中发现这一点的，他当时拿着一张会议通知单，在那里等他们的主任给他签字。他在那里等了将近一个小时，后来就发现了那个问题。他还发现，那门上贴着一张通知，上面说，明天、后天，全馆人员都到新馆集合，打扫卫生，把已经搬过去的图书整理上架，迎接市里领导的视察。陈亮没有在那里等到系主任，他担心那家伙从另一个楼梯口溜走，就绕到那边截他。这天，他收到了两封信。一封是他的一个学生寄过来的，他的这个学生大学毕业之后，当上了主管教育的副乡长，写这封信一是向老师报喜，二是请他和别的任课老师商量一下，挑个节假日，到乡下玩玩，学生负责派车接送。第二封信又是个会议通知，让他到黄山去参加现代文学研究年会，还说许多博士生导师也要去。这个会他去年已经去过了，没有一点意思，唯一的收获就是他发现参加会议的代表的层次越高，会议的学术品位就越低。这封信是他的一个混进年会秘书处的同学寄来的。为了诱使他去那里碰面，这个同学另附了一张纸，向他暗示说，他以前的那个情人也要去的。陈亮就边读信边朝他刚才待的那个楼梯口走去，走到那里的时候，他发现手中拿着自己信箱的锁。后来，他就把自己的锁挂到了图书馆的门上。

这个过程他已经给徐渭讲过了，现在，在骑车奔赴他的学校的路上，他又给庆林讲了一遍。其实他在电话中，也给庆林提过了，只是没有这么详细而已。陈亮一说完，庆林就说："你们刚才说要讨论什么东西，要讨论的就是这个吧？"

"不，要讨论的是干还是不干。"徐渭说。

"既然已经来了，就不要讨论了。"庆林说，"徐渭，咱们还是来讨论讨论陈亮吧，分析一下他的话有几分真实性。"

"不用讨论，"陈亮说，"你不就是想说我是计划好的？"

"你刚才的话力图给人这样一种印象：你是看到自己手中钥匙和锁，才想起来搞书的。其实你去那个楼梯口，就是为了拿锁。你不是那种丢东落西的人，怎么会忘锁信箱呢？"庆林说。

"我可能是无意识的。这问题我也想过，还跟徐渭说过，不信你问徐渭。"陈亮说。

庆林没有立即接话。陈亮的学校到了，庆林要在门口的商店里买点东西。他买了几瓶矿泉水、几只羊角面包、三包烟。他问那个女孩喜欢不喜欢羊角面包，女孩说，她喜欢吃那种奶油比较厚的圣母牌面包。"不怕发胖？"庆林说。"不怕，我还嫌自己不够丰满呢。"庆林只好拐回去又给她换了一只。他顺便又买了几节电池。那三包烟是每人一包。徐渭没要，说暂时戒了。"他是为了下一代。"陈亮说。徐渭说自己也没有全戒，看书看到后半夜，实在熬不住了，也会到厕所抽两支。

进到了校园里,庆林继续分析陈亮的话。庆林问徐渭同意不同意陈亮的"无意识说"。徐渭说,他基本同意。庆林说:"好吧,我也同意算了。现在人们都反对话语霸权,我可不能给你们落下这方面把柄。"不过,他还是向徐渭提出了一个问题。"徐渭,弗洛伊德的'无意识说'是不是还有点笼统?柏格森好像也没有讲清楚。无意识里面是不是还应该再分为几个层次,比如,分成浅层无意识和深层无意识?你想好了,但丁笔下那个蛋卷冰淇淋似的地狱还分为九层呢。依我看,陈亮那时候其实是处在浅层无意识状态。"

徐渭说,一年前他就不再关心弗洛伊德了。

他说他现在关心的是老婆的预产期到底准不准,怀孕的问题虽然和弗洛伊德的许多研究有关,但自从怀上以后,他就把老佛爷(弗洛伊德在中国学术界的绰号)放到一边了。

来到图书馆,陈亮把锁打开,然后把钥匙交给了庆林。他们在电话中说好,大家轮流站岗的。庆林这会把钥匙交给那个女孩,说:"我们进去之后,你在外面把门锁上。"

这个地方陈亮以前常来的,可现在因为不能开灯,他一进来就有点晕了。到处都是书架,还有摞得很高的已经捆好的书,它们像墙一样,将宽宽的走廊分割得零零碎碎的。他是东家,所以他得先把方向搞清楚。庆林和徐渭已经开始挑书了,当他们往腋下夹书的时候,手电的光柱就到处乱晃。"先把手电关掉。"陈亮低声说。他们两人很听话,把手电揿灭了。

"没看见外面有人？低智商。"陈亮说。

外面确实有人，影子投在玻璃上，像皮影那样晃来晃去的。他们支着耳朵，辨识他们是不是往这边走。那是几个学生，他们正在议论马拉多纳的吸毒问题。"应该这样。"学生过去之后，陈亮说。他先用手电照着自己的脸，然后把那光移到书脊上面，拎着一本书往外抽，同时把手电撅灭了。他做得对，那样光就不会到处乱跑。

庆林和徐渭赶快跑过来，用手电照照他挑的是什么书。这是一本《北京人在纽约》。"你还看这种破书？"庆林说。"笨蛋，我是给你们做个示范，让你们知道怎样从架子上取书。"陈亮说着，就把那本书扔到了地上。

"你刚才用手电照你的脸，看着跟鬼一样。"庆林说，"当然我并不害怕。虽然我有几个皈依宗教的作家朋友，可我还是一个无神论者。"

这两个人说话的时候，徐渭可没闲着。转眼之间，徐渭已经挑了一大摞书。徐渭现在的苦恼是，他没有办法把这些书都带走。他虽然还没有挑到什么好书，可他见到书就亲，他想把这些书都装到自己的包里，包括陈亮扔的那本《北京人在纽约》。那虽然是一本破书，但可以拿到旧书摊上去换书啊。徐渭喜欢逛旧书摊，他常在旧书摊上发现一些好书，让同事们羡慕不已。有一次他在旧书摊上发现了一本印度人阿罗频多写的《神圣人生论》，一个同事知道了，非看不可，但那个家伙非常不像话，说去开会的时候丢到车上了，他为此心疼了好多天。那本书就是他拿一本《庐山会议实录》换来的。

"大傻帽在这儿呢。"陈亮对庆林说。庆林刚拿到一本《鱼从头臭起》,还没有顾上塞到包里,就被陈亮拉了一下。"你看他挑的都是什么破书,连《文化大革命就是好》都要,还有《毕加索的情人》。徐渭,你是不是来拾破烂的?"

徐渭不给他们解释,只顾挑书。徐渭甚至来不及把书装到包里,只是把书挨着书架放在地上。庆林把他挑的书翻了一下,说真是破书,同时在那摊书中挑了一本《局外人》,放到了自己的包里。这本书庆林家里已经有了,可再要一本也不多啊。

陈亮不着急挑书。因为他知道这里没什么好书。平时,他经常来,他知道好书都在另外的房间里。他们现在其实还待在走廊里,再往前面走一点,才是大厅。大厅的四周有几个小房间,他曾去过其中的一间,哇,那里的好书真是不少,真让人眼馋。他其实已经把这些讲给了徐渭和庆林听,让他们带上螺丝刀就是为了撬那些锁,可那两个蠢货现在好像已经忘了。

就在这个时候,他们听见了敲门声。他们赶紧把手电揿灭,蹲到地上。过了一会儿,陈亮慢慢站起来往门口走。他走得很小心,可还是被什么东西绊了一下。他吓了一跳,手忙脚乱中,手电却突然亮了,朝四周乱照了一通。他赶紧又蹲了下来,伸手去摸那个东西。他摸到了一根绳子,是捆书用的那种塑料绳。

原来是庆林带的那个女人在敲门。"你敲什么,快把人吓死了。"陈亮说。

"里面好玩吗?"那女人说。

"不好玩。"陈亮说。

"已经一个小时了。"那女人又说。

"再坚持一会儿。"陈亮说,"这是考验你们爱情的机会。"

他们隔着门说着话。陈亮闻到了那个女人口中呼出来的好闻的气息,一种泡泡糖似的气息。他的鼻子真灵,那女人真的是在吃泡泡糖。

他拐回来时,徐渭和孔庆林还站在那里发愣。"没事了,是那个女人在捣乱,我已经把她稳住了。咱们动作麻利一点。"陈亮说。

陈亮领着他们往大厅里面走。徐渭和庆林边走边在书架上抽着书。这两个人已经商量好了,徐渭抽的书放在左边,庆林的放在右边。"唯小人与女子难养。"庆林边走边抽书边发感慨。庆林的思维是非常活跃的,这会儿他又想起了写小说,他说,这情景很适合写成小说,"一次性使用太可惜了。"庆林说着,嗓门就抬高了。陈亮和徐渭不得不提醒他少出声。

大厅里也逛过了。他们在大厅里没有找到什么有用的书。虽然徐渭和庆林各挑了不少,但他们也承认,质和量不成正比。一直闷头搞书的徐渭这时候也说:"陈亮,你们的图书馆好像不怎么样,看来进入'211工程'比较玄。"徐渭这个人就是这样,平时不开口,可一开口就让人受不了。陈亮无法忍受徐渭对自己学校的评价,所以立即反唇相讥:"你们的社科院,好像也没有多少有价值的藏书,上次我去查瞿秋白的资料,竟然查不出来。这事说出来就是天方夜谭。"

"那是你没有找到地方。"徐渭说。

陈亮不想跟徐渭争论。现在要紧的是把他们眼前的那扇门打开。"等进去,你就知道我们这里并不是没有好书。"陈亮说,并把那扇门敲得砰砰作响,不过他意识到了这很危险,就把手收了回来,放到了徐渭的肩上。

门上是一把暗锁,用螺丝刀是不容易打开的。陈亮又看了看另外几扇门,发现都一样。"里面是不是有好书?别好不容易弄开了,里面什么也没有。"庆林问。陈亮说:"你们要不想进里面一游就算了。"其实这个时候,他已经看出门道来了。门上面有两扇窗户,窗户上安的玻璃刚好缺了一块,从那里可以把窗上的插销拨开,然后跳进去。其余那两个人也不是傻瓜,他们也看出来了,但谁都不愿先提出来。谁说了谁不跳,就有点说不过去了。

"你敢肯定里面有好书?"徐渭又问。

"如果真有好书的话,我就把门跺开了。"庆林说。

"好书放在这里也是浪费,"陈亮说,"还是让它们发挥作用吧。"

"我也是这个意思。"庆林说。最后还是庆林忍不住了,当他再次用手电照那块缺口玻璃的时候,徐渭和陈亮立即心领神会地抬着他的屁股,把他推了上去。庆林边拔插销边说:"事先可得说清楚,是你们两个把我推上来的。"

"快进去吧。"陈亮说。

"我们现在是三位一体。"徐渭说。

庆林跳了进去。他的动作是那样灵巧,转眼就不见了,落地的时候,甚至都没有一点声音。他真像是一只轻捷的猴子。但接着,徐渭和陈亮就听到了呻吟声。原来是靠门的笤帚,插进了庆林的裤管。庆林很自觉,只叫唤了两声,就不吭声了,而且在叫唤的同时,从里面把门打开了。徐渭和陈亮进来之后,在蹲着的庆林的头上各摸了一把,就赶快奔向了书架。庆林在那里蹲着,一边揉腿,一边用手电照着身边的那个书架。手电照着的那几本书他都想要。一套大卫·施特劳斯写的《耶稣传》、一本布尔加科夫写的《大师和马格丽特》、一本贡布里希写的《游戏的高度严肃性》。他一边揉腿,一边将离他最近的那本书抽了下来,急不可耐地翻了起来。

"这里到处都是真理。"徐渭说。徐渭现在爬在一个梯子上,在书架的最上面翻着。庆林用手电照了他一下,徐渭根本不理他,只是用手挡了挡那光线,继续在那里扒拉书。徐渭每翻到一本他渴求的书,就拎着它左看右看。他要找一本最好的、封面和书脊都没有毛病的。徐渭的书架是新做成的,他不能让那些装帧粗糙的书摆在上面。陈亮对此也讲究,他的书架是红松木做成的,起码得让书和那漂亮的书架配套吧。"挑好的拿,"陈亮说,"有好的也给我捎下来。"陈亮讨好地帮徐渭扶着梯子,另一只手在身边的书架上摸来摸去。陈亮现在满脸都是灰,显然是徐渭抖下来的灰飘上来的。庆林的手电照他的时候,他的脸上已经只剩下眼睛和牙齿是白的。

徐渭听了陈亮的话没有什么反应。他刚找到了那本《神圣人生论》。就像见到了多年失散的亲人,只顾着和它亲了。他甚至不敢相信这是真的,就翻开第一页看了起来。"明智的最古的公式亦自许为最后的公式,是——'上帝''光明''自由'

'永生'。人类的这些固执的理想,与其寻常经验相违反,同时又是许多更高深的经验之肯定……"看到这里,徐渭立即叫了起来:"没错,就是它。"一高兴,他还咕咕嘟嘟地说了几句家乡土话。据说这本书有一些翻译上的错误,但这是可以忽略不计的,要紧的是,这书的装帧设计非常漂亮,放在书架上,非常好看。

这个房间里还套着一个小房间,那上面挂的是一把明锁。陈亮曾听人说,图书馆里有一个小藏书室,里面的书是专给县团级以上的校领导看的,他估计他们说的就是这一间。他鼓动庆林把锁撬开,可庆林不干。徐渭更不干。他说,领导的藏书室,能有什么好书?还是别浪费时间了。话虽这么说,他还是鼓动庆林再撬一次。"陈亮,你能肯定这是领导用的藏书室?"徐渭说。陈亮懂得徐渭的意思,立即说,他不能肯定。他还说,即使是,这里面也会有一些禁书。

"禁书?他妈的,他们能看,我们为什么不能看?庆林,撬了它。"徐渭说。

徐渭这么说着,自己就来劲了。他把螺丝刀从庆林手里夺了过来,别到了锁环里面。他的动作有点粗野,这和他平时的习惯很不相符,所以,庆林一下子就愣了。可就在这个时候,他们听到外面有人在说话。是两个女人在说话。徐渭连忙把螺丝刀取了出来。他们都蹲了下来。徐渭听出是自己的老婆来了,但另外两个傻帽不知道,他们都有点紧张。因为紧张,陈亮觉得那个女人的声音有点像图书馆的一个管理员,而庆林觉得她有点像自己原来的女朋友。由于只有徐渭不紧张,他们很快就推断出是怎么回事了。

"你放心,我老婆不是那种多嘴多舌的人,她不会把你以前的艳事讲出来的。"徐渭安慰庆林。

"讲出来也无妨,"庆林说,"我给你念一段,'在技术主义时代,男人对女人的诱惑力可以有多种,但最重要的不是他的忠诚,而是他的恋爱技巧。'还要再听吗?"

徐渭根本没听。他在身边又找到了一本什么书,陈亮还没有看清楚,徐渭就把它塞到了夹克里面。他大概考虑到了老婆的洁癖,所以他又很快把那本书拿了出来,用随身带来的小吸尘器,吸着上面的灰尘。

"别摸我的书。"徐渭对陈亮说,"看你的手有多脏。"这话的语气有点过分了,他意识到了这一点,就改换了语气,温柔地对陈亮说,"明天能不能再来一趟?"

他们最终没有把那扇门撬开。从这扇门出来之后,他们也没有再进别的门。他们都发现,见到的好书越多,他们就越难受,还是干脆不见它们算了。他们搞的书,虽然纸张已经发黄,但大多数还没有人借过,一想到无法把它们全都救出来,还得让它们在这里继续待下去,他们就不只是难受,还有些痛苦了。当然,庆林的那个女朋友不好好站岗,让他们放心不下,也是他们没有再跳窗的重要原因。庆林已经到门口和那个女孩亲过两次嘴了,但还是无法把她稳住。女孩执意要进来,她说她也要体验一下这种刺激。但徐渭和陈亮都不准她进来。"她要是进来,我们连尿都没地方撒。"陈亮说。陈亮有尿频症,他可不愿让女孩子听见他频繁撒尿的声音。不过,他愿意抽出一点时间到门口和那个姑娘说上几句话。徐渭向来不喜欢对别人的私生活发表意见,可是这一天,当那个女孩敲门越来越频繁的时候,徐渭还是忍不住地说了一句:"庆林,你也是个聪明人,可你怎么找这么一个不懂事的丫头,玩一阵把她扔了算了。"说这话的时候,他们已经回到了厅里,在已经挑的书中进行第二次筛选(不筛选不行,上千册书,一次是拿不走的)。不得不进行的筛选已经够让人恼火了,女人三番五次地敲门,就无疑是火上浇油。陈亮理解徐渭的出言不逊是给逼出来的,所以他劝庆林不要和徐渭较真。实际上,徐渭对庆林的生气毫无感觉,他正忙着撕书,将无法带走的书其中的重要章节撕下来,放进自己的包里。和徐渭他们比起来,庆林不是非常注重书的装潢,他注重的是手中掌握的作品的数量。当然,如果条件许可的话,他也愿意像他们那样收藏一些好的版本。他和几个出版社的关系很好,他想找个机会跟他们谈谈,把这天撕下来的章节、作品,汇编成一本书,那样就可以弥补目前的不足了。他想,他甚至可以请徐渭和陈亮当装潢方面的顾问,把书出得漂亮一点。他已经注意到了,书印得越讲究,卖得越好。他一边撕书,一边问徐渭对这个问题的看法,但徐渭没有吭声。徐渭不想走神,挑书的事情可不是闹着玩的,得全神贯注。现在,徐渭的屁股下面都是书,他盘腿坐在那里,就像在孵蛋似的。庆林又问了他一遍,他还是没吭声,庆林这下有点生气了。但他理解徐渭,所以他没有发作。

庆林不是尿频症患者,可他一生气一着急就想尿,他问这里有没有厕所。他这么一提,陈亮顿时感到自己的尿泡也快要憋破了。他们就在里面撒了起来。时间很紧,庆林一边撒尿一边吃着他带进来的羊角面包。他问陈亮要不要也来一点。陈亮一边撒尿,一边忙着筛选。听见庆林问他,他也感到肚子饿了起来。他要了一块面包,三下五除二就吃完了,比撒尿的时间还短。在吃的时候,为了不让尿到处乱流,他不得不尿到那些淘汰下来的书上面。但由于有点手忙脚乱,法国人福科的《癫狂与文明》被陈亮扒拉到了要淘汰的那堆书中,被他尿得湿淋淋的。他恼坏了,恨不得把自己的那个玩意儿连根揪掉。徐渭知道了他的不幸,立即递给了他一本,同时也给庆林递了一本,原来,徐渭同时拿了三本,图书馆里的这种书被他全拿光了。作为回报,陈亮递给了徐渭一本《尼采传》和《诸神复活》。庆林也没有白拿他的,他给了徐渭一本自己的小说集。"上次送给你的那本有些装订错误,这一本可是完好无损。"庆林说。他害怕徐渭把自己的小说留下,就主动把它塞进了徐渭那个大麻袋里。

在天亮之前,他们从图书馆溜了出来。徐渭看到自己的妻子和庆林的那个女朋友已经混熟了。他们把书存放到陈亮那里,然后拐回来找她们。临出来的时候,他们各自拿了一本书。徐渭拿的是《胎儿教育》,庆林拿的是去年的《法国时装》合订本。那时候,天已经亮了,徐渭的妻子在做操,做的是孕妇健美操,她挺着大肚子,看上去就像一只大笨熊,不过,当她扩胸踢腿的时候,她的动作仍然算是比较轻盈的。那个女孩在操场边荡秋千,她荡得那么高,就像一只鸟。

遭　遇

　　搬入新居之后,我们夫妇考虑的第一件事,就是请朋友们来家里吃顿饭,喝喝酒。酒是现成的,我和黄贞刚结婚,当时准备了三箱宋河粮液,婚宴上只用了一半,现在还有十几瓶堆在家里。提前一天把菜炒好,放到冰箱里,朋友们到齐之后,在煤气灶上热一下就行了。那天大家玩得很开心。午后的时候,有两个朋友喝醉了,有点忧伤,别的朋友就鼓动新娘子黄贞唱支歌。黄贞那天虽然嗓子发炎,但她还是给朋友们唱了一支《红莓花儿开》。黄贞唱完之后,我对朋友们说,黄贞这两天扁桃体发炎,嗓子不好使,还是咱们自己唱吧。朋友们鼓了掌,然后就瞎唱起来,那两个有点忧伤的朋友也敲着碗碟加入了合唱。总的说来,那天大家过得很愉快。

　　接下来要考虑的事就是室内装修了。这可是一件大事。早就盼望着能有一套自己的房子,现在房子到手了,总得按自己的想法装修一下吧？眼下,人们为了保留一点自我的经验,日益从公共场所返回到室内,在室内待的时间越来越长了,房间应该搞得舒服一点。要让一块地板砖、一把锁、花盆里的一截朽木都成为内在愿望的表达,这是我和黄贞的共同想法。就装修一事,我和黄贞讨论了好几次,有一段时间,只要我们待在一起,除了装修,就没有别的话题了。这么说吧,有时我们正做爱呢,黄贞会突然说,喂,丁奎,你说到底吊顶不吊顶?她的问话经常让我反应不过来。因为那时候我很可能正在考虑窗户上应该配备的防盗装置,或者抽油烟机的排气管道应该从哪里出去。当然,我脑子里的物象总是和我正在做的事情联系在一起,这使得我不至于未捷先死。

我在一所高校讲授西方美学史,黄贞调到银行当出纳员之前,搞的是服装设计,应该说我们设计出来的图纸是有一定档次的。事实上,我们排除掉的许多方案,被一些正在搞装修的朋友知道之后,他们都直叫绝,如获至宝,马上付诸实施。黄贞和我曾经去看过他们按照我们的方案装修的房子,总的说来,效果是好的。在一个朋友家,黄贞发现墙裙高及一米五,效果并不理想。墙裙一高,室内空间就显得狭小了,而且有点喧宾夺主的味道。她还在自己身上比画来比画去,说,裙子一长就不叫裙子,而叫工装裤了,气息不正。那段时间,"气息""味道"这两个词经常挂在我们嘴上,似乎成了我们判断事物的标准。我们决定,不请装修公司的人,自己动手布置,让室内的每一个墙角、每一个木片,都带上自己的印记。当然,对黄贞来说,她最关心的一个急迫的问题是,房子的前主人什么时候能把堆在朝阳的那间房里的东西搬走。冬天眼看就要来临了,我们真想快点从背阴的那一间搬出来。况且,别人的东西堆在你的房间里,而且是满满的一屋子,你即便有再好的装修方案,也是无法实施的。黄贞建议把那些东西先挪到楼下的车库里,搬剩下的,先堆放在阳台上。我说,还是再等一等吧,那么一搬,倘若人家说少了件什么东西,我们可就说不清楚了。黄贞说,我们把他们的东西从四楼搬到楼下,他们还应该付给我们搬运费呢。我想,那个男的虽然和我并不很熟,但毕竟和我曾是同事,总不至于随便栽赃吧。

第二天,我就叫了几个朋友把那堆东西搬到了楼下。黄贞下班回来的时候,我正在给朋友们沏茶。黄贞抱住我亲了两口,才想起来给朋友们散烟点火。你真能干,丁奎,黄贞对我说。女人就是这样,只要她高兴,你干出一点芝麻大的小事,她就觉得你很了不起,是个呱呱叫的男子汉。说起来,当天晚上我的表现更为出色,新换了个房间,两个人兴致都很高,我虽然在白天累得半死,可一挨着床,劲就来了。黄贞抵住我的肩膀说,那是俩人认识以来干得最妙的一次。当然还要再讨论讨论装修一事。从装修谈到养花,谈到单位里的某个同事,某条晚报新闻,谈到俩人认识的经过。每次谈起那个经过,她总不忘在我肩膀上咬一口,提醒我说,我能娶到她,是我的先人积了阴德。这次她却换了个说法,说她嫁给我,只是因为她第一次见到我,就觉得我的心眼儿好。后来还谈了些什么？记不清了,恐怕她也记不清了。其实谈什么都不重要,重要的是能在黑暗中听到对方的声音,感受到对方的存在。

天快亮的时候,我们才稍有睡意。楼下突然响起的拖拉机和驴叫的声音也将我们的睡意驱赶得无影无踪了。楼的外面是个菜场,每天这个时候,菜农和小贩们都要把蔬菜和鸡鸭鱼肉运到这里。拖拉机的轰鸣和牲畜的鸣叫像鸡啼一样准时,预示着楼外将有一整天的嘈杂和混乱。那一天的黎明,我们并没有因此恼怒,黄贞甚至还说出了买菜省事方便一类的话,可我还是想到了这一点:天长日久,我们总会对外面的吵闹厌烦起来,如果没有厌烦,那就说明我们的感觉已经麻木了,厌烦和麻木都不是什么好事,两者都要不得。我提请黄贞注意这一点。后来我们就设想,装上隔音壁,构筑一道界线,把自己同混乱隔开。我对黄贞说,在对嘈杂和混乱厌烦之前,就与它隔开,有一个好处,那就是,你能有一种局外人的感觉,站在局外来观看它,或者偶尔进入它,这使你能感受到某种乐趣。我进一步解释说,譬如,黄贞听驴叫,天天听它叫唤,你就恨不得把它的长驴脖给截断,偶尔听一次,你就觉得驴叫并不难听,而且它的发声方法很有特色,甚至有点西洋唱法的效果。对我来说,在黑暗中听驴叫,它的声音显得很遥远,有时我还能联想到一些农事、旷野、庄稼和深夜的旅人。但我同样不能保证,我不厌恶它。

就在我们着手装修的前一天,房子的前主人来了。他们敲门的时候,我和黄贞正在厨房里准备晚餐。黄贞去开门,打开门她就喊:丁奎,你的朋友来了。我听见有女人说话,和黄贞打招呼,顿时有点紧张。我镇静了片刻,才从厨房里出来。看到来的是两个陌生人,我才放松。来的是一男一女,两个三十岁左右的年轻人。我迎上前,与男的握手。男的很快介绍说他是范建平。

你戴着墨镜,我就认不出来了。我说。我又对站在一边脸上挂笑的黄贞说,这是房子的前主人。

范建平把墨镜摘掉,挂在上衣的扣眼上面,又和我握了一次手。那个女的站在门后,瞧着镶嵌在门上的猫眼。瞧了一会儿,她扭回头,对大家说:这猫眼还管用呀。

管用,黄贞说。

刚才你没用吧?女的问。

忘记用了,不过一听敲门,我就知道是朋友来了。我接口道。

客厅里乱糟糟的,堆放着装修用的木条、钢筋、水泥、五合板、灯具。黄贞将沙发上的卷尺和灯具腾开,请他们坐下。女的坐在男的对面,用食指揉着脸蛋,不说话。男的也不说话。我给范建平递上一支烟,范建平把烟横着,扫了一眼烟的牌子,然后才叼上。他的这个动作引起我的疑惧:他们别是来找事的吧?

我让黄贞去把糖和水果端出来。说完,我又加上了一句:端结婚时用的好糖,喔喔系列的甜橙奶香。我故意强调这一点,是想对范建平说,我和黄贞刚结婚,还处在喜庆的日子里,在这种时候,你总不会让我们感到难堪吧?

那猫眼还管用?范建平问他的妻子。

管用,我刚才看了,还能看到对面墙上的缝隙。那还不是我买的?他说,我转了几家商场才买到这个牌子的。喂,它是什么牌子的?范建平转脸问我,我说我不知道,只要能用就行。

你们一定要小心,范建平说,不认识的人千万不要给他开门,这栋楼里出过几起事。

结局总是一样的,女的被强奸,男的被干掉,或者打得头破血流。范建平的妻子说。

有这么严重吗？黄贞削着苹果说。我注意到黄贞摇削果皮器的时候,手指头在上面绊了一下。

你问问她就知道了,范建平用烟头指了一下坐在对面的女人,说,有一次幸亏我回来得早,后面还带了几个朋友,否则,有够她受的,说不定我也得跟着报销,那一次真悬。

我们准备先安个防盗门,我已经看过了,少林牌防盗门卖得最快,广告上说,撬开赔万元。黄贞说。

赔十万元又怎么样？女人的贞操只值十万元？范建平说。

这个说法确实不好听,范建平一定意识到自己的话过于唐突,所以他很快又说：两位女士千万别在意,我只是顺口说着玩的。

范建平的妻子说：要是真能赔十万元,我相信有不少女人愿意下功夫琢磨它的开法,盗贼一来,就里应外合。

所以广告上只敢说赔一万元,黄贞说。黄贞什么时候学会幽默了？

正是黄贞的这个幽默解除了眼下的紧张,大家都轻松起来。黄贞邀客人一起吃饭,我又下厨炒了两个菜。吃饭的时候,我听见范建平问他的妻子,现在生活得怎么样,是否挂上了男朋友。你该找一个各方面都比我强的,虽然这个要求太过分,他说。

这时候我才突然明白,他们两个人已经劳燕分飞了。

比你强的,那还不是一扫一堆。女人说。

范建平咧嘴笑了。一根鱼刺扎住了他的口腔。他伸手去拔的时候,仍然在笑。

楼下车库里的东西,范建平第二天就来拉了。他雇了三辆三轮车,拉了几趟也没拉完。范建平是个画家,钉了许多画框,那些东西非常占地方,一车装不了几个。还有许多裹着帆布包的东西仍然堆在那里,似乎暂时不准备拉走。那时我已经知道他的前妻名叫鲁革,我上前问他鲁革怎么没来,并且说,阳台上的东西是你和鲁革谁的。我操,上面还有?可能是鲁革的吧。范建平说。我说我本来应该帮你搬搬,可我实在是忙得脱不开身。我问他有没有发现什么贵重东西丢失了,他说当然有,不过丢了也就算了。他的话让我感到有点紧张,我追问他什么东西丢了。他问我要了一支烟,这次他没看烟牌就叼上了。吸了几口,他眨着眼睛,顽皮地反问我:丁奎,你说说什么东西丢了?这小子原来另有所指,搞艺术的人是不是都以隐喻的方式说话?车装满之后,一块很大的塑料篷他懒得去叠了,不叠就无法装上车。他在地上乱踩了几脚,将它踩成一团,最后他还是放弃了。他仰着脸看着楼顶,突然说:丁奎,现在楼顶还漏不漏雨?

不漏啊,挺好的。

上面有缝,你还是把它拿去吧,漏雨的时候你就用得着了,记住,什么东西都会渗透进来,雨水、风、沙子。

你看,他的话又带有寓言的性质了,这小子还真是块搞艺术的料。

童年的游戏:将手指绞在一起,一盏灯照过去,墙壁上会出现猫、鼠、狗、兔子的剪影。墙壁喷塑之后,那些小动物的形象更加鲜明逼真。油灯换成了落地麻雀牌灯,土墙换成了喷过塑的水泥墙,当动物跃向窗户的时候,闪亮的、带着匀称的褶裥的落地窗帘挡住了它们的去路。窗帘上蜡染的矢车菊和未名的草丛是它们的唯一归宿。我在那里停留片刻,然后将手合拢,捂住自己的下巴。黄贞这时候该叫起来了,她要求我从头再来。有必要从头再来吗?我得好好想一想。得换个花样,让墙壁上出现一个头部的剪影。仍然需要有灯来照耀我的双手,使我的每根手指都充满光芒,这样才能把黑影投到墙上去。一盏灯在脑后,一盏灯在鼻子和手之间,这样,墙上会出现一个叠加并置而成的头骨的形象。在黄贞夸张的惊叫声中,我将她手中的灯关掉,让房间里只剩下一盏灯。

黄贞也有她擅长的节目。她的节目是不需要我来配合的。她会将沙发上的带着穗头的罩子缠在身上,在四合的房间里走动,一直走到刚才小动物们消隐的地方,用矢车菊的图案围住自己的身体,只有一张脸伸在图案的外面。你上前小心翼翼地触摸那张脸、颈上的肌肤,下面的矢车菊图案就退到身后了。真实的,像炭精条细描出来的图案,呈现在记忆的中心,有如幻觉中的事物。从现实中酿造出一种幻觉,记忆像果核那样发芽生长,是我们乐此不疲的游戏。

一只斜坐在案头的布做的洋娃娃,是朋友送给我们的结婚礼物。它的肚子里装有电池,你按一下它肚脐上的开关,它就会在桌面上跳舞,边舞边唱。它唱的歌我早已耳熟能详,我在按响朋友家的门铃的时候,经常能听到那曲《致爱丽丝》。黄贞有一次回忆起她在单位的同事家里有过的遭遇，她简略地对我说，那一次她依约前往同事家取一张唱片，她按响门铃的时候，那位同事立即显得惊慌失措，她进门之后才发现有个姑娘正坐在一张小地毯上听唱片，听她来取的那张唱片。她坐下来与他们闲聊了一会儿，谈的是地毯上的花草图案，她说她故意做出第一次看见那些图案的样子，对那个男的说：你这里搞得很像一回事，还有地毯，爱华音响，行啊。这些图案也很漂亮，任何花朵都是世界性的，是吧？黄贞记得那个男的从头至尾都很尴尬。她告辞的时候，把随身带来的小包丢到地毯上了。她只好重新回来，再按一次门铃，《致爱丽丝》又响了起来，那个男的从门缝里把她的小包塞了过来，然后门就关死了。她说，她顿时感受到了一种屈辱感。屈辱什么呀？照黄贞的说法，就是那个男人的奇怪表现好像说明她与他有什么瓜葛似的，他试图遮盖它，但却欲盖弥彰。其实，那种瓜葛压根儿就不存在。按照我的理解，黄贞的屈辱感产生于她自身的举动，譬如她要故意做出首次造访的样子，而且要聊起地图上的花卉图案，若无其事似的聊起所谓的"世界性"，正是她自己的这些举动，让她感到很不舒服，伤害了自己的尊严，用一个词来表达这种感受，那就叫"屈辱"。

由布娃娃的发声引起来的这个话题，黄贞自然还要把它送回到原处。黄贞说她不想听到布娃娃唱什么《致爱丽丝》。她把它隔窗扔到了阳台上，扔到了范建平遗留下来的那堆木条、画布上面。荡起的尘埃在光线里飞舞，然后落定在那些事物的表面。

黄贞随即宣布了她的计划,她想生孩子了。她要生个真正的娃娃,一个会哭会闹也会唱的娃娃,她绝不让孩子听那些陈词滥调。把烟戒掉,把避孕套扔掉,这是她的命令。她的计划、命令怎么说来就来?我对她说,烟可以戒掉,明天我就上街买戒烟用的特制香烟,避孕套就没有必要扔掉了,用指甲在顶端抠出一个小洞,就可以起到种瓜得瓜的效果。我一边开玩笑,一边同时想着两件事:一是,我觉得黄贞好像要极力证明什么东西似的,也好像要让某种处于悬浮状态的东西尽快扎下根;二是跟我自己有关的,我似乎非常依赖避孕套,没有它,我似乎难以把事情干到底。这两件事说出来可就不是玩笑了,所以我就闭紧了嘴巴。

鲁革,也就是范建平的那个前妻,在一个下雪天又来找我们了。那天是圣诞节,黄贞所在的那个银行把元旦联欢会提前放在那一天举行,联欢之后发奖金,好像那么一来,圣诞节跟毫无宗教信仰的中国人就有了什么联系似的。鲁革问起黄贞的时候,我就这么说了一番。我没有问范建平怎么没来,但我顺便提起下面车库里的东西,说范建平来拉过一次。我说车库的钥匙,范建平手中有一把,我这里也有一把,如果你来取东西的话,你也可以上来拿钥匙。

我路过这里,顺便上来坐坐,鲁革说,房间搞得真漂亮啊,这么一布置,就鸟枪换炮了。

鲁革换上棉拖鞋,在房间里走了一圈。我领她看了看堆在阳台上的那堆东西,对她说,你什么时候来取都行。除了上课,我每天都待在家里。

她翻了翻那堆东西,从里面翻出两个盛饼干的铁盒子,一只钧瓷花瓶,一本影集,一只煮牛奶用的不锈钢奶锅。里面还有几件布满油画颜料的宽大的衬衫,被她当作抹布用来擦拭灰尘。最后,她拿着奶锅回到了客厅。奶锅的锅把脱落了,她问我有没有小螺丝和改锥,我说,那些小玩意儿都由黄贞收藏起来了,而黄贞要到晚上才能回来,她们要在那里聚餐。我找了一个早年用过的黄书包,把奶锅装了进去,又问她是否还要再装些别的东西。她咬着嘴唇想了片刻,从阳台上把那本影集拿了过来。影集是装不下的,她就翻开影集把里面的照片取下来,塞到书包里。遇到他们双人合照的,她就用食指和中指做一个剪刀裁剪的手势,然后又把它们按原样放回原处。她没有再往书包里塞什么东西,它仍然显得空空荡荡。

范建平以前总说要把这套房子装修,他到北京进修的时候,我就有一种预感,他的装修梦要破掉了,你看,还是让我给说准了,不过,鲁革停停又说,不过,这套房子最后还是装修了。

我要是笑出来就不好看了,所以尽管我很想笑,最后还是没笑。

这里白天还供应热水吧?她问我。

我说热水倒是全天供应,这是我最满意的。鉴于她前面提到的那段话,我想我有必要再补充几句。说起来我的补充有点矫揉造作。我说,这套房子并不理想,结构布局不够合理,厅太小,书房太窄,放两排书架就让人转不过身来,再说周围的环境也很糟糕,老是被蠢驴吵得睡不安稳(所以你们不应该感到遗憾)。就是全天供应热水这一点,还能让人满意,算是一点小小的补偿吧。

我已经几天没洗澡了,我去洗个澡吧。鲁革说。

我替你放水去。

还是我自己来吧。

我坐在客厅里,手执遥控器看着电视。我能听见厕所里水哗哗流动的声音。水流到她身上,然后溅到四壁的瓷砖上,然后顺着地板上的小洞排出去。并不是我要胡思乱想,道行浅薄如此,而是我眼前确实正出现着这样的画面。电视上正播放着广告,先是蒋介石(孙飞虎饰)为秦池酒做的广告,接下来就是LUX营养洗发水的广告。我只是没有立即更换频道,让那个画面持续了一会儿而已。画面上,一个半裸女子就站在蓬蓬头下面,水珠四溅。这个画面结束之后,我关掉了电视,随后拿起一本名叫《玫瑰之名》的书翻了起来。

我不知道她还要洗多久。有一点是毫无疑问的,她洗过之后我也得洗一下。这倒不是说我担心她闻见我身上的不良气息,而是出于这样的考虑:我要是不洗,那些浴液、洗发水的消耗就显得无从解释,而黄贞对它们的使用次数是心中有数的,而且她还有查看水表的习惯。

黄贞打来一次电话,对我说她可能要晚一点回来,不过不用担心,单位派车来送,估计有不少人醉了,不派车送害怕在路上出事。她说她也装着喝醉了,这样她就可以免掉冒雪骑车之苦了。她问我正在干什么,我说我正在看书。我确实正在看书,《玫瑰之名》已经看到第三页了,里面的阿博院长正在向威廉教士解释装帧经书的修道士阿德尔莫的死亡经过。鲁革出来的时候,我正在朗诵威廉教士的名言,"在整个旅途中,我一直教你要认识迹象,世界就是通过这种迹象,像大部头的书告诉我们……"

鲁革听着我的朗诵,突然笑了起来。她梳理着湿漉漉的头发,边笑边问:

丁奎,你们不打算搞个孩子吗?

你怎么问起这个了?

洗澡的时候想起来的。有一次,我和范建平关在那里洗澡,洗着闹着,不知是谁先说了一句:搞个孩子吧。那就来搞一个吧,两个人都说。本来就是说着玩的,谁也没有当真。不过,后来倒真的怀上了。是不是那一次怀上的,我可就不知道了。

反正后来是没有了。我说。

是啊,是白搞了。它在肚子里长到两个月的时候,把它弄掉了。它就像你那件蓝花瓷瓶那样大了。把它捣碎弄了出来。我从来不骂人,可那天我把范建平骂臭了。一疼,我就骂。骂的我现在还说不出口。我从手术室出来的时候,范建平一只手扶着我,一只手捂着裆部。他还记着我说的话呢。他说,你真会骂,你把我的鸡巴割了,我不就成太监了吗?丁奎,你是不是觉得我引用的范建平的话,过于直露?好吧,换个说法,把那两个字换成尘根算了。

她先笑,然后我才笑。我们都大笑起来。没有什么意思,无所谓深度,就像光和影,无从测量。只是一个简单的词,引起了我们的笑声。这是我愿意做出的理解。

那天,鲁革走的时候,外面的街灯已经亮了。那只塞着奶锅和照片的黄书包,她拎到门口又丢了下来。她说她还要到一个朋友家里去玩,先把它放到这里吧,下次来取。

你得承认,朋友是有季节性的。有时候,朋友像四季那样经常更换。换到谁来做你的朋友,他在什么时候以哪种方式出现,事先你是无法预料的。搬入新居之后,我发现住集体宿舍时交往甚密的朋友,彼此来往少多了。真的有什么大事需要让对方知道,在电话里打个招呼也就对付过去了。什么原因使得原来挺亲近的关系慢慢疏远了?因为距离?因为原来隐藏着的分歧?你要是这么正儿八经去想,那就把问题弄复杂了。一根指头敲向一个黑键,发出一个字,一组词;敲向另一个黑键,就会出现另外一个句子。更多的时候,敲A敲B,只是缘分。

在那个冬天,我就没有料到范建平和鲁革会成为我们的常客。范建平每次来,我都要和他讨论一番他的作品。他的许多旧作都还堆在下面的车库里。他拎着旧作上来,一屁股坐到地板上,把旧作放在伸手可及的地方,翻来覆去端详。

上烟,他说。我把烟盒扔给他。火。我弯腰给他点火,然后把烟灰缸放到他身边。

那些旧作布满尘埃,他将尘埃从画布移到地板上,然后凝视。我慢慢发现,他的作品中经常出现的物象是马匹、鸟类、锁和城池。它们是他的某种意念和感觉的显影,带着抽象的性质,形态各异,主题意向相同或相反,像一根绳子的两股线头那样,存在着悖论,或者说相反相成的关系。马匹,夜色中的马匹,双腿叉开骑在马背上的人,使我想到了坐骑弩驿难得和它背上的骑士堂吉诃德,而那些栖落在光秃秃的树枝上、双翼收拢下垂的鸟,则是某种慵懒、倦怠和精神颓唐的象征。出击、行侠与退缩、内敛,相反相成,包含着某种内在的同一性。那些被月光照得惨白的城池,是他心目中的罗马城,可是没有一条路能通向它。在另一幅画里,道路纵横,但罗马城却没有踪影。便是那些敞开的道路,在他的作品中,仿佛也是某种幽闭经验的纹路,就像蜗牛在黑暗中负壳爬行时留下的陈旧发白的涎迹。

这些作品都是他住在这套房子里的时候闭门造车的产物。我用食指弹着画布,冒充内行胡说八道的时候,我似乎能够理解他当初执意要出去进修的心理。进修是个名目,出去这个动作本身才是目的。这只是我的理解。事实上,我从没有问过他这方面的事。我和他在一起时,就是看画。我的评论他往往不屑一顾。我要是闭紧嘴巴一声不吭,他却有点不高兴。也就是说,他其实乐意听我胡说八道。

有时候,他会向我讲起在北京时的一些故事。那些故事都很有趣,我听了难免不大笑。他说他曾在北京的圆明园画家村住过一年,将近一年没洗澡,没理发,没刮胡子。虱子当然是一种常见之物,还有臭虫。它们在床板的夹缝和床下的干草中,像蚂蚁一样乱爬。如果臭虫爬到画布上来,他就用颜料把它们封起来。他曾经逮着许多只臭虫,把它们全粘到画布上,先涂颜料,然后又上一层清漆,使它们若隐若现。西方人没见过这种玩意儿,一见到就非常喜欢,出的价就高。这幅名叫"东方昆虫"的画,出手之后,使他在半年之内有吃有喝。他曾经用打虫药打肚子里的蛔虫,想用蛔虫作材料,造一幅画。可他肚子里没虫可打,只好作罢。这个点子浪费掉实在可惜,他就想把它卖掉。他找到一个面黄肌瘦的来自韶关的画家,问他肚子里有没有虫。虫还是有一点的,那个画家说。他得到一箱蓝带啤酒之后,就把创意给对方说了一遍。画弄成之后,怎么也卖不出去。后来一个西方人对他说,蛔虫太像蛇了,西方人恨蛇就像恨犹大一样,它们一个是诱惑者一个是告密者。蛔虫是换不来美元的。换不来美元,就意味着饥饿将跟随着你,那个朋友就跟他反目成仇了。

范建平说他后来洗了一次澡。洗澡、理发、刮胡,然后用一桶红漆从头顶倒下去。这也是一幅作品,名字就叫"红人"。他就这样在一个画廊里站了两天。后来他无法站下去了,他得上医院挂急诊了。他的身上的两个关键部位发炎了,炎症还很厉害。上面是眼睛,红得像兔眼;下面是鸡巴,肿得像个嫩葫芦。别人把他塞到一辆面的上,送他去了医院。他无法自己去,一来是他看不清路,二来他根本无法走路,下面吊着的那个嫩葫芦,稍微一晃,就疼得要命。

哈哈哈——

我大笑起来。我真是忍不住了。他问我为何发笑,我顾不上回答他。笑是一种表达虚无的方式,他说。说过这话,他也笑了,而且笑得更凶,眼泪都笑出来了。笑过一阵之后,我帮他点上烟,给他沏了一杯茶。冰箱的压缩机哐当响了一下。我突然想起上一次我和鲁革在这里大笑的情形。我说:范建平,那时候鲁革要是去割你的尘根的话,事情就便当多了;它肿得那么厉害,很脆弱,刀子一闪,它就掉了,就像砍瓜切菜一样。

你这是什么意思?他突然警觉起来。

我只是顺便跟你开个玩笑。我说。

那天黄贞下班回来之后,闻到房间里的烟味,大发牢骚。我对她说范建平刚走,烟是他弄出来的,我一支都没有吸。我顺便讲起了范建平的那个好玩的遭遇。黄贞听到半道,就不耐烦了。说这种事她连听都不要听。该讲什么东西发炎了吧?她说。你听过这个笑话?我问她。

她绕到我身后,将一堆脏衣服按进洗衣机。

你听他讲过?我问她。

她说:丁奎,你还有完没完?我是听鲁革说的,行了吧?

炒菜做饭的时候,她提醒我往鸡汤里放几朵香菇,说那对胎儿的发育有好处。她把泡好的香菇递给我,说,她之所以晚回来一会儿,是因为一个同事离婚了,大家留下来安慰安慰人家。是不是那个人?我问她。哪个人?还能是哪个人,取唱片时让你不愉快的那个人呗。

你看你又想歪了吧,不是他。不过这个人也喜欢音乐,算得上一个发烧友。她说。

挺好的人,离什么离?我有点心不在焉,说。

关系好就不能离了?你这逻辑可是有问题,范建平和鲁革不也是挺好的吗?允许他们离就不允许别人离?她说。

抽油烟机的风轮旋转起来,把她的声音遮住了。

春节过后,我和黄贞有过一次短暂的分别。黄贞到上海追收贷款,在那里待了两个星期。小别胜新婚,她刚回来的那两天，我们都没去单位，除了吃饭，就是躺在一起说话，当然还有必不可少的房事。她说她在上海遇到一件事，想起来觉得很有意思。一个干过医生的人，说自己会看手相，旅馆里的许多人都来让他看。那个人给她看过之后，说她可能会遇到一件不大不小的麻烦。什么麻烦？我问她。她说那个人说：你肚子里的胎儿看来是保不住了，我知道你当妈心切，可是你命中注定，要到三十岁左右才能当上妈妈，急是没有用的。黄贞说，她一听吓坏了，连续几天都睡不安稳，失眠，尿频。她说：过了几天，拖了那么久的月经突然来了，这时候我才知道我压根儿就没有怀孕，那个人的说法纯粹是无稽之谈。

她这么一说，我的脑子里就理不出头绪了。她向我打听家里发生过什么事的时候，我的脑子才清醒过来。她不是在打听，而是在追问，显得很急迫。

我用被单盖住下巴，用毛巾盖住额头，同时捻动着毛巾上的一个线头。我的动作显得很随意。我想造出这样一种效果。我对你讲的事并不准备深究，我讲的事情你也完全可以忽略不计。我说，倒是发生过一件事，说不上多么有趣，你就随便听听吧。

我说，一个午后，我正在厕所里洗澡，突然听见有人敲门。我裹着一条毛巾走了出来，临开门的那一瞬息，我想，还是冷静一点吧。透过门上的那个猫眼，我看见有男有女站在楼道里。我看不见他们的脸，因为他们背朝着门。后来，他们转了转身，面对墙壁站着，手卡在墙壁上量来量去，既像是在计算着什么东西，又像是在图谋破墙而入的良策。贼，我想,可能是贼。

我在门后站了很长时间,那种威胁让我不能不紧张。不过,黄贞,我始终没有开门,也就是说,其实什么事情也没有发生。

讲完之后,我对黄贞说,这事要是放到她身上,可能就不可收拾了。如果他们真是歹徒,那她的贞洁恐怕就保不住了,这可不是闹着玩的,说不定还得搭上她的一条命。

饶舌的哑巴

其实在那件事发生之前,我就见过他了,只是当时我还不知道他名叫费定。现在回想起来,我第一次注意到他,是在夏初的一个令人昏昏欲睡的午后。当时,我正在邮局的后院里分信,他推门进来了。他的突然出现,使我顿感紧张。一段时间以来,他经常在邮局的门口转悠,嘴里总是念念有词,仿佛在盘算着什么事,或者在等待着什么事发生。他已经引起了邮局的保安人员的疑虑。在那之前,我们这个邮局曾遭到了一名暴徒的袭击,那个暴徒用一把手枪干掉了我们的一个姑娘和一个正在这里实习的男生。这种事似乎每天都要在各地闹出几起,使你不能不留神。那天,他从侧门进来之后,就迅速地关上门,在门边徘徊了一会儿,然后朝我走了过来。他大约三十五岁,目光显得焦虑不安。那天,我把一大堆信件塞进帆布邮包,推着邮车走出院子时,他也跟着出来了,并且突然问我:"你就是邮递员小李吧?"

我点点头,赶紧骑车跑了。

从邮电学校毕业之后,我一直跑同一条邮线。这条邮线上的许多单位的收发员跟我都认识,我也认识那些单独的邮户,不过,私下里我们从不来往。记忆之中,我似乎没有和那个人打过交道,但他怎么知道我是小李呢?我感到纳闷。可是,自从听到他的声音,我对他就没有恐惧情绪了。说来奇怪,我想不起来他的声音有什么特色,但是我知道他不像一个会伤害人的家伙。

一个星期二的下午,我到这条邮线的最远处关虎屯送信。关虎屯一带原来都是农田,村民们在那里盖起了一幢幢小楼,租出去赚取租金。在那里租房的人可以大致分为两类:一类是生意人,另一类是年轻的知识分子。这两类人的信件都比较多,我每天都得去一趟。由于那里没有设立收发室,所以,我得挨家挨户送信,每次去,都要在那里耽误一段时间。

那天下午,我在关虎屯又耽误了许久。天快黑的时候,信还没有送完。在一条窄窄的巷道里,我突然遇见了他。当时,他骑车刚从外边回来,浑身都是汗,气喘吁吁地在我面前下了车。"我到邮局去了。"他说,"咱俩走了对岔路。"

他伸出手,笑着对我说:"有我的信吗?我叫费定。"

"费定?好像有信。"我说。

他用指关节敲着自己的嘴唇说:"太好了,我终于等到了回信。"

我在邮包里给他找信,他说:"到我那里歇一会儿吧,小李子,我就住在前面那幢小楼的二层。"他往右前方指了一下。我推着车往前走了十几米,走到了那幢小楼的庭院外面。接着,我继续找信。我把信递给了他,他当即就把信封撕开了。这时,一件事发生了:一只剃须刀片从信封里掉了出来,在柏油路上弹跳了几下,才安静下来。在那短短的时间内,我看见他的脸变得毫无血色。出于一种难以理喻的动机,他不等我走开就念起了那封信:"如果你再给我写信,有人就要用这张刀片割破你的血管。"

他把刀片从路面上捡起来,捧在手心,皱着眉头凝视着它。我瞥见那张刀片上还粘着几根胡须。

"这是用来刮胡子的,"他说,"有香烟吗?"

我们各点上一支烟。我想我该走了,就说了声再见。

"感谢你给我送来了一封信。"他说。他的目光还落在刀片上。

"再见,费定。"我说。

他寄出一封信被退了回来,信封上贴着一张条子,上面标着"查无此人"和"地址不详"。我把那封信转给他时,他正站在门前吃粽子。那时,端午节刚过去,街上还有许多卖粽子的摊位。他接过那封信,瞧了一眼,就塞进了裤兜。我正要走开的时候,他抓住了我的车把,说:"上去吃个粽子吧,昨天是我的生日,我买了几十个粽子,不吃掉就要变馊了。"这么说来,他的生日就在端午节的第二天。

我跟着他走进了那个庭院。庭院里堆放着房东废弃的农具。费定住在二楼最西头的一个单间里,房间里热得像个蒸笼。挨着东墙的床上,堆满了凌乱的书籍,它几乎占去了床的一半。

他又当着我的面把信拆开了,看了一会儿,把信夹进了桌上的一本厚书里。那本厚书名叫《汉语辞格大辞典》。他说他每天都修订、补充这本《辞典》,寻找新的辞格。

"你是个大学教授?"我问道。

"讲师。眼下,我还是个讲师,在大学里讲授现代汉语。我喜欢教书,喜欢站在讲台上和学生们交流经验,平时,只要见到鞋刷,我就要想到黑板擦。系里曾想把我调到资料室,但被我婉言谢绝了。我对系里的头头们说,我不愿意脱离讲台。"他打着纷乱的手势,说了一通。如果我不阻止他,他还会喋喋不休地说下去。所以,我打断他的话题,说:

"我该走了,祝你生日愉快。"

"你还记得那张剃须刀片吗?"他说。

"记得。不过,它跟我有什么关系呢?"

"那封信是你送过来的,我想托你把我的回信捎到邮局发出去。这两天,我的身体有点不舒服。显然是粽子在我的胃里捣鬼。那把刀片其实是伪劣产品,你知道我是怎么发现的吗?犀牛牌刀片的'犀'字写错了,写成了'木樨'的'樨',那是桂花的意思。我的回信已经写了两天了,请你帮我发出去。本来我不打算回信了,但我有话要说,还是写了吧,于是,我就写了。"他说。

"好吧,我替你寄出去。"我说。

"这封信,你也可以看看,近来我的脑子有点不太好使,经常闹出一些语病来,你可以帮我检查一遍。"

我记得信是这样写的:

范梨花:
　　眼下,桂花盛开。桂花的颜色、形状都与梨花相似。桂花也叫木樨。有一道菜肴就叫木樨肉,即把鸡蛋炒得星星点点的,放到熟木耳和金针花之上。这种菜肴和木樨关系不大,倒是和北京旧时的太监有点关系。木樨可以写成木犀,但是犀牛不能写樨牛。伪劣产品真多啊。应该保持警觉。

费定

看完这封信,我顿感莫名其妙。"范梨花是谁?"我忍不住问道。

"我爱人,"他说,"以前,她也讲现代汉语,所以,给她写信得字斟句酌。"

我没有发现信中的语病,倒是发现了别的错误:眼下,桂花并没有盛开,因为时令不符,它要到秋天才开花,有一部电视剧,名字就叫《八月桂花香》。再说,我也不相信那张刀片是范梨花的。让范梨花知道那张刀片是伪劣产品又有何用呢?

"吃粽子,吃粽子。"他突然想到了粽子。门边的塑料盆里泡着一堆粽子。

"每年这个时节,一看到别人也在吃粽子,我就会产生一种奇怪的感觉:人们都是在端午节出生的,都是我的同胞。"他一边剥着粽叶,一边谈自己的感受。

粽子已经馊掉了,我强忍着馊味吃了一只。他送我下楼的时候,对我说:"咱们一见如故,是好朋友。"

对我来说,每个星期六都让人难受,只有和星期天比较起来,才不算是最难受的。我这个人不善言谈,更不善于交往,没有亲近的朋友。把我当成朋友的人,一定是找不到别的朋友,才把我算成朋友的。费定大概就是这样的人。和我住在同一个寝室的小伙子跑的是另外一条邮线,我称他为室友。那段时间,他刚谈上女朋友,那个女孩名叫李薇,是大学一年级学生。室友在我和他的床之间拉了一条布帘,他们在那边非常活跃,有时候他们在床上动作过猛,就能把我吵醒。有一次,我半开玩笑地对李薇说:"请给我介绍一个女朋友,好吗?你们总不能把我一个人丢下。我也很想乱来一下。"

"你想找个原始股?"李薇问我。

"不,我对搞股票的女孩没有兴趣。"我说。

她一听就笑了起来,"你真是个笨蛋,"她说,"原始股就是处女。"

"那就找个原始股吧。"我说。

"我们寝室还剩下最后一个原始股,如果你有兴趣的话,我可以把她领来。"

听她这么一说,我就知道那个"原始股"肯定奇丑无比。我说我对丑女孩没有兴趣,她说:"如果有人对丑女孩有兴趣,那她早就不是处女了。"

我换了个话题,问她是否认识费定。她说:"我知道他,这学期他正给我们上课呢,不过,我不喜欢他,当然,上了将近一年大学了,我还没有喜欢上什么事呢。"

"你肯定喜欢谈情说爱。"我看了一下室友,对李薇说。室友趴在床上似睡非睡,听了我的话,他咕哝了一句:"李薇,咱们这像爱情吗?"

"身处其间,我们本人是无法知道的。"李薇指着我说:"应该问他。"

"像吗? 哥儿们。"室友又吐了一句。

"弄点东西嚼嚼呗,"李薇说,"我饿了。"

"抽屉里有鱼片,嚼去吧。"室友说。

"我看,有点像。"我说。他们似乎都没有听见我的话,一个埋头睡着了,另一个盯着鱼片,查看生产日期。

那个星期六晚上,她们学校有通宵舞会。她吃完鱼片,从钱夹里掏出一张舞票,推醒男友。"我懒得动弹。"他咕哝道。

"你去不去?"她问我。

"我也懒得动弹。"我说。

"那你们可就吃亏了,"她说,"我们学校刚装修一个舞厅,可以和街上的卡拉OK舞厅媲美,但是票价只有街上的一半。跳一场,等于赚了一场。"她做了一个跳舞动作,在原地转了两圈,说道。

星期一的早晨,我醒来的时候,室外正大雨滂沱。我听了一会儿雨声,就又迷迷糊糊地睡着了。后来,我听见有人敲门。我以为是李薇又来了,所以我躺着不动,装作仍在酣睡。那敲门声越来越响,我渐渐听见那个人在门外喊我的名字。

"喊你呢。"室友说。原来他也睡醒了。

我打开门,看见一个湿淋淋的人站在门口。他是费定。

"是你? 我还以为是个女的。"我说着,又回到床上躺下了。

"我得赶到学校上课,没料到遇上了大雨。你能把我送到学校去吗?这四节课对我对学生都很重要。公交车实在挤不上去,出租车又没法开。街上积水太深了。我的车技又很糟糕……"他站在我的床边,着急地说道。

我听了,半天没有吭声。

"明天,我请你到酒吧玩一次。"情急之中,他冒了这么一句。

每天上午,我都没事可干。把他送到学校也算是干了一件正事。我骑车带着他,去了趟学校。他请我在校门口的小摊前喝了碗豆浆,吃了两根油条。"既然来了,就听听我的课吧,它或许对你有益处。"他说。我觉得他有点得寸进尺,同时,我也生了一阵疑虑:他或许就是让我来听他讲课的,原先那些话不过是些借口。事已至此,那就不妨听几节吧。

我对那四节课印象极深。预备铃声响过之后,学生们断断续续进来了。我看见李薇背着一只精致的小包也来了。许多女生都携带着这种小包。那天,李薇穿着一双鲜艳的红色雨靴,脸上闪烁着难以捉摸的微笑,她走路的姿态有点像走在天桥上的时装模特,只是身材短小了一些。她摇摇摆摆地走到了过道的尽头,才站在后墙根,四处张望着寻找座位。这时,她看见了我。她在离我几步远的一张课桌边坐下来,朝我摆摆手,就开始趴在桌上睡觉。

看得出来,那儿堂课的内容是他精心准备过的。那天,他讲的是句子结构分析。我对这方面的知识略有所知,在邮电学校上学的时候,我们用的课本上也有这方面的内容。费定讲起课来并不轻松,他要讲的内容很多,除了讲教材上已经有的知识，还要讲讲自己的研究成果。这两者又经常互相抵触。我渐渐听出了一点门道，他在"主、谓、宾、定、状、补"之外又加上了两个句子成分，叫"述语"和"中心词"。有时，他用同一个句子为例来讲述两种互相矛盾的观点，每当这个时候，有些学生就发出嘘声。

上到第四节课的时候，学生们已经懒得嘘叫了，偶尔能听见一阵鼾声。费定还在讲台上引经据典地讲着，他的讲述已经进入了中西文化比较的范畴，他说"主、谓、宾、定、状、补"这些概念都来自英语，所以无法穷尽复杂的汉语的现象。"讲台上站着费定"这句话就无法用"主""谓""宾"来分析，"因为我不是宾语，我怎么会是宾语呢？我显然是主语，但我又不像是主语，我是个中心词……"他的话题绕来绕去，到最后，他连他是谁都不知道了。他问下面的学生："我是什么？"

"你是人。"有个学生冷不防地冒了一句。

"应该说我是中心词。"费定说，"我是这个句子的中心。"

他的嗓门提得很高，但是并不影响同学们睡觉。当他费劲地分析完"讲台上站着费定"这个句子时，教室外面的走廊上突然响起了一片喧哗声。有人敲碗，有人唱着流行歌曲。显然是别的班级提前下课了。这个教室里的学生听到外面的声音，像得了传染似的，也开始敲碗，敲碗声把那些正在睡觉的人都吵醒了。这时，我看见费定又把黑板擦净了，我以为他要宣布下课，没料到他在黑板上出了三个句子，在每个句子后面注明了出处，仿佛要以此显示句子的威严和力量。

其中的两个句子我在中学学过,所以至今还记得:

告诉他们,别再把狗放到街上来了。(契诃夫)
宣统三年九月十四日——即阿Q将褡裢卖给赵白眼的这天——三更四点,有一只大乌篷船到了赵府上的河埠头。(鲁迅)

他开始点名让学生分析句子成分。一个男生站起来揉了揉眼睛,说:"期末考试题是由你来出吗?"那个男生又咕哝了几句,就坐下了。他连续点了几名同学,他们都不愿回答。后来,他拿着花名册点到了李薇。李薇睡醒之后,显得很有精神,她响亮地回答说:

"李薇有病,没来上课。"

她这么一说,教室里就爆发出一阵大笑,连我也跟着笑了起来。费定显然知道李薇在说谎,他可能认识她,因为,我听见他说:"你能证明你不是李薇吗?"

"如果你能证明你是费老师,我就能证明我不是李薇。"李薇落落大方地把他顶了回去。

下课铃声及时地响了起来,同学们精神焕发地走出了教室。讲台上只剩下了费定和例题。接着,我看见他拿起粉笔开始分析句子成分,他连画了几道,又把它们一一擦掉。这时,我已怀疑他的脑子大概出了问题了,因为他画出的线条凌乱不堪而又软弱无力,谁也不可能看懂。

几天之后,我又见到了李薇。我问她提起课堂上发生的事时,她说:"当时我够机智的吧?"

从她那里，我得知费定已经被调到系资料室工作了。他在那里负责装订过期的旧杂志，每天用锥子在杂志上钻孔，穿线。据李薇说，他早就被学生告到教务处了，学生们要求换掉他。起初，学生们还能忍受他在课堂上啰嗦，后来，大家发现只有他在坚持着上够四节课，而且还喜欢提问学生，这就让人难以忍受了，只好将之轰下讲台。

不过，这个被学生们遗弃的人倒非常守信用。一天，我在关虎屯遇见他，他忙不迭声地向我道歉，使我感到莫名其妙。他说他刚换了个工作，这个工作他又不太熟悉，锥子有些不听使唤……所以他把请我吃饭的事给耽搁了。他说他已经预订好了饭店，让我在第二天晚上等他，然后一起去吃饭。经他这么一说，我才想起他的诺言。

第二天晚上，他来找我的时候，我发现他特意修饰了一下，穿着洗烫过的长袖衫，打着灰色的领带，头发刚吹过风，显得年轻了许多。

他说，他和一个朋友在淮海路上开了个餐馆，名叫怡香园，菜价很公道。现在，他就是要领我到那里去。我们骑着车并排走在街道上，路上行人很多，交通毫无秩序，路边的广告牌下边，乘凉的人们不时发出各种尖叫。在文化路和交通路的路口，人群和车辆互相堵塞，使我们难以通过。我们费了很大工夫才从人群里挤出来。俩人站在路边"昂立"药品的广告牌下喘气的时候，他突然对我说，他不想去怡香园了，他说那里的菜价虽然公道，但是环境很差，经常有些人在那里酗酒闹事。"门外不远处有个垃圾场，你在馆子里就可以闻见垃圾的气味。"他说。

借着广告牌上的灯光,我看见他的脸色有些不同往常,嘴唇不由自主地抖动着,他又做出了习惯动作——用食指的指关节敲着自己的下巴,同时发出一阵阵混浊的呼吸声。他站在那里心神不定地东张西望着,后来,他的目光落在远处的一家酒店的招牌上面。那个酒店的名字叫"撒哈拉",我似乎在哪里见到过这个名字,但我一时又想不起来。

"不管去哪都行,"我说,"只要能让我吃饱。"

"你不想到怡香园去?"他问道。

"费定,你别忘了,当初是你提出要带我去怡香园的。"

"那你想去哪里?"他又问道。

"那就去撒哈拉吧。"我有点不耐烦了。

"既然你提出来了,那就去吧。本来我是不想去的,"他又开始饶舌了,"是你提出要去的,可不是我主动带你去的,当然,钱还是由我来付。"

他似乎非常看重是谁先提出来的。我对他的心理难以把握,只是觉得他仿佛在逃避某种责任。其实,事情朝这个路子发展,还不是由你一手策划的?

他领着我在二楼的一个小房间里坐下。我们进来的时候,侍者正在收拾客人留下的残羹冷炙。见人进来,侍者脸上就露出了职业性的微笑,同时把菜单丢到了我们面前,她出去时,顺便把门带上了。这似乎也是酒店里的规矩。

但是,费定要打破这个规矩。出于难以理喻的动机,他又把门打开了。一位路过的侍者又顺手把门关上了,并且提醒我们说,如果我们的门开着的话,穿堂风会把别的小房间的门吹开的,那样一来,别的客人会有意见。侍者说这话时,脸上闪现着诡秘的神情。"只有这个房间里是一对男的。"费定非常懂行地说了一句。但他随即打了个冷战,仿佛被自己的话吓了一跳。接着,他又把门打开了。

过了一会儿,一个三十岁左右的女人从门口走过,朝我们这个小房间看了一眼。她穿着一身黑色的旗袍,这使得她和一般的侍者区别开了。但她并没有和我们这一对客人打招呼,也没有来关门。几分钟之后,她又折回来,经过了这个门口。这一次,她没有往这里看。我听见她的脚步声渐渐走远了。这时,一位侍者走进来,记下了我要的酒和菜,就出去。出乎我的意料,菜上得非常快,酒瓶盖子还没有拧开,汤就端上来了。

"他们想让我们快点滚蛋。"费定说。

"你说什么?"我问道。我不相信自己的耳朵。

"他们无非是想让我们快点滚蛋。"他又重复了一遍,还没等我做出反应,他就说:"你觉得那个穿旗袍的女人怎么样?"

"如果她再年轻几岁的话,我就愿意在她身上下点功夫。她长得不错,身材也很诱人。"我敷衍道。

"你是说她的脸蛋长得不坏,对吧?她以前肯定比现在还要漂亮,在这方面,我或许比你有经验。"费定说。

我注意到他的手又颤抖起来了。他那张脸变得红通通的。当他端起酒杯时,酒从杯口洒了出来。

"你对她很有兴趣吧?"我问他。

他灌下一杯白酒,说:"兴趣?什么兴趣?这个词用得不够妥当,应该说'好感'。'兴趣'这个词让人觉得肉麻。'好感'却给人带来欢乐。"

"你对她有好感吧?"我套用他的概念,逗着他。

他盯着我看了一会儿,没有吭声。这时,穿堂风吹开了对面的那扇门。我看见那个女的正好在那个房间,现在,她已换上一袭黄裙。她弯下腰,抚摸着一位女顾客带来的小狗。当她弯下腰时,那裙子就慢慢爬上了大腿。就在这时候,一个男人走了进去。那个身材滚粗的男人在她的大腿上拍了一下。这个动作使得那间房子里的一对男女客人发出一阵会意的笑声。我的视线也被那里吸引住了,没有看到费定是怎样把酒瓶打翻的。酒从桌沿滴到我的脚下时,我听见了费定喘息的声音。我看了一眼费定,发现他正盯着那个打翻的酒瓶,轻微地摇晃着头。我以为他喝醉了,就说:"这样更好,咱们都可以不再喝了,免得胃疼。"他用牙齿咬着舌尖,嘴里发出一种奇怪的气声。这样持续了一会儿,他突然说道:"现在的趋势就是这样,女人和狗睡,男人只好和还没有喜欢上狗的女人睡。你说,你说那个女人是和狗睡呢,还是跟男人睡?"

"和狗睡。"我脱口说道。

"和狗睡?"他追问道,"你是说她和狗睡在一起?往深处想一下,你就会发现这是一句粗话。你把某个男人称为狗了。换句话说,你使用的是一个暗喻,准确地说,你使用的是借代。"他这样说着,目光就变得虚妄起来。

"她喜欢男人,不喜欢狗,"我说,"这一下你满意了吧。"

"我们应该保持必要的同情心。"他沉默了一会儿,认真地说道。

我不想再解释什么了。一桌菜几乎没有动过,看得出来,他对菜也没有胃口,对面的那个房间已经空无一人,但我仍然要不自觉地往那里看。过了一会儿,那个女人又陪着几位顾客从门口经过,我听见了他们的谈笑声。

"一杯红葡萄酒。"我听见费定轻呼了一声。他的舌尖在杯口上舔来舔去的。我瞥见他的舌尖已被牙齿咬出血了。

我们下楼的时候,我看到那个女人站在前厅的吧台边和一位大腹便便的男人在低声交谈着。她的黄裙子又换成了黑色的超短裙。费定绕开了吧台,从桌缝中穿过,朝门口走去。我正要喊住他,让他到吧台前结账,他突然把食指竖在唇前,示意我不要开口。他站在门边,把钱交给了一位侍者,然后走了出去。那位侍者来吧台交钱时,穿黄裙子的女人若无其事地笑了一声。

我没有理由再在那里待下去了。我也走出了"撒哈拉"酒店,来到停放自行车的广告牌下面。费定正艰难地开着车锁,他一边转动着钥匙,一边嘀咕个不停。由于没有吃饱喝足,我有些不想搭理他。"事情糟透了。"他说。他举着半截车钥匙让我看,原来他把钥匙拧到锁眼里了。

我无法帮他把锁撬开,街上也找不到修车铺,他只好扛着车和我一起走。在昏暗的夜色里,我看不清他的脸。后来,他问我第二天是否还要去关虎屯送信,他说他想请我再吃一顿饭。我突然想起了第一次给他送信的情景。那件事我一想起来就觉得有点不可思议,于是,我顺便问道:"费定,剃须刀事件后来有什么着落吗？范梨花给你回信了吗？"

"剃须刀？你想它会有什么结果呢？如果她写信来的话，肯定得经过你转。"他模棱两可地说，"我不知道这是怎么一回事，或许知道一点，但我无话可说。"

我们谈话的时候，我突然若有所悟，猜测酒店里的那个女人可能就是范梨花。本来我不想再说什么了，但我还是忍不住地问了一句："费定，你最近见过范梨花吗？"

我这么一问，他立即愣住了。过了片刻，他终于语无伦次地说了起来："你说的是今天还是昨天？昨天我可没有见到她。你是瞎猜的吧？如果她是范梨花，我就不能到那里喝酒了吗？你没有吃好，真让我难受。下次我一定带你去怡香园。这是什么路啊？我们已经走到哪了？"

白色的乌鸦

一

这把梳子早该淘汰了,梳齿的分布本来就不均匀,由于塑料的韧劲不足(很可能是再生塑料),梳齿又断掉了几根,出现了几个刺眼的缺口,用起来就更不方便了。

这天早上,梳子的女主人陈洁坐在梳妆台前,拿起这把梳子的时候,突然想到了她曾在一份晚报上看过的一篇短文。短文里面说,用皂荚木制成的梳子对人的头皮有保养和净化作用。所以,陈洁就想:这把梳子我再用最后一次,下一次我就用皂荚木梳子了。

"最后"这两个字,引起了陈洁的一种反应:对这个即将在她眼前消失的东西(尽管它只是一把毫不起眼的梳子),她竟然也有着留恋之情,她忍不住朝它多看了几眼。

她又看到了稀稠不均的梳齿、几个刺眼的缺口,同时,她也看到了缠绕在梳齿上的几根细长的头发。

陈洁小心翼翼地把那几根头发取下来,放到洁净的梳妆台的台面上数了一下。一共有五根。五根啊,她呻吟了一下。她朝床上看了一眼,丈夫许世林正深深地钻在被子里睡觉,他那副样子就像被水草覆盖的虾米(她之所以能想到这个比喻,是因为昨天晚上刚吃过虾米)。她走过去,掀开被头看了看他的脑袋,她看到他的头发大概只有一寸那么长,这么短的头发是无法缠到梳齿上的。她同时想到,许世林似乎从不留长发,至少有半年时间,她没见过他留长发。也就是说,这些头发显然不是许世林的。

当然也绝对不可能是她陈洁的。因为她每次梳完头,总是及时清理梳子,用废弃的牙刷把上面的头发和头皮屑清理得干干净净。这是她多年来养成的习惯。

陈洁很自然地推导出了结论:看来,这些头发只能来自某个隐匿在暗处的女人的脑袋。

把许世林从被窝里揪出来,问个明白,让他面对那几根头发忏悔、招供,这是陈洁隐忍的冲动。可她想了想,还是打消了这种念头。

在陈洁的眼前,浮现出了最近常到家里来的一个女生的形象。她是许世林的学生,许世林正在指导她写毕业论文。莫非那些头发是她留下的?哎,那个女生长得太丑了,虽然身材差强人意,可她那满嘴发乌的四环素牙,就足以把许世林的欲火扑灭。

陈洁把梳子扔进了厨房里的垃圾桶。事情本来就这么过去了,可是,临出门的时候,她转念一想,又把这个已经回到垃圾状态的东西捡了起来,放到了梳妆台上。跟往常一样,爱干净的陈洁又把它清理得干干净净,每根梳齿都被香皂和牙刷洗得微微发亮,梳子的把柄甚至能将女主人微笑的面容映现出来。

两星期之后,陈洁已经积攒了四十二根头发。现在,她称那些头发为"毛"。"毛"这个词素以及它的词性,给了她无穷的联想。毛并不是非长在脑袋上不可,在人体的别的部位,在阳光照射不到的地方,它同样可以悄无声息地生长、脱落。比如,陈洁有时候就感觉到它生长在自己的脑海里,像一种不为人知的水草似的,在她的脑海里拔节生长、分叉、纠缠,然后脱落。

每次下班回来,她总要去检查梳子,认真地搜集那些纤细轻盈的物质。如果哪天她扑了个空,她就会有一种无法排遣的失落。也就是说,陈洁对毛的出现有着期待。她喜欢当着许世林的面搜集那些毛。想到许世林对她的用心一无所知,她就感到一种莫名其妙的愉快。一次,她让许世林给她找一段绳子,她说她要把这些头发捆扎起来。许世林将用来装订讲义的纸绳递给她的时候,对她说:"谁都会掉头发,你不要胡思乱想,完全没有必要为几根头发伤心。"这个笨蛋,他竟然没有发现她早已不用这把梳子梳头了,他将她的行为看成了对流逝的岁月的追念。

陈洁并非没有想过,跟许世林坐下来开诚布公地谈一谈。问题是,从何谈起呢?就谈这些毛吗?几根毛(虽然它的准确数目已经是四十二根!)能说明什么问题呢?毛的轻微和爱情的重要之间,存在着一个她无法用语言逾越的鸿沟。从毛谈起,无疑会招来许世林的嘲笑。她尚未开口,就已经想到了可供许世林选择的那些现成的词语:捕风捉影,荒唐可笑,无聊滑稽,等等。许世林或许还会责怪她这个优秀的知识女性已经变得庸俗不堪。

是啊,哪怕那是来自女人最隐秘部位的四十二根毛,它也是轻的,也是无法与爱情、婚姻、贞洁这些沉甸甸的东西挂上钩的。

四十二根毛,既能说明问题(她认为),又说明不了什么问题(她认为许世林会这么认为),这可真把陈洁害苦了。"毛"这个简单的词素,压在陈洁身上,她能够充分感受到它的重量,而对丈夫来说,它却真正是轻若鸿毛。生活在这种情景之中,陈洁的苦恼可想而知。她早上起来,往往发现枕头上散落的头发越来越多,那都是她自己的头发。她担心,"毛"的问题还没有水落石出,自己的头发倒有可能先掉光了。

二

最近几天,除了一天例外,陈洁总是提前回家。"活捉"这个词频繁地在她的舌面上跳动,每次上楼的时候,陈洁的心都提到了嗓子眼。她的脚步很轻(她不穿高跟鞋了,换成了旅游鞋了),她相信,关在屋子里的那两个人不会被自己的声音惊动。

明明知道许世林在屋里,她也不敲门,而是自己掏出钥匙开门。并且开得很快,在转动钥匙的同时,她已经用力推门。

千万不要责怪陈洁的这种良苦用心。陈洁这样干,自有她的理由,而且,她也确实是不得已而为之。这当然是一种下策,因为任何一个男人都懂得狡兔三窟的道理,不断地更换战场,打一枪换一个地方,这是基本常识。可你有什么上策可以贡献给陈洁的吗?

陈洁确实想过,应该征求一下朋友们的意见,但话到嘴边,又咽了回去。因为她并没有真正的可以推心置腹的朋友,这种话说出来,只能遭到朋友们的嘲笑。以前,遇到什么棘手难办的事,除了征求许世林的意见之外,她还经常征求另外一个朋友的意见。眼下,跟许世林当然是无法商量的,那另外的那个朋友呢?两天前,她在那里度过了整整一个下午,回家的时候,天都快黑了,可是自始至终,她都没有把自己的苦恼说出来。也就是说,迄今为止,还没有任何一个人为陈洁献计献策,痛苦的陈洁不曾也不会得到任何人的抚慰。

推门而入,映入眼帘的情景总是对陈洁构成打击。那许世林,要么端坐在桌前写他的文章,要么端着茶杯跷着腿在看电视,有时,他干脆躺在床上睡大觉,完全不注意照顾照顾她的期待,一点也不替她考虑。他悠闲的样子,熟睡的姿态,以及满屋子的烟雾,饶舌的电视剧,都使她蒙受打击,她甚至感到难以站稳脚跟,轻微的穿堂风都可以把她吹倒。

一则下策出来,别的下策也会接踵而至:她干脆请假不上班,待在家里守株待兔,仿佛要用自己的行动给"守株待兔"这个成语赋予新的意义;她和对门的王师傅(为学校看大门的师傅)搞好了关系,王师傅的老伴死了几个月了,正急着续弦,她答应把自己单位(社科所)的收发员拉过来让他见见,"既然是好邻居,那你也应该多留意一下,是不是有人趁我不在家,来欺负许世林呀"……

常走黑路不能不见鬼,她相信她最终能找到那些毛的主人。

她现在经常看到许世林好像在无缘无故地发笑。有什么好笑的?她想。她从许世林的目光中读出了对她的嘲弄,从他的笑声中听到了他那逃脱后的自豪。陈洁想许世林大概永远不会知道,他在发笑的时候,我也在发笑,而且笑得比他还要欢,只不过一个在明处,一个在暗处而已。

三

后来,事情的发展真是出乎她的意料。那些毛发仍然经常出现,而她却对此无能为力。哪里谈得上比人家笑得更欢,她简直要绝望了。剩下的只是一种习惯,对梳子上的毛采摘搜集的习惯。就像一个农妇,明知庄稼绝收,也要往地里一趟接一趟地跑一样,而每跑一趟,她的绝望就往深处滑上一步。

就在陈洁彻底绝望的时候,周末的晚上,她回到家,看到许世林和一个名叫孟凡的女人坐在客厅里喝茶,谈笑。一个男人斜躺在沙发上,用帽子盖着脸,好像睡着了。陈洁最初还想他可能是孟凡带来的男友,她正要去问孟凡,那个男的突然把帽子从脸上取了下来。陈洁的脸一下子变红了(因为尴尬?):他原来是对门的王师傅。她赶快让他坐起来,说给他介绍老伴的事,快有眉目了,以后再详细地给他说。把王师傅支走之后,她才慢慢平静下来,和孟凡打招呼。在这个过程当中,许世林和孟凡一直微笑地望着她。毫无疑问,她又从许世林的微笑中读出了嘲讽。

孟凡是许世林的大学同学,陈洁结识(通过许世林)她的时候,她还叫孟繁华,孟凡这个名字是后来才改的。说起来,她也是陈洁的朋友。陈洁和许世林举行结婚典礼的时候,借了十部轿车,其中有六部是孟凡自告奋勇借来的。哦,那可真称得上隆重、耗神的婚礼,仿佛是要借此给婚姻生活留下烙印,使它积重难返。在婚礼结束之后,陈洁曾打电话感谢孟凡的热情相助,并说她是许世林真正的朋友。孟凡当即对她说:"其实我是给你帮忙,女人出嫁是件大事,一生能有几次呢?总该隆重一点,让别人记住。我也是个女人呀。"听听这话讲得多么实在,只有好朋友才会这么说。

一年前,孟凡辞去了大学教职,应聘到珠海的一个生产电动玩具的厂家工作。南行之前,她的朋友们在月秀酒家为她设宴饯行。陈洁也去了。在宴会的中途,陈洁和孟凡在卫生间单独相遇了。除了那次电话交谈,这是两个人第二次单独相谈。她们坐在坐便器上面,隔着木板,抓紧时间聊了一会儿。孟凡略带伤感地对她说,她之所以要离开郑州,并不是想要珠海方面给她提供的那一套三室一厅的房子,而是因为郑州给她留下了许多痛苦的回忆,她可不想在糟糕的回忆中,慢慢变老。

又是一套交心话。被孟凡的交心话感动了的陈洁,从卫生间出来之后,就坐到了孟凡的身边,好像只有这样,才能表示她对孟凡的友情。她甚至主动喝下了好几杯别人敬给孟凡的酒。陈洁从未喝过那么多的酒,即便在自己的婚宴上,她喝的也只是寥寥几杯。她很快就眩晕起来。在眩晕之中,陈洁有种感觉:将要南下珠海的人,是她陈洁,而不是只用嘴唇碰碰酒杯的孟凡。当然,她还有另一种感觉:给孟凡带来许多痛苦的回忆的人当中,肯定有趴在另外一张桌子上醉沉沉的许世林。

她和许世林确实都喝多了,是孟凡租车把他们送回来的。睡着之后,她的梦延续了她在月秀酒家的那种感觉中的情节。她梦见自己住在珠海那一套空荡荡的房子里,她每天都能听到陌生人的敲门声,指关节和门板的每一次碰撞,都预示着一种可能情景的展开,从而使自己永远生活在可能性之中,被抑制了许久的快乐,在每一次可能性之中,都得到尽数释放。

早上起来,她看到她和许世林躺在婚床上睡觉,孟凡呢躺在沙发上,身上盖着一条毛毯。和梦境相违背的这一景象,一时间竟让她难以适应。

回到眼下的情景中来吧。

现在,陈洁从外面回来,推门进来,就像来到一个陌生的地方(这种感觉是她近来养成的)。她看到许世林和孟凡盘腿坐在一起,喝茶、聊天、嬉笑。然后,他们像看一个陌生人似的,微笑着打量她。在这一刻,陈洁恍惚感觉到,那个中断、消失了许久的梦境,仿佛又得到了悄悄的延续。

但这毕竟是现实。受现实中的惯性的驱使,她和孟凡拥抱的时候,亲切,热情,警觉。她不仅要亲吻孟凡的脸(它被南方湿润的气候滋养得非常滑嫩),而且要亲吻那散落在脖颈上的头发（像纤细的水草一样柔软）。

"你用的是什么洗发水啊？很好闻的。"陈洁没想到自己会这么发问。

孟凡愣了一下。她显然没想到久别后的重逢，陈洁没有注意到她别的变化，而只注意她的头发。她对陈洁说："我用的是你自己的洗发水，我刚在这里洗过头。"

"前两天，我在街上遇见一个人，非常像你，可能就是你吧？我正要喊你，红灯亮了，你过了马路，而我却留在了这头。"

"你说什么呀，孟凡刚下飞机。"许世林插了一句。

"看来，我想你都想出毛病来了。"陈洁说。

刚刚松开的两个女人，又搂到了一起。

孟凡确实是刚下飞机，有机票为证。孟凡把机票递给陈洁的时候，陈洁的表现有点反常：手伸出去，又缩了回来，好像那东西很烫手。当然，她最后还是接住了。她翻来覆去地看了又看，然后对孟凡说："我不喜欢这东西，一点都不喜欢，你要是还待在郑州该有多好。"

尽管对许世林和陈洁的热情接待非常感动，但是，孟凡还是要走，她说她想住到宾馆里去。在宾馆里和以前的各位朋友叙旧，更方便一些。孟凡说她这次返郑，谈生意是次要的，因为钱是挣不完的，她主要是借这个机会见见朋友。

在家里炒几个菜是来不及了，最好到外面一个像样一点的饭店给孟凡接风洗尘。附近又没有上档次的饭店，最后，他们拉着孟凡又来到了月秀酒家。

在月秀酒家,孟凡触景生情,她显然又回忆起了许多往事。她连打了许多电话,要求朋友们到宾馆和她相聚。陈洁听到孟凡用伤感的语调对一个朋友说:

"我真想很快见到你们,远离了大家,我就像还没有生活过似的,成了一个没有影子的人。"

接电话的朋友劝她不要再走了,重新回到高校任教得了。孟凡许久没有吭声。那长时间的沉默,使得急于听到下文的陈洁,怅然若失。

四

即便许世林真是个书呆子,真是个笨蛋,他也能发觉陈洁有点不对头,更何况大学讲师许世林并不算是笨蛋。

陈洁的一系列反常举动(提前回家、装病不上班、做爱时嚼着口香糖,等等)早就引起了他的注意。注意归注意,他并没有往别处多想,他也懒得多想。可是这天下午,王师傅赖在家里死活不愿走这件事,使他顿时感到事情有点不同寻常了。他当然不会怀疑陈洁和王师傅有什么肉体上的关系。他首先想到是:王师傅显然是在监视我。这么一想,陈洁的一系列举动就可以得到解释了。

许世林觉得有必要和她认真地谈一谈(如前所述,陈洁当初也是这么想的)。可他转念一想(与陈洁如出一辙),如果他捅破陈洁,陈洁或许会说他是以小人之心度君子之腹,说他无聊、滑稽。或许,她还会说他是因为自己心中有鬼,才想到这些乱七八糟的事情的。

在给孟凡接风洗尘的晚宴结束之后,许世林和陈洁打面的回到了校园(孟凡坚持一个人去旅馆)。他们没有立即回家属院,而是在校园的小径上走了一段时间,权当是散步。学生寝室已经熄灯了,像往常一样,熄灯之后学生们还要吵闹一阵,挥发一下多余的精力。这种喧闹声,无意间填补了夫妇二人之间沉默的空白,使他们的沉默不至于显得难堪。

许世林的思维又滑向了孟凡。真要认真数起来的话,孟繁华(如前所述,这是孟凡的原名)大概要算是他的第一个女友。他至今还记得他第一次将目光深入孟的领口,看到她的浅浅的乳沟的时候,那种难以言传的感觉,有一点激动,也有点受折磨。这种感受比他后来真正把手伸进去时的感受,要鲜明得多。

接着,他想到了徐燕,一个来自江苏丹徒的女孩。他第一次吻徐燕的时候,徐燕对他说,接吻可不是两张嘴巴在一起随便蹭蹭,而是要把舌头调动起来。徐燕装得很老到,可当他真的那样做的时候,她却像筛糠似的,抖个不停,差点昏厥过去。徐燕现在已回到江苏,在镇江船舶学院教书。

徐燕之后呢?他想起了吴敏(她的玉腿给人一种清新的、超凡脱俗的感觉)。想起了安妮。安妮早年画油画,还画出了一点名堂,参加过全国美展,后来,她迷上了行为艺术。她说行为艺术比油画更直截了当,她喜欢它的直截性。许世林想起了黄仁宇(安妮的丈夫)曾给他看过的一段录像,上面完整地记录了安妮的一次行为艺术:安妮赤身裸体躺在邙山头,以测量自己能够给黄河岸边的这个山头增加多少高度,增加多少重量。山头上的安妮,皮肤显得有点粗糙,黄仁宇解释说，这是秋天拍摄的，气温较低，可怜的安妮冻得起了一层鸡皮疙瘩。

真该感谢陈洁的怀疑和这次难得的散步，否则，他也就无缘忆起这些往事。孟凡的那句话说得对，没有了回忆，就"成了一个没有影子的人"。

就在他这么感慨的时候，他听到陈洁轻咳了两声。他知道这是陈洁发言的信号。许世林停下脚步，侧转身体望着想发言的陈洁。在悬铃木婆娑的树影中，陈洁的脸的轮廓显得很姣美。这样的一张脸，并不比徐燕、安妮们逊色。这是他在现实中所能索取的一点慰藉。

陈洁的干咳已经重复了好几遍了，但她仍然没有说出来。你看，这又是一个证明，证明她确实有点不对头。

"想说什么呢？陈洁。有什么说什么嘛，别欲言又止的。"

在他的鼓励下，陈洁终于开口了。她的话让他暗暗吃惊。她说这两天她正想着孟凡呢，孟凡果然出现了。她说：你的朋友就是我的朋友。做了这个铺垫之后，她说："现在，我又想到了徐燕，不知道能不能见到她，我真的很想见到她，让她来家里住几天。"

他只好再次向她说明，徐燕已回到了江苏，他已经有几年时间没有她的音讯了。

"你有她的电话号码吗？我想跟她聊聊。"陈洁说。

没有理由拒绝陈洁的要求，许世林这么想着，就把电话号码本从裤兜里掏了出来，交给了陈洁。他把她引出悬铃木的树影，来到路灯下面，帮着陈洁找到了徐燕的电话号码。

第二天晚上,许世林尽量做出若无其事的样子,问陈洁:"电话打通了吗?"

"通倒是通了,可是徐燕调走了。"

"调走了?"许世林笑着问陈洁。

"调到丹徒去了,丹徒在哪啊?"陈洁反过来问许世林。许世林听出陈洁话中有气,他赶紧到一边去了。

五

陈洁的不高兴延续了好多天,许世林将之看在眼里,记在心上。学校快放暑假的时候,他从黄仁宇处得知安妮从外地回来了。又过两天,他通知安妮到家里来玩,并对她说,他一直关注她的行踪,早就想约她来,但一直没法与她联系上。

在简短的电话交谈中,他还给她开了个玩笑,说黄仁宇一个人待在家里,都快憋疯了,内分泌失调,导致头发都快掉光了。安妮说,谁都能憋死,就是黄仁宇憋不死,他那玩意儿要是能闲住,她就不姓安了。喜欢"直截性"的安妮,说的话也真够直截的。

他约的是安妮,但黄仁宇也跟着来了。黄仁宇也是个画家。说起来,许世林还是通过安妮认识了黄仁宇的。许世林曾给黄仁宇的一幅得奖作品写过评论,那幅作品上面画的是什么东西,他还真没有看出来,他只看到一些混乱的线条和色块。那幅作品名叫《白色的乌鸦》,据黄仁宇说,这个名字也是他临时给起的,其实换成别的名字也能说得过去。话可不能这么说,当时许世林就想,换个名字,我的文章就没法写了。许世林的那篇评论文章,就是从画名扯起来的,他扯到了秩序和混乱,扯到了事物多维的内在矛盾。在文章的结尾,他引用了梅特林克在《沙漏》中的一段话:"两种相悖而中和的运动,变成他物,遵循着另一种方向。""他物"是什么东西?要往哪里跑?许世林想不出来,他的脑子里乱成一盆浆。

文章发表之后,黄仁宇就成了他的朋友。随着黄仁宇在美术界的名声与日俱增,许世林经常对陈洁和别的朋友们说:"知道黄仁宇是怎么阔起来的吗?那是因为我在他的屁股上推了一把。"

这天,安妮和黄仁宇一前一后来到了许世林的家。他们显然不是一起出门的,因为黄仁宇进屋的时候,安妮有点生气地对他说:"你怎么跟踪我?"

"跟踪这个词太难听了,应该说跟随。"黄仁宇说。

然后黄仁宇又作了一番解释,说自己并不知道会在这里遇见安妮。"你看,我们不约而同来到了这里,这说明什么呢?说明咱们心有灵犀一点通。"他对安妮说。

安妮并不正眼看他。许世林发现安妮的脸很严肃,安妮的目光落在黄仁宇光亮的头顶上,那里确实很亮,头皮发红,颜色类似于鸡冠。在安妮的侧目注视下,黄仁宇的动作有点不自然了,他伸手抓起一把梳子,试图把自己脑袋周围的头发梳到顶部,将亮处盖住。动作的滑稽性使安妮忍俊不禁,安妮扑哧一声笑了出来。许世林的紧张至此才算告一段落:想想看,如果安妮和黄仁宇在这里吵起来,他作为东道主,该有多么尴尬啊。

许世林给他们上过饮料,说他出去买几瓶啤酒,让他们先看电视、聊天。安妮说要买就买白酒,说着,她就跟着他走了出来。黄仁宇在房间里喊了一声,说他只喝北京出的二锅头。

"你也学会了喝白酒?"下了楼之后,许世林问安妮。安妮说,能喝醉的酒她都喜欢喝,醉酒的状态其实很舒服,飘飘欲仙,宛若仙女,当然,胃里难免有点难受,不过,你总不能要求凡事都合你的心意。

他问她最近有什么作品问世。她说她打算再次北上,在长城上搞一次行为艺术,测量一下自己的身体能给长城增加多少高度和重量。

孟凡南下,安妮北上,许世林打量着安妮,想:这些女人怎么就不能安生下来?安妮讲话的时候,用身体做了个前俯后仰的动作。许世林的眼前出现了她宽衣解带的形象,随着她的身体的摇摆,最后一根乳罩的带子从她的肩头滑落了。他在幻觉中,盯着那条卧在长城上的身体,如同饮着一杯酒。由于饮的次数太多,他已感觉不到酒香,口感不好。他不明白,聪明的安妮究竟吃错了什么药,要把这种没有什么意义的行为一次次重复下去,莫非这种重复本身,就是一种乐趣?

后来,安妮说她想一个人在楼下走走,就不跟他出去买酒了。

许世林提着几只空啤酒瓶,往校门口走。没走多远,他就看见一辆黄色面的径直朝自己驶过来。面的开得很快,而悬铃木掩蔽下的道路却很窄,使他躲不及,也无处可躲。就在他无助地呼告的时候,那辆面的在离他几步远的地方突然停了下来。接着,他看到了陈洁。陈洁从面的里钻出来,手里拎着几瓶啤酒,一网兜可口可乐。陈洁示意他走过去。他接住了那个沉甸甸的网兜,陈洁呢,她腾出手来,又从面的上取下来几瓶北京二锅头。

"安妮来了吧?"陈洁问许世林。

"来了,还有黄仁宇。"

"哪个黄仁宇?是不是你的那个画家朋友?"陈洁说:"他来干什么?"

陈洁与安妮见面的时候,照例又要拥抱一番。对黄仁宇,陈洁却非常客气,称他为黄先生,黄先生长,黄先生短的,搞得黄仁宇很不自然。许世林对陈洁说:"你别那么客气,好不好?都是朋友,别那么一本正经。"陈洁说:"我对男同胞都很客气,你又不是不知道?"

四个人,围着餐桌边喝酒边看电视。电视的遥控器就放在莴笋、鱼和二锅头之间,但没有人去摸它,大家都在看动画片《外星人的星球》,仿佛都对它很感兴趣似的。当外星人将粗大的、金属制成的、闪着刺眼的光芒的手指,指向餐桌的时候,四个人这才想起来夹菜,气氛才变得缓和起来。

黄仁宇问安妮最近在忙些什么。许世林没有料到黄仁宇会以这种方式对安妮说话。他很想听听安妮要说些什么。没等安妮开口(她似乎也不准备开口),陈洁就对黄仁宇说:

"你这当丈夫的是不是有什么毛病?妻子在忙什么,你都不知道？"

陈洁突然变得毫不客气了，甚至有点不够礼貌了。

安妮说："其实他在忙什么，我也不知道。我干吗要知道？"

黄仁宇接着安妮说："这挺好，各人有各人的自由。分居之后，彼此不干涉，这真的挺好。"

"据我所知，你们还住在一起，在同一套房子里吃饭、睡觉。"陈洁说。

"我们的房子很大，各人有各人的卧室。"黄仁宇极力在证明着什么。

"这叫分床，而不叫分居。"许世林终于插上了一句。

可以把许世林的话理解为一个玩笑，一个和稀泥的玩笑。在座的诸位，除了许世林，都笑了起来，仿佛要用笑声来结束一段紧张而又毫无意义的谈话。许世林不笑，是因为他觉得自己的话并不可笑，他只不过是指明一种事实而已。

而笑声，起源于并不可笑的一句话的笑声，还在外星人的呼叫声中延续。它有足够的力量感染许世林，并使许世林也忍俊不禁。恍恍惚惚之间，他看到黄仁宇的手在陈洁的膝盖上抚摸着，而停歇下来的安妮，突然间又爆发出了一阵笑声。许世林知道，这一次安妮的笑声中，没有虚假的成分，它是真实的，就像电视中外星人的喊叫是出自人的声带一样，它来自声带的自然颤动。

儿女情长

在超市自动电梯的入口,丁琳又发火了。她想让我陪她逛下去,一直逛下去,而我却只想找个地方坐下。我说,等你选好了东西,就给我打电话,我去帮你拎包。她说,我还等你付账呢。钱包不是在你手上吗?我话音没落,她的脸就涨红了。看得出来,她想压住那团火,但终归还是没有压住。结婚前你可不是这样,我走到哪里,你都屁颠颠地跟着,一会儿买个冰淇淋,一会儿买个泡泡糖。说着说着,她的嗓门就提高了。电梯上有人扭回头看我,我只好躲避那些目光。离电梯不远的地方,新开了个麦当劳快餐店。有两个女孩坐在玻璃门旁边,嘴里各叼着一根吸管。其中一个头发染成了金黄色,看上去就像一只火鸡;另外的一个,头发乌黑,朝一边梳着,怎么看都像乌鸦的一只翅膀。乌鸦站起来的时候,我发现她圆圆的膝盖有些发青。外面正在下雨,隔着玻璃门,你可以看见人们踮着脚在水洼中行走。一张铝合金制成的广告牌上,用隶书写着"郑州的明天,东方芝加哥",一个骑摩托的男人此时正栽倒在广告牌的水洼中,头盔在泥浆中翻滚。我想,这个女孩或许也刚刚摔过一跤。够了,丁琳说,真他妈没劲。她的声音从很远的地方飘了过来。等我回过神来，丁琳已经快要升到电梯的顶端了。

你不上来，那就有你的好果子吃了，丁琳说。她随手拿起货架上的一只网球，朝自己的肚子拍了拍。我当然明白她的意思。两周前，她带着旅游团在桂林游览时，曾给我打过一个电话。当时我正在赶写一篇小说，脑子转不过来弯，她连说了两遍，我才明白她的意思：早上起来，她打开电视，看到播放的美国尿片广告，突然想到自己已经两个月没来例假了，好像是怀孕了。电话是在走廊里打的，我能听到从某个门缝里传来电视的声音，不过，这会儿已经不是尿片广告了，而是港台的警匪片，嗵啷一般的枪声伴着音乐在旅馆的走廊里轰响，在那声音的末梢，一阵爆炸声震耳欲聋。短暂的空寂过后，出现了一个女人的声音，说不清是叫床还是哭泣。就在那混乱的声音中，丁琳问我，你说，你说，我是不是怀孕了？这种事情，我怎么说得清呢？我知道她不愿生孩子，就在电话中安慰她，说不定过两天那玩意就来了。但愿如此，她说。两天以后，她去了西双版纳。从西双版纳的原始森林回到昆明，她去云南人民医院做了个B超，怀上了，还真是怀上了，而且已经三个月了。那天晚上，我正陪一个朋友在外面吃饭，她的电话又打过来了。她问，这孩子是要还是不要。和女人讨论这种问题，一定得多个心眼。当她说不想要的时候，你千万不能轻易附和，免得她骂你没把爱情的结晶放在心上。而当她说想要的时候，你应该告诉她，虽然你很想要这个孩子，但问题出在她身上，你必须尊重她的想法。那天晚上，我们讨论来讨论去，也没讨论出一个结果。一节电池快要用完的时候,我对她说,我们或许应该征求一下老人的意见。话一出口,我就意识到,虽然我对婚姻有些厌倦,但我还是想要这个孩子的。我对她说,你可以问问你母亲,你知道,她老人家对此很关心。

丁琳是一星期前回到郑州的。那天晚上,当我们盘腿坐在床上,欣赏她拍摄的山水风光和原始森林的时候,我关切地问到她的身体是否有些不适。她说,这两天她一直想呕吐。这么说着,她就跳下了床,光脚朝洗手间跑去。我也跟了过去,发现她把刚吃的几个元宵吐了出来。原来乳白色的元宵,因为黑芝麻馅的缘故,已经变成了一团河泥状的东西。我伸手去拧水管,突然挨了一拳。都是你使的坏,她说。除了赔上一个笑脸,我还真是没有别的办法。再次回到卧室,她微笑着翻出来另外几张照片。上面是两只孔雀。我并没有看到孔雀开屏,我看到的是一只绿色的小孔雀紧紧依偎着母孔雀的胸脯,母孔雀的脑袋勾了下来,用自己的喙梳理着孩子的羽毛。母孔雀的眼睛被照相机的灯光映得有点虚幻,有如玻璃的闪光,而我却从那虚幻之中,看出了它的幸福。我想,我明白了丁琳的意思。动心了,她已经动心了,和我一样,她其实也想要这个孩子。我想起了她前几次在西双版纳的照片:上面若是孔雀,那么不是孔雀开屏,就是两只孔雀在互相追逐,翅膀支棱着,像滑翔机似的;如果是猴子,那么猴子通常被人们辛辣的食品哄骗得龇牙咧嘴;当然,更多的时候,她这个导游正和旅游团里的男男女女,坐在林间的空地上抽烟喝酒,而在那些东倒西歪的啤酒瓶的瓶口,还常常有着泡沫涌出。

还是在那天晚上,丁琳将照片收起来的时候,说,她在路上已经跟她母亲打过电话了,老人家第二天就会赶到郑州。后来,我们小心翼翼地做爱,甚至有点过于小心了,仿佛她肚子里的孩子像个易碎的器皿,稍有不慎就会碎成粉末。过了一会儿,我们到卫生间冲澡,回想起刚才的一幕,两个人都忍不住笑了起来。她的肚子微微凸起,像个鹅蛋。当我抚摸那肚子的时候,虽然谈不上幸福,但我还是有点激动,有点惊奇,同时又有点重负之感。丁琳说,她相信母亲第二天早晨就到了,我们明天也得早起。我的岳母喜欢喝武陟油茶,所以丁琳要我明天一早赶到政五街,那里有武陟人开的小吃铺。第二天,我被闹钟吵醒的时候,天还没有亮透呢。当我拎着保温盒骑着车子赶往政五街的时候,我意识到,以往那种闲散的带有某种浪荡性质的生活一去不复返了,有一个小小的生命时刻等待着我的呵护;在我的各种角色中,平添了父亲的身份;我期盼社会从此稳定,兵荒马乱的生活永远不要降临;孩子将在我的目光中长大,渐渐比我高出半头,当我死去的时候,他将为我合上眼帘……但是那一天,岳母却没有来。正在梳洗的丁琳告诉我,她刚刚接到妈妈的电话,妈妈说,要我们自己做主。还说,她有点感冒,怕传染给怀孕的女儿。她让我们别为她担心,感冒已经快好了,再过几天,她就来郑州看望我们。丁琳用手点了点我的前额,撒着娇,说,妈妈还说了,要忌床,什么叫忌床你知道吗?就是说,你这个大坏蛋,以后别缠着我。

几天时间过去了,岳母这次真的要来了。我们来超市购物,就是为了迎接岳母的到来。那天在超市里,我们给母亲买了牙具、睡衣、澡巾以及袋装的武陟油茶。后来,我们不由自主地来到了婴儿柜台。在货架的最上面一层,我发现了一只拨浪鼓。跟我小时候玩的相比,它要精致得多,外面镶着一圈黄铜,有如藏人手中转动的经筒。丁琳瞄上了一套婴儿牛仔服,布料很软和,但那是几岁孩子穿的,我们都搞不清楚。服务员反复向我们推荐另外一套童装,附带尿片,法国牌子的,价格贵得令人咋舌。童装旁边,就是夫妻用品柜台。我们用的避孕套就是在这里买的,上面还有质优免检的文字说明,可现在我们竟要做父母了。这或许是天意,上天非要让我做父亲,那层薄如蝉翼的塑料纸,又如何抵挡得了。

岳母下午三点钟到了郑州。她拒绝我们去车站接她。她说,她长有腿,自己会走。和别的老太太比,她算是见过世面的。年轻时她学的是京剧,后来又转唱豫剧,在河南有自己稳定的戏迷。我曾看过她的舞台录像。她最拿手的戏是花木兰和秦香莲。演花木兰的岳母,真是英姿飒爽,一颦一笑、举手投足都带着男儿气概。我个人认为,她比常香玉唱得还要好。她扮演的秦香莲,跪在包龙图面前的那一大段哭诉,可谓声情并茂,使我这个做女婿的,也忍不住泪流满面。舞台下的岳母,看上去比自己的真实年龄要年轻很多。十年前,就在她退休前夕,她所在的剧团解体了。丁琳的哥哥,那一年刚好有了儿子。岳母是个热闹惯了的人,她常说,如果没有那个孙子,她真不知道该如何打发这些年的光阴。两年前,哥哥将儿子送进了贵族学校,学校实行全封闭管理,岳母一个星期才能见到孙子一面。从那个时期起,岳母就盼着我们赶快给她生个小外孙。她和岳父每次见到我们,都要提到此事。有一次,当我的面,岳母问丁琳,你们到底是不想要,还是不能要？丁琳说,现在我们都忙,您和爸爸以前不是教育我们,要先立业再成家吗？岳母说,可你们已经结婚七八年了,再不要就晚了。就在今年的春节,岳父还拐弯抹角地跟我提过此事。他把我拉到阳台上,先递给我一支烟,然后给我看了一份当地的电视报。以前,他就经常给我看这种报纸,上面关于文学界的一些报道,他常常用红笔画了出来,以期对我的写作有所裨益。这次,上面竟然有关于我的一部小说的消息。不过,除此之外,还有一篇文章也用红笔画了出来。那是一篇治疗男女不孕症的短文,并附有一篇广告。我甚至注意到,岳父还往我的下身瞥了一眼。那目光虽然是不经意的,但我还是感到了某种压力,小腿都抖了起来。我和丁琳走的时候,岳母送给我们一床被子,说是用新棉花做的,很暖和。回到家里,我们铺开被子的时候,隐隐感到被子里有个硬物,拆开被角一看,原来是一只系着红头绳的长生果。丁琳笑得眼泪都出来了。在她的家乡,长生果系上红头绳,是祈子的意思。我又想起岳母在候车室里悄悄说的一句话：就算是为我生的,行了吧？只要孩子一断奶,你们就送回来,我保证给你们养得白白胖胖,像个小瓷人似的。

　　从火车站到我们居住的小区,坐出租车也就二十分钟。可一个小时过去了,她还没有到。我和丁琳下了几次楼,都没见她的人影。因为下着雨,我担心丁琳受凉,想让她回去,可她执意留下。她举着一把伞站在门洞前面,她的那种姿态,平添了我对未来生活的美好想象。我想,多年以后,我自己的孩子或许也会站在某个门洞前面,等待着我们的相逢。可是眼下,随着时间的推移,丁琳,这个未来的孩子的母亲,脸色变得越来越难看了。这期间,我的手机响了两次,一次是岳父打来的,问我是否接到了。为了不让他老人家担心,我说接到了。他又问,你妈身体怎么样,有什么变化。我说很好呀,没什么变化呀。当时我还感到奇怪,她又不是纸糊的,到郑州只需几个小时,身体能有什么变化呢?另外一次是丁琳的嫂子打来的。咱妈是否到了,她问。她一口一个"咱妈",使我感到有些别扭。她还说了一些别的,诸如给你们添麻烦了之类,我也有点莫名其妙。这个嫂子,结婚以前曾跟着我的岳母在剧团里学戏。剧团解体前夕,她调到了市文化局。在我的印象中,她是个很有本事的人,这从她手上经常更换的戒指就看得出来。她有一枚钻戒,上面的钻石大如蝌蚪。去年春天,她曾让丁琳看了看她的肚脐。据丁琳说,嫂子的肚脐做过美容手术,四周削得很圆,足足可以放进一个玻璃弹珠。大哥对自己的老婆也非常自豪。他说自己平生最得意的事有两件,一是娶了个好老婆,二是生了个大胖儿子。大哥原来在棉纺厂上班,厂子倒闭以后,是他老婆利用自己的关系将他调进电影院的。他在那里干领座员,就是拿着手电筒为迟到的观众寻找座位。他说,自己这辈子就算了,只要儿子有出息就行。我曾问他,怎样才算有出息。大哥说,至少得考上大学吧。嫂子骂他老土,是个大土鳖。她说,以后谁都可以上大学,所以它不能成为标准。嫂子的标准是,孩子以后一定得成为一个贵族。我当时跟她开了句玩笑,说书上说了,暴发户随时可以产生,但贵族却需要经过三代人的努力。嫂子说,这不是有了贵族学校吗,干吗要等三代呢?大哥也说,那是老皇历了。

就在这时候,我看见岳母过来了。她手里拎着一个很大的包裹,为保持必要的平衡,她的身体朝另外的方向倾斜着,很吃力的样子。不过,她满脸是笑。和春节时见到的岳母相比还要年轻。当我快步走上前的时候,我找出了她年轻的理由:她的头发染了,原来的一头白发现在乌黑发亮。一个男孩往她的身后躲着,可她执意要把他拽到身前。他就是那个小贵族。小贵族又胖了,圆滚滚的,腮帮上的肉都往下耷拉。丁琳走过来,拧着小侄子的耳朵,叫他小肥猪。岳母先问我是不是耽误写作了,然后才悄声问丁琳身体怎么样。丁琳说还行,然后就问她怎么全身都淋透了。岳母说在车站没有拦上出租车,只好坐公交车,路上倒车费了时间。然后岳母又把话题扯到了丁琳身上。她对女儿说,你怎么能淋雨呢,要预防感冒。这么说着,她站到了雨伞的外面。我注意到,她的目光在女儿的肚子上停留了片刻。本来应该到街上吃饭的,可岳母说她有点累了,就在家里随便吃一点吧。我和丁琳在厨房里洗菜做饭,岳母在外面看电视。小侄子以前到家里来,一刻也不安静,要么像个皮球似的在地板上滚来滚去,要么像个猴子似的爬上爬下。但这一次,他却出奇的听话,静静地偎在我的岳母身边,若有所思。我和丁琳议论,小家伙一定是考试考砸了,刚挨过揍,所以才这么老实。丁琳到客厅去,把小家伙叫了过来,问他的考试成绩。他咬着嘴唇,翻着白眼,一声不吭。这更坚定我们的推测。丁琳用手指头戳着他的太阳穴,问他考了倒数第几名。他突然往下面一蹲,闪过丁琳的手指,然后连滚带爬跑掉了。我和丁琳都被他逗笑了,但随即,我们就听到了他的哭声。我就对丁琳说,看来他真成了小贵族,自尊心很强,死要面子,我们应该注意说话的方式了。丁琳夸张地挺着肚子,对我说,这孩子长大了,怎么教育也是个问题。你决定生了吗?我问她。你没看,妈妈就正在外面等着吗?她说。她问我想要个男孩还是女孩,又问我小时候是否捣蛋,因为她听说男孩捣蛋都是遗传的。过了一会儿,我们听见电视里正在放卡通片。岳母这时走了过来,问能帮上什么忙。我担心老太太寂寞,连忙把丁琳推了出去。母女俩在外面说的话,我一句也听不见,我只听见卡通片里有个地球人在向外星人讲述怎么吃西餐,怎么用刀叉。外星人问,这牛排有没有感染上疯牛病。地球上的一个女孩嗲声嗲气地说,瞧你说的,外星人伯伯,这可是美国加利福尼亚的牛肉。

  吃饭的时候,小侄子的胃口好极了。岳母和丁琳既担心他吃得太多,又想让他多吃。丁琳再次问起侄子的考试情况。小家伙先抹了抹油嘴,然后堵住了耳孔,似乎不愿意搭理我们这些平民。岳母这才告诉我们,他最近正在办理转学手续,没有上课,也没有参加学校的考试。好好的,为什么要转学呢?丁琳说,是不是你的主意?岳母没有吭声,似乎有些走神了。我趁机问道,妈妈,你是不是觉得没有孩子在身边闹着,闲得发慌?岳母这才说,这是你哥哥的意思。这时,小侄子突然站到了座位上,似乎想说点什么,为此他都有点结巴了。可岳母朝着他的屁股就是一巴掌,然后没收了他的筷子,让他到一边玩去。孩子的眼泪立即流了出来。我摸着孩子的后脑勺,开了一句玩笑,说,给姑父说说,你的多愁善感也是老师考的吗?孩子一扬胳膊,把我的手掀到了一边。岳母骂他没有礼貌,让他向我道歉,他却径直走到了电视机跟前。他随后的举动,让我有点吃惊。他主动关掉了电视,然后走到了洗脸池旁边,非常自觉地洗起脸来。他洗得很认真,洗上一会儿,朝着墙上的镜子望了几眼,然后再洗。我连忙夸他,真成了贵族了。他对我的表扬没有任何反应。然后,他踮着脚尖,拉着墙上用来挂毛巾的不锈钢横杆,一使劲,爬上了洗脸池。原来他是要洗脚。岳母这时候连忙打开包裹,取出自己带来的毛巾。她晚了一步,因为小家伙已经用我们的洗脸毛巾把脚擦干了。这还不算,他还拉开运动裤的松紧带,把屁股也擦了擦。贵族做到这种地步,也确实够麻烦的。丁琳差点把他揪下来。我给丁琳使了个眼色,接着我们就异口同声地表扬他爱干净、讲卫生,别的什么也不敢多说。岳母也夸他听话,是个好孩子。我把他从洗脸池上抱下来的时候,为了逗他发笑,故意胳肢了他一下。他最怕胳肢了。以前,你刚做出要胳肢他的样子,他就会笑得满地打滚。可这一次,这一招失灵了。他样子凶狠,双臂紧夹,两脚乱蹬,还恨不得咬我一口。这么大的孩子最难养了,岳母说,谁也不知道他的小脑袋瓜里装的是什么,有时候能把人活活气死。

说实话,如果至此我还没有发觉情况有些反常,那我就趁早别吃作家这碗饭了。小侄子的反常暂时可以放到一边,孩子嘛,都是狗脸,总是说变就变。关键是我的岳母。她时常走神,并且有意无意地躲避着我们的目光。我以为她是有些紧张。紧张什么呢?自然是女儿的生产过程。在老一辈人看来,生产是女人的一大关。我甚至想到,岳母当初或许有过难产的经历。她只有这么一个女儿,自小视为掌上明珠,自然会为女儿担忧。果然,岳母很快就提到了此事,说生大哥的时候,她产后出血,若非医生抢救及时,现在早就变成一堆白骨了。不过,生你的时候就顺利多了。岳母对女儿说,那时在乡村巡演,宣传毛泽东文艺思想,白天还在台上唱戏,到了晚上,觉得要生了,赶紧叫人找架子车,往车上铺稻草,往医院送,可刚爬上车,你就落到稻草上了。我对岳母说,现在医院的条件好了,想生就生,不想生拉上一刀,取出来就行了。岳母说,那是那是,都赶上好时候了,要珍惜啊,一定珍惜啊。我听着想笑:这跟珍惜不珍惜有什么关系呢?难道因为赶上了她所说的"好时候",生孩子不受罪了,就叉开大腿多生几个?但岳母的感叹似乎还仅仅刚开了个头。她说,要是不知道珍惜,谁也帮不了你,天王老子也不行,你们信不信?我说信,这是真理,不信不行。丁琳在一边撇着嘴偷偷发笑,但她没能躲过老太太的眼睛。你别不信,岳母说,轮到你吃亏的时候,你哭都来不及。我想,老太太真的累了,都累糊涂了,说话已经颠三倒四了。

丁琳伺候岳母洗脚睡觉,水端到岳母面前,岳母却说,她想和我们再说说话。要是往常,这时候她就该说不想耽误我的时间,要我去书房工作,她和女儿再拉拉家常。可这一次,她不催我,我自然不便离开。她问女儿是否到医院做过检查了。丁琳说,不是给你说了吗,检查过了,医生说都已经三个月了。胎儿发育还好吗？岳母问。我说好啊，没听说有什么不好。岳母又问，做检查的那个医生是否负责。我说，医生嘛，这种人命关天的事，怎么敢不负责呢？岳母笑了，说自己问的是女儿，而不是我。还说，我又没去昆明，怎么知道昆明的医生很负责任。这句话倒把我给问住了。我一边傻笑，一边给岳母递了一杯茶。岳母说，你们最好还是到郑州的医院再检查一次，现在只准生一个，你们千万不要大意。我当时撒了个谎，说已经检查过了，妈妈你放心，这次保证能让您老抱上一个健康快乐的小外孙。到底是外孙还是外孙女？岳母问，这一下连丁琳都被问住了。所以，你们还得再去检查一次，既然查了，就查得细一点，免得日后后悔，岳母说。岳母的话，怎么听都有点不舒服。岳母平时是个比较迷信的人，要是往常，谁敢说这种不吉利的话，她肯定会第一个跳出来，跟人家急。可这一次，这些不吉利的话却都是从她的嘴里蹦出来的，而且一说一大串，让人都无法招架。真是见鬼了。我发现丁琳的脸色已经变得难看起来了。根据我的经验，她肯定是要发火了。果然，让我猜准了。她们母女原来是拉着手的，这会儿，丁琳把妈妈的手丢到了一边，说，妈，你就不能说点好听的？这孩子可是给你生的，要依我们，我们压根就不打算要。岳母赶紧抓住丁琳的手，说，我没有别的意思，一辈子的事情嘛，我只是想给你们年轻人提个醒。我和丁琳使了眼色，然后一起向老人表示感谢。亲人之间，那感谢显得如此生分，倒让我们都有些不自在了。就在此时，我们又听见了卧室中的哭叫。是丁琳的小侄子在哭。我们走过去，打开床头灯。孩子仍在熟睡，但脸上肌肉抽搐不已，好像正忍受着蚊虫的叮咬,鼻凹中还有一串泪珠。不知道梦见什么鬼东西了,岳母说。岳母蹲下来,用拇指擦了擦孩子的脸,然后把灯拉灭了。

刚才的洗脚水已经凉了,丁琳又给岳母换了一盆热水。岳母脱袜子的时候,我发现她的动作很滑稽。她不是坐在沙发上脱,而是蹲下来,一只脚着地,另一只脚悬空,然后猛地一拽,将悬空的那只袜子扯了下来。为此,她差点把自己拽倒在地。这老太太玩的是什么把戏?丁琳正在房间里铺被子,没有发现这一幕。她要是看到,保准笑个半死。当岳母如法炮制地去脱另一只袜子的时候,我上前扶住了她。她略加推辞,但还是在我的搀扶下,坐到了沙发上。你忙去吧,她赔着笑脸说,不要管我,我自己能洗。我把洗脚盆挪到沙发跟前的时候,她已经在沙发上躺了下来,跷着脚,艰难地去脱袜子。至此,我已经发现了问题所在:她的腰是不能打弯的。我去扶她的时候,有意地按了按她的腰部。我摸到了一圈硬板状的东西。她打着护腰呢。我正想着问个究竟,我的手被她拽住了。她拿着袜子的那只手,在我眼前晃了晃,然后用下巴点了点丁琳所在的那个房间,说,别给她说。是什么时候的事?我问她。她没说时间,只是说已经好了。就在这时候,丁琳出来了。岳母抬高声音对我们说,明天她得出去一趟,到郊外去一趟。她说,早年在剧团里唱包公的那个人病了,活不了几天了,她和当年的一帮同事约好了,明天去看一次。她说的那个老头儿我也认识。我和丁琳结婚的时候,那个老头儿还曾送来一份贺礼。在婚宴上,我还给他敬了三杯酒。他和岳母差不多大,也只是六十岁刚出头的样子,挺结实的一个人,怎么说不行就不行了。我表示要和她一起去。丁琳也说,她也可以陪着去。岳母挥着袜子,说,谁都别去,你们忙你们的事,别管我。我说,我们没事可忙啊。她说,怎么没事,刚才不是说了,你们要去医院检查身体吗?我说,过两天也可以检查啊。岳母板起了脸,口气生硬,说,早检查早放心,别拖着。我多了一句嘴,问,你到底让我们检查什么呀?岳母说,都查一下,越细越好。看我嘴里叼着烟,岳母就说,像你这样,一天两包烟抽着,胎儿会受影响的。我心想,这种可能性不能说没有,但是你一个做岳母的,说的都是什么话呀,说你是个老乌鸦嘴,真是不亏你。丁琳这时候也生气了,不过,她不是生她母亲的气,而是生我的气。她对我怒目而视,然后把我拉到了我们的卧房。我还没有来得及关门,她当胸就是一拳,说,这孩子要是有个三长两短,看我怎么收拾你,姑奶奶可不愿吃二遍苦,受二茬罪。我连忙说,咱们身体都很好,胎儿怎么可能会有……会有毛病呢?别听你妈那乌鸦嘴。

　　岳母睡下以后,我又想起了岳母身上绑的那个护腰。老人生病,若非大病,一般不愿让在外面工作的儿女们知道,免得影响他们的"事业",这也是人之常情。更何况女儿有孕在身,他们更不愿意让女儿为他们担忧。不过,既然病已好了,那为什么还是不愿意讲呢?这不能不让人感到蹊跷。联系到她刚才说的那些让人丧气的话,我有一种强烈的预感,这老太太肯定有什么事瞒着我们。卧室的床头灯闪掉了,我下楼去买灯泡。雨已经停了,楼与楼之间,天空被灯光照成暗红色。我掏出手机,给岳父挂了个电话。他先问,你妈的身体怎么样。我说很好,然后我就问起她的护腰是怎么回事。他先是迟疑,接着突然问道,你妈都说了些什么？我说没说什么呀,是我自己看到的。他这才告诉我,岳母在楼梯上摔了一跤,腰椎出了点问题,不过,总算没落下大毛病,在床上躺了两个月,是昨天出的医院。我说,咱家不是住在一楼吗,怎么会摔倒在楼梯上呢。岳父支吾了一阵,说是在法院的楼梯上摔的。法院？她去法院干什么？我问。他说事情已经过去了,不要替她操心了。感谢了一番我的关心以后,他突然发起了牢骚：你妈这个人,越老越不听话了,伤筋动骨一百天,不让出院,可她非出院不可,这不,刚出院就往郑州跑,九匹马都拉不住她,气得我胸口疼。老两口之间的事,我不便插嘴,只能哼哼哈哈地应付着。岳父突然打听起来岳母下一步的打算。我说,她明天要到郊区去,看望过去的一个朋友。哪个朋友？岳父问。我说,就是唱包公的那个老头儿,听说他快不行了。岳父在电话那头吼了起来,说,疯了,你妈疯了,别听她胡言乱语,那个老头儿早就死了。岳父喘着粗气,喊道,让你妈接电话。我只好告诉,老人家已经睡了,有什么话,可以直接对我讲。还说,我是在楼下打的电话,周围没有别人。他说,你等一会儿,让我点上烟。那天的电话打了很久,满满的一节手机电池都用完了。听了岳父的话,我才知道,岳母明天要去的地方,其实是郑州郊县的一个监狱。她的儿子,丁琳的哥哥,因为用刀捅了贵族学校的校长,被丢进了监狱。到底捅死没有啊,我问岳父。岳父急了,说,他娘的,你管他死没死。回到楼上,我看见丁琳斜躺着,手里拿着一本书。我问她什么,她让我看了看书皮,翻了个身,又接着看了下去。那是一本育儿方面的书,书皮上是一个怀抱婴儿的金发丽人,我认出她是中央电视台儿童节目的主持人。丁琳说,我给你念一段听听?她低声念着,我虽然不时地附和两句,但脑子却想着囚室中的大哥,他为什么要捅那个校长呢?那人到底死了还是没死?我明白岳母为什么要带上孩子了,她是要让孩子见他父亲一面。后来,丁琳睡着了,我还是无法入睡。我有点自私地想,我要是不知道这些事该有多好啊。已经是深夜了,马路上的刹车声都清晰可闻,其中有一次,声音非常刺耳,显然是高速行驶中的突然刹车,我忍不住想,或许有一个人已经葬身轮下。接着,我听见了岳母的叹息,还有喉咙的响动,似乎是在无声哭泣。过了许久,我终于睡着了。当我再次醒过来的时候,我听见岳母在和丁琳说话。岳母不知道从哪里得到的知识,认为检查之前一定要憋尿,她对丁琳说,你可不能尿,要憋尿!否则什么也检查不出来。丁琳跺着脚,说,妈,你怎么不早说,我进了厕所你才说,你这不是存心要憋死我吗?岳母又追问丁琳,在昆明的那次检查,是否憋尿了。丁琳有点不耐烦,说忘了,忘了,早就忘了。岳母却如获至宝,说,看,让你去检查,你还不乐意,连尿都没有憋,能检查好吗?听声音,丁琳已经坐到马桶上去了。岳母很生气,说,好吧,你就等着受罪吧,我真是前世欠你们的,没有一个让我省心的。丁琳还算是孝顺女儿,她说,妈,明天我一定满足你的心愿,一定憋住,一定去医院检查。岳母不吭声了。我走出来的时候,岳母正在刷牙。她刷得满嘴流血,白沫都被血染红了。随后,她的牙刷在杯子里很响地涮动着。岳母早饭都不愿吃了,想马上就走。我说,天还没有亮透呢,你这样出门,我们可不放心。我赶紧下楼去买早点。卖早点的老人和我较熟,他就边炸油饼边和我聊天。见我多买了两份,他便神色诡秘地说,你老婆不是出差了吗,家里是不是藏了个姑娘?上次穿背带裤的那个姑娘可真漂亮。我不愿意让他抓住什么把柄,就说他一定是看错了。那老东西用手背揉着眼,说,放心吧,谁都是从年轻时候过来的。他朝隔壁的摊位点了点下巴,说,只要你每次都买我的油饼,我不会给你老婆讲的。想到自己将为人父,我不能不为以前的浪荡羞愧。我心里暗暗发誓,从此要做一个好丈夫。等我回到楼上,岳母已经和孩子整装待发了。吃早点的时候,岳母非常奇怪地不允许孙子喝粥。我以为她担心孩子发胖,可谁能料到她又命令孩子多吃了一份油饼。我想,这老太太确实精神不正常了。孩子嘴里的油饼还没有咽下,她就要拉着孩子下楼。后来,当我把他们送到了汽车站的时候,我才知道了其中的奥秘。原来,她担心孩子路上撒尿耽误时间。在前往汽车站的出租车上,我拐弯抹角地问起了大哥的事。岳母看到瞒不过我了,才约略地给我讲了讲。原来,嫂子和文化局长已经好(通奸)很多年了。家人也都是知道的,但大哥不说什么,岳父和岳母虽然心里有气,也只能装聋作哑。去年秋天,局长退休了,到贵族学校当了校长。大哥想从电影院转到贵族学校看大门,但校长不同意,大哥就威胁着要把这事捅出来。为此,嫂子和大哥还打了一架。按说吃亏的应该是嫂子,可嫂子的娘家人当时也在场,所以吃亏的就成了大哥。再后来,大哥就把那个校长给捅了。因为担心孩子听到,岳母遮遮掩掩的,我只能听个大概。讲的时候,岳母不时发出几声感慨。丑死了,丑死了,丢人丢到家了,祖宗八辈的脸面都被他们丢尽了。出租车司机正摇头晃脑,收听英国后街男孩的演唱,岳母这么一说,吓得他赶紧关掉了。他扭头看她的时候,她说,小师傅,你能不能好好开车,再快一点。我记得,长途汽车发动的时候,我的岳母突然站在售票员旁边,用手搭起喇叭的形状,对乘客们喊道,谁要解手赶快去,汽车路上不停留。这是我第一次听她说普通话,带有戏剧中道白的味道。我的眼泪顿时流了下来。

从长途汽车站回来,我看到丁琳又躺到床上,早餐用过的碗筷还放在原地。她背对着门,我以为她睡着了。可我关门的时候,她却突然喊了一声,站住!吓了我一跳。我站住了,可她却不说话了。我说,你等一会儿,我先去洗碗。我还开了句玩笑,懒是丫头,你现在变懒了,说明你怀的是个姑娘。她还是不吭声。我就又说,我喜欢丫头,做父亲的都喜欢丫头。可不管我怎么说,丁琳都不吭声。莫非她也看出了她母亲的反常,起了疑心?我叮嘱自己,她问到此事,我就说她妈可能是为老朋友伤心。我还不妨再开句玩笑,说她母亲年轻的时候,很可能跟那个唱包龙图的有过那么一段戏,现在老情人要死了,她当然会心慌意乱。可丁琳什么也没问,这倒让我不知道如何是好了。我正要偷偷溜走,丁琳突然一翻身坐了起来。她的双手插在散开的头发里,声音很低,说,这孩子不会有什么毛病吧?我怎么心里直发毛?嘀,原来她关心的还是肚子里的孩子。我说,都是你妈闹的,会有什么毛病呢?别胡思乱想。她仰起脸,早就让你戒烟,可你就是不听。唉,怎么转了一圈,又绕到抽烟上去了。我想,这事也不能怨我。两个人本来说好的,什么时候准备要孩子,我就提前把烟戒了,可这不是计划撵不上变化吗？眼下说这些还有什么用呢？但妻子随后的一段话,使我顿时傻了眼。她提到了怀孕的日期。她说,刚才她推算了一下,三个月前,我们两个正在上海旅游,因为上海的朋友很多,所以天天喝酒。她话音没落,我的脑子就乱了。是啊,当时确实天天喝酒,白酒,黄酒,啤酒,白兰地。随后,我又想起来了,那天后半夜,回到浦东的旅馆以后,我们因为兴奋而无法入睡,我们的身体纠缠在一起。什么避孕不避孕的,早他娘的忘到脑后了。事后回想起来,那简直不能说是做爱,只能说是交配,而且对方只是一个陌生的人,陌生的肉团。世纪大道上的灯光从窗缝照了进来,在惨淡的暗影中,我们就像处于墓穴的深处。我依稀记得,直到第二天的午后,我的太阳穴还在隐隐作痛,眼前一片灰暗。站在窗前望着世纪大道,我就像望着一个无底的深渊。大道两旁的那些移自异国他乡的奇花异木,全是黑影婆娑。

丁琳说,就在我进门以前,她给中学时的一位同学打了电话,那人是个医生。我问医生都说了些什么,她说,人家说得模棱两可,说可能有影响,也可能没影响,当然还是慎重一点好,因为这关系到未来。我有点走神了。我想到,就在我们旅游期间,丁琳的大哥把刀子捅进了贵族学校的校长。想起来了,岳父曾说过,大哥一共捅了七刀。是捅了没死,还是死了又捅,以致捅了那么多刀,我就不清楚了。

当天我们就去了医院。我没想到堕胎生意会那么好,走廊里散发着特殊的腥味,队伍排得很长,其中不乏中学生模样的姑娘。我们托了朋友关系,但还是等了许久。孕妇的号叫和咒骂,从紧闭的门窗里传来,吓得丁琳膝盖发抖。我想缓和丁琳的紧张,就说,进去以后,你也可以骂我。我还对丁琳说,看见了吧,没有几个男的陪同前来,包括我在内,只有三个男的在场,这说明我们是真心相爱的,是幸福的,我们会有美好的未来的。丁琳鼻孔里哼了一声,闭上了眼睛。是啊,连我都感觉自己的话是那么做作,丁琳就更不用说了。这时候我看见一个女孩,很像我在超市的麦当劳快餐店见到的那个,头发还是朝一边梳着,把乌鸦的翅膀像完了。没错,就是她,她的膝盖上的那个青紫色的痕迹还没有消退呢。就是这个女孩,她在问旁边的人,是不是要挨刀。旁边的人笑了,说不是用刀,而是用手,你还以为是剖腹产啊?就在这时候,护士喊丁琳进去。我在外面等了许久,其间因抽烟被管理人员罚款两次。我一直没有听到丁琳骂我,耳朵贴门倾听也听不到。我只听到一些器械的撞击声,一些若有若无的浅笑和低声议论。半个小时以后,我听见一个医生说,好了,扔了吧。我就听见有人好像把垃圾罐的盖子揭开了,接着,我就听见了扑通一声。毫无疑问,是那个维系着我和丁琳的东西,被丢了下去。几分钟以后,丁琳被推了出来。她很正常,只是脸色苍白。她低声地叫着妈妈,妈妈,妈妈呀。叫什么叫,我想,事情走到这一步,还不全都是因为你妈妈吗?我突然有一个念头,一个很强烈的念头,就是问问医生,打掉的那个胎儿到底有没有毛病?后来,我虽然迫使自己打消了这个念头,但我还是耿耿于怀。我又忍不住地想,岳母为什么执意要丁琳做检查呢？眼前的这一幕，或许正是她的心愿。可她为什么要这样呢？莫非她担心我们会和她一样，有一个悲惨的未来？丁琳身上注射的麻药开始失效了，疼痛使她一阵阵发抖，连呻吟都在发抖。我也有点发抖。我蹲下来，给她倒水的时候，热水瓶突然掉到了地上，轰的一声巨响。妈妈啊，我的腿、膝盖和脚都被烫伤了。

狗　熊

起初,我没想见他。他只是我妻子杜莉的姑夫,如此而已。那时候,我正在京郊的山村里采访。有一个剧组在这里拍戏,拍的是一个女人养驴致富的故事。我采访的演员名叫王珊(化名,真名不便透露),曾是模特大赛的亚军,T型台上妖娆的女郎。如今,她在剧中扮演的是地道的村姑,一个养驴专业户。

我和王姗坐在一只碌碡上面,碌碡的两侧各有一个铁环,剧中的那头毛驴就拴在那里。王珊问我,不就是拴个毛驴嘛,何必打磨得这么光滑呢?她显然不知道,它本来是打麦用的。王珊又说,剧本里说了,这头母驴要生骡子了,这不是胡扯吗?毛驴怎么能生出骡子呢?可导演却说,编剧怎么写,你就怎么说。她摇了摇头,暗示导演不负责任。按说,我应该告诉她,母驴确实可以生出骡子,但我没有。我还鼓励她去和导演打赌,她说已经赌过了,生骡子她就请他吃熊掌,生毛驴他就请她吃熊掌。至于为什么要吃熊掌,她的解释是,她正在系统阅读孔子的《论语》,孔子说,鱼和熊掌不可兼得,舍鱼而吃(取)熊掌者也。这话是孔子说的吗?我当即表示,愿意当他们的证人,吃饭的时候一定通知我。

她还主动向我提起了关于她的一桩绯闻:有人传说她正和一位台商谈婚论嫁,是一位在上海浦东做房地产生意的台商。"人家有妻有女,家庭美满,你说我可能插一杠子吗?"她笑着问我。

我曾在电视上看到过那个台商,那家伙热衷于慈善事业,曾将井冈山革命老区的十位孤儿接到上海的花园别墅里,并公开招聘养母。我当然懂得她的意思,她无非是要把这个"绯闻"捅到报纸上去,然后她才出来辟谣。搞不好,她还会和我打一场官司。这套把戏我见过多了。当然,如果她和台商事先约好要演这么一出双簧,并且愿意出点血,也就是提前付给我一笔费用,我也乐于从命。"过两天,我往上海跑一趟,问问情况?"我试探了一下。

杜莉的电话就是这个时候打来的。"姑夫要来了,"杜莉上来就说,"他好像有事找你。"然后,她就要我赶回市区,明天早上去车站接人。我说:"姑夫,哪个姑夫啊?"杜莉急了,说:"还能是哪个,就是那个瘸子嘛。"

她一说"瘸子",我终于想起来了。她姑夫是一位护林员,在中俄边境的东方林场(化名)上班。春节的时候,我曾听杜莉的家人议论过,说他在值勤的时候遇到了狗熊,被咬成了瘸子。他们也没有见过他瘸后的样子,是听杜莉的姑姑在电话里说的。我问杜莉:"是来治腿的吧?几十岁的人了,瘸就瘸吧,有什么好治的?我这两天正忙着呢。"我不能算撒谎,只要王珊和我达成协议,我打算明天就飞往上海,当然来回机票钱王珊得提前支付。杜莉急了:"你别忘恩负义,我们结婚的时候，人家送了厚礼的。"她说的倒也是实情，我记得他当时寄来了五千块钱。六年前，那对我们来说可是一笔巨款。

合上手机，我以为王珊还会和我谈起台商的，可她却谈起了她的狗。她说她的狗名叫龙哥，因为它是一条吉娃娃狗，很像小恐龙，祖籍是墨西哥。它叫龙哥也好，叫龙爷也好，我都没有太大的兴趣。我说，我家里有点事，得回去一趟。我以为王珊会派她的司机送我的，可她没有。当然，她对此作了一番解释，说她的司机中午喝多了。我坐公共汽车到香山，又从香山坐出租车到苹果园换乘地铁，出了地铁，我在路边拦出租车的时候，王珊把电话打了过来。她又谈到了吉娃娃狗，问我想不想要一个。"是不是你的狗要下崽了？"我说。她笑了，笑声非常娇嫩，就像十五六岁的姑娘。她说："龙哥听了要生气的，人家可是一个男子汉。"男子汉？不就是条公狗嘛。她接下来的那句话，才透露出了她打电话的目的。她说："不瞒你说，我的龙哥就是那位台商送给我的。那位台商养了十来条吉娃娃，觉得照顾不过来，想送给最好的朋友。"早说啊？早说我就不回来了，直接从摄制组赶赴机场了。

那天我到家已是晚上十点，女儿贝贝已经睡了，杜莉正歪在沙发上打电话。她是向她父亲通报，说她姑夫明天大驾光临。岳父大概问了一句，姑姑是不是一同前来，如果是，他就赶来北京，和她见上一面。杜莉说："没听说姑姑要来，姑夫好像是来办什么急事的。"再后来，听杜莉说话的口气，电话那头换成了她的哥哥。她哥哥对这位姑夫很有意见,一说起他来语带讥讽。前年夏天,他到中俄边境去了一趟,当时就住在他姑夫家里。他想把俄罗斯姑娘带到内地,把她们出租给歌厅,做歌厅小姐。当姑夫的认为他这是犯浑,通知公安上的朋友,把那些姑娘又送了回去。杜莉的哥哥后来说,眼看就要大功告成了,硬是给他搅黄了。这会儿,我听见杜莉对她哥哥说:"好了,他毕竟是姑夫,什么活雷锋不活雷锋的,你就不要说风凉话了。"

放下电话,杜莉说:"我哥说了,在中俄边境,方圆五百里,没有人不知道姑夫的。因为他敢和狗熊一起玩。他的外号就叫人熊。"我说:"什么人熊不人熊的。和狗熊那么亲近,怎么会被狗熊咬伤呢?"杜莉说:"你看你,小区会所的张师傅,退伍前专门养军犬的,前段时间还不是被狗咬瘸了?"

我问杜莉急着召我回来,是不是还有别的事。杜莉说:"没有,真的没有。不就是姑夫要来了吗,他提出要见你的。我给他说了,你明天会去车站接他的。"大概看我有些情绪,杜莉解释说,她是担心他带的东西太多,大包小包的,腿脚又不方便,才这么说的。"要么,我去接他?"她说。她说的也有道理。他每年都要往家里寄一些山珍,比如松子、蘑菇、木耳,有一次,还寄来了一包风干的狍子肉。现在他亲自来了,大包小包肯定是少不了的。

姑夫乘坐的是从哈尔滨到北京的火车,早上六点到站。但杜莉叫醒我的时候,已经是五点十分了。她也睡过头了。对姑夫的到来,她似乎也并没有太在意。我漱了漱口,赶紧打的去车站。我本来应该带上牌子,写上他的名字的,但时间来不及了。我安慰自己,应该能把他认出来的,瘸子嘛。快到车站的时候,因为道路拥挤,耽误了十来分钟。到了车站,我一路小跑,直奔地下一层的出站口。看了看表,差二十分钟已经七点了。我算了一下时间,下车,钻地道,再到出站,应该费去半个小时,再加上他是个瘸子,腿脚不方便,又要多浪费十来分钟,也就是说,他这会儿应该还没有出站。

我就站在出站口等了起来。考虑到他也可能提前出来,我的眼睛也不时扫向已经出来但仍然滞留在附近的人群,留意他们当中有没有瘸子。有一个七八岁的小女孩,被拥挤的人群挤倒在地了。她很机灵,连滚带爬地逃了出来。不然,不被踩死也要被踩成瘸子的。但出来之后,她就傻掉了,反复地甩动双手,好像触电了一般。这时候,我终于看到了一个瘸子,他就从女孩的身边走过。用"如获至宝"来形容我的感受,应该比较准确的,但我随即又失望了,因为他只有三十来岁。当我拉住他的时候,他很有礼貌地笑了一下,似乎原谅了我唐突。但他扭过脸,就来了一句。"神经病!"他说,然后快速走掉了。后来,又出来了两批人。我倒是又看到了两个瘸子,一个是女的,个子很高,就像穿天杨,一身运动装,胳肢窝里夹着一束鲜花,显然是受伤的运动员;另一个是光头,佩戴着闪亮的军章,颈后堆积着层层肉浪,刚出站就被两个妙龄女子搀扶走了。

空腹等候,又加上空气污浊,我的胃有点不舒服了,干呕。我就在旁边的快餐店里坐了下来,要了一只茶鸡蛋,一碗稀粥。和我在同一张桌子就餐的,还有两个人,那个女的胸前别着毛主席像章,她向另外一个正在喝粥的人说,她可以向毛主席保证,宾馆绝对干净,交通绝对方便,价格绝对公道,服务绝对一流。她原来是为宾馆拉客的。她说的宾馆位于门头沟,比王珊拍戏的地方还要远,光进城就得两三个小时。那位客人低声问:"有外国小姐按摩吗?"

女人于是又向毛主席保证,说不光有东欧的,还有南美的。女人说:"还管哪儿的,长的东西还不都一样嘛。"客人给服务生交了款,回头说了一句:"怎么会一样呢? 文化嘛,一个南美,一个东欧。熄了灯也不一样的。"说完,夹起皮包走了。那个女人恼了,对着人家的背影喊了一声:"流氓!"她的愤怒是真实的,因为她的脸都变形了,而且喘着粗气。

本来都在默默吃饭的人,这会儿突然爆发出一阵哄笑,包括那个女人。她转眼间就失去了愤怒。哄笑声结束以后,我刚把半只鸡蛋塞进嘴巴,外边又爆发出一阵哄笑。我看见警察在轰赶一个乞丐。时令又是初夏,但那个乞丐却穿着军大衣,棉絮从大衣的破洞里透出来,黑的,而且团结成球,像霜后的棉桃,也像长在身外的树瘤。他还挥舞着一只蛇皮袋,哗哗直响。他有点瘸,但不是很瘸,一脚高一脚低,如此而已。每当警察威胁地举起警棍,他就做出投降动作,不过他的投降有些特别,并非双手举起,而是双手悬垂,像直立起来的狗,或者说像直立的狗熊。他的络腮胡子,他裹在身上的露出棉絮的黑污的军大衣,使他的模仿更加逼真。我注意到,连警察大人也被他搞得忍俊不禁。与其说他是一个乞丐,不如说他是一个疯子。当他跳到快餐店门前的时候,服务员拿起了扫帚,时刻准备着应付他的入侵。

他显然也是一名乘客,因为我听见了警察们的议论,议论这样的人怎么会混上火车。一名警察用警棍扫了一下他的腿,将他扫倒在地,然后用警棍顶着他的胸脯,问他是从哪里上的火车。他的回答倒是口齿清晰:"东方莫斯科。"所有的人都笑了。警察用警棍戳了一下他的额头,问:"好好说,说完就放你走。"他坐到那只箱子上,揉着膝盖,说:"东方小巴黎。"一会儿是莫斯科,一会儿又是巴黎,把警察弄得很不耐烦,警察朝着他的膝盖踢了一脚:"滚!"

我打了一个激灵。在中国所有城市中,只有哈尔滨号称东方莫斯科、东方小巴黎,况且他又是个瘸子,莫非他就是——?这个疑问一旦产生,很多事情好像都能挂上边了。比如,他是个男性,年龄也是五十开外。我想,叫他一声人熊,如果他答应的话,那就几乎可以肯定他就是我要接的人了。但我不愿这样叫,我担心他是真的。我可不想把一个疯子领到家中。偏偏这个时候,一个男孩子走了过来,七八岁的样子,打着领带,小大人似的,一手抱着玩具手枪,一手抱着玩具汽车。那男孩用手枪指着他,对大人说:"洪七公,洪七公。"孩子显然把他当成了金庸故事中的丐帮帮主洪七公。大人连拉带扯,把那孩子弄走了。但是,他却不干了,追着孩子喊:"我不是洪七公,我是人熊。"

他又摆出了一个狗熊站立的姿势,双手悬垂在胸前。活见鬼了!我放下碗筷,赶紧向电梯口逃去了。

直到坐上地铁,我还在纳闷:杜莉刚和他通过电话,难道就没有感觉到他的不正常?她的敏感跑哪去了?平时,我只要和哪个女人稍有那么一点意思,她就说,她的"第六感觉"告诉她,我正在蠢蠢欲动。可这么大的事,她竟然没有感觉?不该有感觉的时候她有,该有的时候她却没有,唉,什么人嘛。

我也设想过,那个疯子接下来会有怎样的遭遇。那双悬垂在胸前的手,虽然滑稽,但它给人的印象又是多么无助。他会从此流落街头吗?会被收容所收留吗?如果他不是我的亲戚,如果我在陌生的街头遇到这样一个人,我想我会走上前去,在他面前丢下几枚钢镚儿,并对哄笑的人群嗤之以鼻。他为什么偏偏是我的亲戚呢?我对此有点恼火。

随着地铁车厢的晃动,恼火,还有不安,交织在一起,使我的感觉很不舒服。我必须摆脱这恼火和不安,使自己舒服起来。最好的摆脱办法,就是把这个责任转移到别人身上。是啊,杜莉是应该对此负责的,如果她能够提前感觉到他的反常,她完全可以拒绝他的到来;还有杜莉的姑姑,她应该告诉我们,他已经疯了;此外,还有杜莉的父亲,你难道不知道他疯了?不知道,那就说明你对妹妹一家不够关心,知道但却没有告诉我们,那就说明你对我们不够关心……

但现在说什么都晚了,我所能做的只是默默祈祷,祈祷他能被警察送到一个合适的地方去。我对警察向来没有好感,但我现在却在心里称他们为"警察同志"。至于"警察同志"要把他送到什么地方,最好别让我知道。

回到家,桌子上已经摆好了早餐:四只鸡蛋,几片面包。杜莉不在家,她送贝贝到幼儿园去了。她留下的纸条上说,牛奶在锅里,自己热一下。她问她姑夫好,说自己马上回来。我寻思着怎么把车站的一幕告诉她。我相信,她会尊重我的决定。我们都很忙,还要带孩子,我很快还要出差,弄一个疯子在家里,受罪的不还是她吗?

我给屋里的花木浇了浇水,剪了剪文竹的枯枝。我又点上一支烟的时候,杜莉回来了。杜莉一进门就说:"两个烟鬼!"她一边换上拖鞋,一边道歉:"姑夫,真不好意思,我本来也该去车站接您的。"当她发现屋里只有我一个人的时候,她笑着问我:"姑夫是不是洗澡去了?"她还顺便数落了一下我父亲:"上次你爸爸来,脏得跟猴似的,让他洗个澡,哎哟哟,那就跟剥他的皮似的。"瞧瞧,这哪像大学老师说的话。

"你笑什么?"她问。她大概以为身上粘了什么东西,就低头查看自己的裙子,又通过镜子检查自己的后背,然后说:"笑什么笑?莫名其妙!"我先叹了一口气,然后上前抱住了她的肩膀。她躲了一下,说:"别让姑夫看见。"我终于知道该怎么开口了。我说:"他看不见的,没有人能看见的。这屋里没有别人。"她没有听懂我的意思,有些发愣。"姑夫没有回来。"我说。"没见到?走岔了?"她的表情随即由疑问变成了责怪,"火车站屁大一块地方,怎么能走岔呢?"我顺着她说了一句:"是啊,怎么能走岔呢?"她急了:"你就不能好好找一找?厕所,楼梯,汽车站,地铁站,快餐店。"

我只好告诉她,我见到了一个人,好像是他,又好像不是他。"他穿着军大衣——"我说。"开什么玩笑,军大衣?还戴着皮帽子吧?"她拎起裙摆,屈腿褪掉丝袜,在我面前抖动了一下。我说:"他好像是个疯子——"话没说完,又被她打断了:"疯子?谁是疯子?谎话都编不圆的。"她把袜子甩到了我身上。

我说:"他在地上打滚,还说自己来自莫斯科、巴黎,就差说自己来自月亮了。"她指着我的鼻子,喊了起来:"月亮? 越编越离谱了。是你疯了吧?"我承认,我此时不由自主地说了谎,或者说有些添油加醋。比如,他说的是"东方莫斯科",而不是"莫斯科";是"东方小巴黎",而不是"巴黎"。他也没有在地上打滚,他只是做出了狗熊的动作。但这个责任,好像不应该由我来负,这是话赶话,赶到了这一步的。我没想到,杜莉突然失控了,她的眼睛有片刻的失神,接着她就爆发了。她是北京××学院的舞蹈教师,平时最注意形体动作了,可这会儿,她却佝偻着身体,使劲地拍打着自己的脑门,拍得那么响,好像那不是她的脑门,而是我的屁股。但她的语气却是柔弱的,接近于呻吟:"哦,我知道了,你是马上去上海? 是要和那个女妖精一起去吧? 是不是火车票已经买好了? 没买? 那就是机票喽?"

见我不说话,她冲了过来。她是来翻我的裤兜的,要检查我是否买了车票,准备和那个"女妖精"王珊一起到上海去。翻了左边的,又翻右边的,她的出气声越来越重,当她倒过来翻第二遍的时候,我看见泪水在她的眼眶里打转。

若不给她来点硬的,她肯定认为我做贼心虚。我箍住她的肩膀,晃着,说:"走,马上走,现在就去车站,我要让你看看,他是不是一个疯子。"我这么一晃,她的泪水就下来了。我说:"我还不是为了你和贝贝? 弄一个疯子在家里,只要你可以接受,我一点意见没有。"我确实没什么大的意见,我经常出差,眼不见为净。她似乎有点相信了,因为我听见了她的叹息,她的表情也随之舒缓了一些。她无疑是因为刚才闹得太凶,有些下不了台,才赌气说出这样一句话的:"去就去,我现在就去。就是疯子,我也认了。"她又穿上了丝袜。她穿得太急了,趾甲把丝袜都挂破了。她的高跟鞋一时找不到,不知道被她踢到哪个角落了。她换了一双平跟鞋,说:"平跟鞋好啊,不累脚,找人方便。"

此时,我如果退却,她就可能卷土重来。所以,我只好硬着头皮随她下楼。到了楼下,我发现她本来是走在前面的,但慢慢落到了我的后面。她显然是想打退堂鼓了。我回头看她,发现她站在一棵高大的悬铃木树下,正和一个人说着话,那女人有着一双修长匀称的腿,她的孩子和贝贝上的是同一所幼儿园。我也就顺势停了下来,坐在草坪上抽烟,同时看着那女人的腿,从下到上,再往上,看不见了。我想,如果这支烟抽完了,她们的谈话还没有结束,我就可以为上海之行做准备了。

奇迹就是在这个时候发生的。仿佛做梦一般,我突然看见了那个疯子。他背着一个鼓鼓囊囊的蛇皮袋,在小区保安的指引下,正朝着花坛走过来。他全变样了,西装革履,领带都打上了。如果不是他的络腮胡子过于醒目,如果他不是有那么一点瘸,我几乎认不出他来了。对,他此时只是稍瘸而已。他并没有认出我,好,很好。经过杜莉身边的时候,他也没有认出杜莉。我注意到他还悄悄回了一下,但不是为了看杜莉,而是要看那个女人的腿。显然,他此刻是个正常人。

我见过羊痫风患者,他们时而正常时而发疯。发疯时,浑身颤抖,口吐白沫,还可能咬断舌头,但是疯劲一过,他们就又成了正常人。但就我所知,羊痫风患者发疯的时候是不笑的。在火车站的时候,我可看到杜莉的姑夫笑了。莫非他是精神分裂症患者?

说句实话,我曾经想过,带上杜莉离开小区,天黑以后再回来。或者,干脆,唉,比如说,和杜莉到某个宾馆开房,住上一夜再回来。两夜,三夜,也不是不行,等贝贝放学了,把她接到宾馆就行了。但是最后,我还是放弃了这种想法。倒不是担心自己会受良心的责备,而是,而是我想知道这到底是怎么回事。我好歹也是一个记者嘛。所以,我决定把这事情告诉杜莉。我没绕弯子,上来就说:"他来了,他自己摸来了,我看见他了,你姑夫来了。"杜莉愣了:"你是说,那个疯子,来了?"我说:"怪就怪在这里,他好像又不疯了。"我还跺了一下脚。杜莉盯着我的脚,说:"什么意思嘛,你想让他疯掉是不是?"我说:"请相信我,我说的都是真的,疯是真的,不疯也是真的。"杜莉说:"好,他在哪里?"她被搞糊涂了,说这话的时候,竟然望着天空,好像她的姑夫可以从天而降。我说:"他是从你身边走过去的。是你给他的地址吧?"

很快,我就看到了他。他就在我们的门洞前,正坐在蛇皮袋上抽烟,同时用手指捋着头发。他的头发很浓,而且乌黑。杜莉说:"好像是他,就是他。"杜莉很快用肘部捣了我一下,说:"他好好的,你怎么说他疯了呢?"我的天,又来了。她快步走上前,离他有几步远的时候,停了一下,试探性地叫了一声:"姑夫?"他反应很快,扔掉烟头,随即张开了双臂:"小莉!"杜莉稍微躲了一下,但还是被他抱住了。他的目光从杜莉的肩膀上扫过来,问:"这位是,大侄子吧?"我赶紧叫了一声姑夫,又问他是怎么回来的,坐出租车,还是坐地铁?他的回答,清晰、连贯、中气十足,而且是普通话:"先坐地铁,又坐出租车。北京的出租车真贵啊,上车就要十块钱。"我和他握手的时候,看见他的指甲壳里都是黑泥,那是他留下的唯一痕迹,在地上爬过的痕迹。

他谢绝我的帮助,自己提着蛇皮袋上了楼。进了客厅,他长喘了一口气,说:"到了,终于到了。"杜莉弯腰给他取拖鞋的时候,他说,他马上就要出去,就不换了吧。我想,这老头大概是担心脚臭味熏住我们。事实上,我已经闻到了一股臭味,它好像是从他的人造革旅游鞋跑出来的。再闻,不对,它其实来自那只蛇皮袋。那里面装着什么呢?军大衣?

杜莉问他吃饭没有,他说吃过了,真吃过了,在车站对面的饭店里吃的。说着,他就蹲了下来,拉开了那只蛇皮袋。我终于看到了那件军大衣,杜莉也看到了,她朝我撇了一下嘴,又点点头,意思是现在终于相信我了。他把那件军大衣掏出来,放到地板上,打开。杜莉捂着鼻子,后退了一步。"拿剪子来!"他对杜莉说。我这才发现,军大衣里面缝了很多袋子。他剪开一只袋子,掏出一包东西,是用塑料袋包住的。剪子挑开塑料袋。最先露出来的是一层报纸,报纸揭开,是一层布,手工织的那种粗布。最后一层粗布揭开,露出的是黄色的草纸,足足有三层。再揭,露出的是宣纸一般的草纸,很柔软,呈铅灰色。我很好奇,也有一点恐惧:这个家伙,葫芦里到底卖的是什么药呢?灰色的草纸上,渗出一片片血迹。我心中一紧,想往一边躲,但脑袋却不由自主地伸了过去。那血迹已由暗红变成紫色,有股子腥味,令人想到,我还是直说了吧,想到月经。然后,然后就熊掌了!

但在当时,我并没有认出那是熊掌。我只吃过做好的熊掌,生熊掌还是第一次见到。这么说吧,我当时首先想到的,竟然是黑猩猩的手掌。当然知识告诉我,这是不可能的,因为黑猩猩并不生活在兴安岭。后来,他又连着挑开四个袋子。它们一共四只,两大两小,当他把它们一一取出,放到餐桌上的时候,乍两看就像是黑色的翻毛皮鞋。杜莉先叫了起来:"熊——熊——熊掌?"不简单,她竟然认出来了。我后来知道,她曾在电视里见过剁下来的熊掌。

她用小拇指的指甲碰了它一下,又迅速收了回来,好像它会咬人似的。我看见熊掌的踝关节切得不算太齐整,有碎骨粘连其中,像是用斧子剁开的。还有血从断面处渗出来,像蚯蚓一般蠕动。杜莉又叫了起来:"血?"她姑夫说:"小莉,胆这么小?"他站了起来,从西装的口袋里掏东西。我以为他要掏烟,就把自己的烟递了过去。他摇了摇头,继续在那里掏。后来,他干脆把西装脱了下来,平铺到地上,用脚踩住,使劲地掏。随着口袋的破裂,那包东西终于出来了,也是用塑料袋包住的。塑料袋撕开,一股臭味扑鼻而来。但他却嗅着鼻子,品酒一般,微微摇着头,说:"嗯,果然是上品。"杜莉问:"什么呀?味道怪怪的。"

他用鼻孔笑了一下,然后揭去了草纸。一只黑乎乎的东西终于露了出来,它已经放干了,几乎无可辨认。我想,如果人类学家看到它,或许会认为自己发现了木乃伊,而且是野人脚掌的木乃伊。此刻,他拎着它,像逗孩子玩似的,挠着它的脚掌心，又轻轻地拍了拍它。从脚掌心的地方掉下来几只虫子，长有尾巴的，弓着身子在地板上爬行。我再次感到了紧张：这个家伙，莫非又要犯病了？他说："好，很好。"他捏着虫子的尾巴，凑到窗边，趁着光线观察着它，然后把它捏碎了。家里没有扫帚，只有扫床的刷子，但那显然不合适。我一时手忙脚乱，后来终于想到了吸尘器。吸尘器还没有打开，我就听到了杜莉的呕吐。

他皱了皱眉，叹了口气，说熊掌鲜吃其实不好，这只熊掌虽然被虫蛀了，但味道应该是最好的。"就像葡萄酒，年代越久越香。"他特意强调。他解释说，熊掌割下来以后，应该放到瓷坛里，垫上石灰，再铺上一层炒米，放上一两年，再拿出来烹调："小莉不懂的。不过你肯定是懂的。大记者，吃遍天下嘛。"我连忙表示，自己也是个外行。"谦虚！你肯定比我懂的还多。"他说。他拎着它，用厨房的水龙头反复冲洗它的掌心。过水之后，上面的虫洞清晰可见，宛若香港脚上的鸡眼。另外几只，他也各自冲洗了一遍，然后，他让我把它们放到阳台上晾干。"它们洗完了，该我洗了。"他说他要冲澡。他也确实该冲澡了，谢天谢地。他一进浴室，我就把那件军大衣塞进了蛇皮袋，然后放到了门外。

杜莉走过来，对我说："有一点啊。"我知道她的意思，她是说他确实有点不正常。"不过，这熊掌倒是货真价实。都是给我们的吗？这也太贵重了。"她来到阳台上，用剪子挑着熊掌上的毛，说。她戳了一下我的手背，"上次你家的亲戚来，带来什么了？就带了一张嘴。"我最讨厌她说这种话。我转身要走，但被她拉住了："要么先冻起来几只，什么时候想吃再拿出来?"这想法倒是不错。不过,自己全吃掉,倒是有些可惜。我正想调到电视台去,正为送礼的事发愁呢,拎两只过去,事情可能就好办多了。杜莉把那只生虫的熊掌翻过来,侧着脸,皱着眉,噘着嘴,寻找着上面的虫眼儿。我想,她姑夫不是说,这一只最贵重嘛,那我就把这一只送到电视台吧。

杜莉没有听到她姑夫的解释,不知道这一只其实是最好的,此时用鼻孔哼了一下,说:"就这也比你家的亲戚强。你家的亲戚,臭的也舍不得留下的。"我把话题扯到了一边,要杜莉去问清楚,她姑夫来北京到底有何贵干。"他或许是来送礼的。"我说。杜莉说:"送礼?谁不知道他遵纪守法?请客送礼的事,他是不会干的。"我说:"那这些熊掌是从哪里来的?是从他身上长出来的吗?贩运熊掌,那可是违法的。"她开始耍赖了,说:"就是从他身上长出来的,怎么了?"她这句话提醒了我。我想,他之所以穿着脏兮兮的军大衣,就是为了装疯卖傻,在火车站逃避检查。他带了两身衣服,显然是在出站之前,临时才换上军大衣的。我的天,把这些熊掌弄到北京,可真是不容易啊。

他在浴室里待了很久,出来的时候,简直又像换了一个人。他新换了一件鼠灰色的衬衣,头发纹丝不乱,络腮胡子也刮掉了,若不是额头上有几块老年斑,他给人的印象只有四十来岁。只有他脚上的那双人造革旅游鞋,与他的形象有点不协调。我劝他换一双鞋。他说:"我穿惯这个了,换了别的鞋,路都走不成了。"我就想,他一定瘸在脚上,但具体是哪只脚,我却看不出来。

"像,太像了。外甥像舅,侄女像姑,你真把你姑像完了。"他对杜莉说。杜莉说:"听说姑姑年轻时很漂亮的。"他说:"现在不行了,腰比水缸还粗。"这就是拉家常了。我向杜莉使眼色,意思是让她趁机问一下他来京的目的。杜莉却视而不见,而是非常孝顺地问起了他的腿:"姑夫,你的腿,好了吧?"他本来已经是坐在椅子上的,这会儿突然站了起来,走了两步,说:"我像个瘸子吗?"杜莉说:"我们听说你让狗熊给咬了,都很担心。"他说:"常走夜路,还能不见鬼?小意思。"杜莉问:"到底是怎么回事?刚听说的时候,我吓得腿都抽筋了。"他还是那句话:"小意思。"他不愿多提。

他说他有件事,要给我们说一下。他把脸转向我,说他来北京,是要见一个叫唐声(化名)的记者。"我们是老朋友了,他去过我家里。"他说。"你和他约好了吗?记者们可是三天两头出差的。"我说。"我给他说过,最近几天要来北京见他。可我上了火车,就和他联系不上了。他总是关机。"他说。我要他放心,说只要姓唐的待在北京,我就可以找到他。我想,如果我没有猜错的话,那些熊掌就是要送给那个姓唐的记者的。

这个老头子,顾不上休息,马上就要出去。他说,来北京一趟不容易,他要给孙子买个玩具。杜莉让我陪他去,可他却拒绝我作陪:"你帮我联系到唐记者,我就千谢万谢了。"

我想尽快和唐声取得联系,然后我就可以一拍屁股到上海去了。熊掌都没有我的份,我待在这里还有什么意思。我想,既然王珊反复向我暗示,她和那个台商关系不一般,那她或许已经给台商打过电话了,告诉他要去上海找他,让他配合一下。他不是房地产商人吗,这样的"绯闻"对扩大他在上海滩的影响,只有好处,没有坏处。也就是说,对这对狗男女来说,这是双赢。那个房地产商人,该怎么感谢我呢?

现在,要紧的是找到唐声。我想,他既然是个记者,网上应该有他的相关资讯,我就到书房打开了电脑。上网一看,我吃了一惊,这家伙竟然非常有名,与他有关的资料竟有八千多条,都快赶上中央台的白岩松了。他是权威性的《中国动物报》的记者,他有一篇报道,几乎被所有的网站收录了,那是关于台湾岛上的野狗的报道。文章中说,它们本是名犬,被主人从世界各地带到台湾,因为不适应台湾的潮湿闷热,很多狗儿都患上了皮肤病,重者皮肤溃烂,生疮化脓。主人失望之余,就把它们赶出了家门。于是,"名犬变野狗,台北成狗窝"。在文章的最后一段,唐声先生竟然把丧家之犬与两岸关系联系到了一起,说那些狗儿也盼望进入内地,在温暖适宜的祖国大陆度过一生……隔着辽阔的海峡,莫非唐声能够听到那些狗儿的心声?他的耳朵真比狗耳朵还尖。还有,前边说那些狗儿来自世界各地,后边怎么能说大陆就是它们的祖国呢?但奇怪的是,这篇文章后面跟了很多帖子,据其中的一个帖子透露,这篇文章获得了2004年度"最佳动物新闻奖",奖金一万元。

在一个名叫"野生动物SOS"网站里,我找到唐声的另外一篇文章。标题很醒目,叫"掌下留情"。我预感到它可能与杜莉的姑夫有关,所以立即打开了。标题下方是一个人的头像,没错,他就是杜莉的姑夫。照片下面还有一行字:当事人、东方林场职工×××近照("×××"三个字是我隐去的)。此外还有一张照片,是林场的领导和唐声以及杜莉姑夫的合影。

文章写的是杜莉的姑夫和狗熊遭遇的经过。唐声写到,他是从新闻热线中听到这件事的,当天晚上启程了,第三天中午在东方林场见到了×××同志。文章点明,出事的时间是2002年的5月9号。那天晚上,本来是另外一个同志值班的,那位同志叫老金,老金那天犯了心脏病,不能值班,×××同志就自觉地顶替了那位同志。他只带了一支手电筒,一支从盗猎者手中缴获的猎枪,另外还有一只军用水壶。至于为什么要带水壶,唐声有个解释,说是如果出现火苗,可以立即浇灭。×××同志正走着,突然听到扑通一声,很沉闷,接着就是一声嗥叫。"林子里什么声音他听不出来?狗熊吃奶的声音他都听得出来,更不要说狗熊的嗥叫了"。嗥叫中,它还有些哼哼唧唧的。他听出来了,那是狗熊栽进了陷阱,被兽夹子给夹住了,它越是闹腾,兽夹子就夹得越紧,夹子上绑着的尖刀,会刺穿它厚厚的皮囊。当他慢慢接近那个声源的时候,却听不到狗熊的声音了。他打开了矿灯,用猎枪拨开地上的落叶,终于看到了狗熊的蹄印。文章中引用杜莉姑夫的原话,说他"从未见过那么大的蹄印,不像是熊瞎子留下的,像大象留下来的"。他顺着那蹄印,找到了那个陷阱。他发现那是很久以前的陷阱,从陷阱里面长出来的树,已经有一丈多高了。他趴在那里,用矿灯照了照,没有看到熊,侧耳细听,也没有听到熊的呻吟。他知道,那只巨大的熊,已经逃脱了。

就在这时候,他听到一阵风声。"那风有点腥,吹得他的鼻孔痒痒的;有点热,吹得他的耳根热乎乎的"。他觉得奇怪。回过头看了看,他的眼前明晃晃的。随后他才意识到,那是熊皮的反光,"那头狗熊突然站了起来,升高,一直在升高,好像能升到树梢去。它本来离他还有十几步远,可转眼间就到了他的跟前。为了躲开矿灯的照射,那狗熊侧着脸,还用前掌捂了一下眼睛。他只能看见它的一只眼,亮得很,就像一颗夜明珠"。此时他的枪其实刚好端在胸前。他本来可以开枪的,但他没有开。他想,如果它发现他并不愿伤害它,很可能会掉头走掉。他就站在那里不动,慢慢地让枪口朝下。"那只熊突然动手了,夺过了他的枪,两只前掌配合,只是轻轻一拧,枪管就变成了麻花的模样"。随后,他突然飞了起来,是侧着身子,斜着飞出去的。×××同志当然不会武功,他是被狗熊一耳光打飞的。过了一会儿,他醒了过来,是狗熊把他拱醒的。狗熊用嘴巴拱着他,然后又用自己的前掌把他翻了过来,让他脸朝下。他以为熊瞎子要咬他的后脖子,可没想到那狗熊只是舔了舔他的腿肚子,就像给他按摩似的。显然,那狗熊已经意识到,他并不是一个盗猎者,它想用这种方式,向他表示歉意。

文章精彩的下面一段话:当狗熊又把他翻过来的时候,他看到了壮观的一幕,就在他和那只狗熊的周围,还有二十三只狗熊,还有它们全都站着,挺着胸脯,并且挥舞着肥大的前掌向他致意。此时的×××同志,不是一个人,不是东方林场的职工,甚至也不单单是一个中国人,而是人类的代表。当他想站起来,向狗熊还礼的时候,他站不起来了。他后来才知道,那是他飞起来再掉到地上的时候,盗猎者当初留下的利刃刺穿了他的腿肚子……

看完我就喊杜莉,奇文共欣赏嘛,让她也来看看。杜莉没有应声,再喊,还是没有应声。客厅里空无一人,她的那双红拖鞋扔在门口,一只朝下,一只朝上。哦,出去了,去幼儿园接贝贝去了吧?她大概想让孩子见一下自己的姑爷爷。我当即决定,如果我今天不去上海,我一定把这个故事讲给贝贝听。这种故事本来就是编给贝贝们听的嘛。我敢肯定,这个故事带有编造的成分。比如,怎么会有那么多狗熊同时出现在杜莉姑夫面前呢,而且同时举起前掌?狗熊是群居动物吗?至于狗熊将枪管拧成麻花的动作,则带有明显的宣传色彩。当然,最有力的作伪证据是:杜莉的姑夫既然那么爱熊,甚至被人称为人熊,他为什么会有五只熊掌呢?再联系到那熊掌正是要送给唐声本人,我几乎可以肯定,是他们共同编造了这个故事。

那天中午,我剩下的时间都用来寻找唐声了。通过114查询台,我查到了《中国××报》的电话。打过去,总机里说,请直拨分机号码,查询请按0。按过0,长时间没有反应,挂断再拨,终于有人接了。我对接线小姐说,请帮我找一下唐声先生。小姐说,唐声先生不在。我又问,他到哪里去了,是不是出差了?小姐说,应该是吧,记者嘛,天南海北地跑,可能去北极了吧。

北极?开什么玩笑。我又问,他什么时候回来。小姐不耐烦了,说:"我怎么知道?"我听见旁边的一个小姐插了一句:"是啊,你又不是他肚子里的蛔虫。"我听见两个小姐在那边嬉闹了起来,电话都忘记挂断了。后来,我又通过电视台的一个朋友帮助找,他认识《中国××报》的编辑。转了几圈,我终于拿到了唐声的手机,13911033×××。但打了几次,唐声都是关机。我发了一条短信过去,用的是杜莉姑夫的名字,说我就在北京,希望他能回个电话。这样。只要打开手机,就会看到我的短信。我也查到了报社的地址,离家不太远,就在朝阳区的健翔桥附近。如果实在联系不上,我就去一趟。我真的打算去一趟,不过,那并不是为了杜莉的姑夫,而是为了,我干脆直说了吧,为了从他手里扣下两只熊掌。我会对他说,他的那篇文章是编造的,然后告诉他,我是当事人的亲戚,我准备写出另外一篇文章来戳穿他的谎言。当然,我不会这么直说,我会尽可能说得委婉一些。

快到十二点的时候,我的手机接到了一条短信。我赶紧打开。原来是王珊发来的。她问我什么时候去上海,并说最近两天她也要到上海去,因为她想从台商手里领养一个孤儿,台商也基本上答应了,说见面再谈。这条刚看完,又一条发过来了,只有几个字:腿出来了。我感到莫名其妙:腿,谁的腿? 我想,她是不是把字写错了,比如把"退"写成了"腿"。对手机短信来说,这种错误很常见,不足为奇。那么她"退"出什么了? 她是不是在暗示我,她已经从那场感情纠葛中退出来了? 这不等于平白无故地告诉我,她确实和台商有那么一腿吗? 不过,既然"退出来了",那为什么还要飞往上海,并从人家手里领养孤儿呢?

就在这时候,我看见了一条真正的腿。透过窗户,我看见一条腿从出租车里伸了出来,然后是另一条腿。它们如此光洁、炫目、嘹亮,几乎是在歌唱。当那个女人站到车外的时候,我还没有认出她来。我看见她拉开坤包,弯腰,付钱。她似乎并没有让司机找零。她终于转过身来了,嘻,杜莉呀,我这不是瞎耽误工夫嘛。不过这不能怪我有眼无珠,谁让她又换了一身行头呢:裙子变了,变成了超短裙;发型也变了,头发散开,随便地披在那里。怎么说呢?有点浪。

从出租车到门洞,她走得很快,算得上小跑。我不想让她知道我在等她,就又回到了书房。我听见她上楼,掏钥匙,开门。门打开以后,我喊了一声:"谁啊,是姑夫吗?"杜莉说:"是我。"我"哦"了一声,说:"我还以为是你姑夫呢。"

"过来看看,有一篇文章,是写你姑夫的。"我对她说。我能感觉到她有什么在瞒我,因为她眼神游移。"写姑夫的?你刚写的吧?"她问。我让她自己看。她凑到电脑跟前,看了一眼,回头说:"嗬,都上网了,姑夫的事迹都上网了。打印出来,让他也高兴高兴。"她的口气中不乏自豪。这有什么好自豪的,不就是差点让狗熊咬死吗?杜莉问:"到底是谁写的?"我说:"就是你姑夫要找的朋友嘛,就是那个唐声嘛。"我把页面关住,然后关掉了电脑。

杜莉去洗了一把脸,然后对我说:"有件事,我想和你商量一下。"我等着她说,她却突然支支吾吾起来。我说:"直说嘛。"她终于一口气说了出来:"我准备拿出一个熊掌,送给我们的副院长。我们学校要派人去比利时观摩现代舞,只有三个出国名额,副院长带队。"我现在知道了,她刚才其实是给那个副院长送熊掌去了。可你瞧她多么会说,"准备送给!"不是已经送去了吗?我说:"只要你姑夫愿意,你全送给他我也没意见。"这并不是气话。如果我说,"你把你送给他,我也没意见",那才叫气话,是不是?

午饭前,杜莉的姑夫赶回来了。他一进门就问我,唐声联系上了没有。我说,单位查到了,只是他本人还没能联系上。看得出来,他很着急,着急得都有点傻了,两眼都有点发直了。他手中既没有玩具汽车,也没有玩具手枪,看来他说的上街买玩具是一句瞎话。他满头是汗,就像刚从水里捞出来一样。我问他到哪里去了。他说:"健翔桥。"我知道他去找唐声去了。他当然白跑了一趟。我心里想,也用不着这么急嘛,不就是想让人家再写写你吗?我只是感到奇怪:他已经这么大岁数了,已经是快要退休的人了,怎么还和王珊那种小姑娘一样,热衷于沽名钓誉呢?

那天的午饭,我们是在门口的烤鸭店吃的。我对杜莉的姑夫说:"能不能提前告诉我找唐声干什么,唐声来了我也好替你帮帮腔。"杜莉的姑夫说:"没什么事,老朋友了吧,就是想见见面。你大概不知道,他曾经写过一篇文章,就是写东方林场的。"我说我知道的,题目就叫掌下留情吧。他很吃惊:"你看过?在报纸上看的?"我说:"网上啊。"他一下站了起来:"网,谁落网了?"杜莉笑了,笑他落伍了,说那是互联网,而不是法网。说真的,我倒希望唐声落网。如果那样,那几只熊掌也就归我和杜莉所有了。

杜莉给他敬了酒,说:"姑夫,下个月,我可能要到比利时去了,听说那边的烟丝是最好的,您要多少,我就给您带多少。"我想,接下来杜莉就会解释,熊掌为何少了一只,她会告诉她的姑夫,那只熊掌对她有多么重要。但杜莉没说,杜莉只是频频敬酒,压根儿就没有提到此事。她替她父亲敬了酒,替她母亲敬了酒,替她哥哥,替她嫂子,也替贝贝敬了酒。我没想到他那么能喝,白酒,56度,他一个人几乎干掉了半瓶。他几乎不吃菜,只是喝了几口鸭汤,啃了两块儿鸭掌。杜莉说:"您是不是嫌菜不好?您带来的是熊掌,我们却只能请您吃鸭掌。"于是杜莉又为菜的简单,向她姑夫道歉,先自罚一杯,然后又给他敬了一杯酒。我想,杜莉今天这是怎么了?上次她父亲来北京的时候,我向她父亲敬了三杯酒,她就命令我不准再敬了,也命令她父亲不能再喝了,今天她这是怎么了?这是把老头子往死里灌啊。

但他除了舌头有些大以外,并没有太多醉意。他先向我们道歉,说这次来得太急,没给贝贝带什么礼物。我说:"你的故事就是礼物。我要把唐声写的那个故事讲给贝贝听。贝贝运气真好,见到故事中的英雄了。"他给自己倒了一杯酒,一仰脖喝了,说:"别提了,别提了,自从有了那篇文章,东方林场的熊就倒霉了。方圆五百里的林子,一年半载都见不到熊的脚印了,眼下是,只能闻其声,不得见其影了。为什么?知道为什么吗?猜猜看。不知道吧?"他用筷子指着我,说:"你是记者,你也不知道吧?你应该知道的,因为这都是被你们记者给害的。"看来,他的酒劲上来了。我把他的酒杯挪开了,但杜莉却说:"姑夫给你上课呢,让你学本事呢,还不快敬姑夫一杯?"杜莉都这么说了,我还有什么好在乎的。我就又给他倒了一杯,都溢出来了。我双手捧杯,递到他面前,说:"喝了这一杯,姑夫再教育我不迟。"他又是一仰脖,干了,说:"东方林场有狗熊,谁都知道了,连傻瓜都知道了。狗熊还有好日子过啊?过个屁。人们都来了,拎着枪,带着刀,领着狗,都来了。十万头熊也不够打的。我老伴,对,就是你们的姑姑,说了,说这都是我惹的祸呀。只要我一闭眼,那些狗熊就来了,就站在床边,伸着前掌,向我索命呢。它们都是索命鬼呀。有一次,一只大黑熊,立起来比我还高,一巴掌就把我扇醒了。我醒来一看,已经是在地上躺着了,门牙掉了两颗。"

他的大拇指和食指就伸进了嘴巴,抠了一会儿,取下了两颗牙,假牙?不是假牙又是什么,上面带着钢丝的。他说:"过了两天,又掉了两颗!"说着,他就又取下来了两颗,也带着钢丝。"昨天晚上,就在火车上,我又挨了黑熊一巴掌,又掉了两颗。"这次,他没有再从嘴里边取。他站起来,从屁股后面的口袋里掏,不过,他掏出来不是两颗,而是三颗,这次上面没带钢丝。那七颗牙现在列队站在一堆细碎的鸭骨头旁边,大小不一,形状不一,假牙是白的,另外几个有黑的,有黄的。再看他的脸,啊,变了,全变了,嘴唇下陷,都变成老太太的模样了。杜莉撇着嘴,捏起其中一颗,递给他,让他先装回去吧。可他装不回去了,因为他记不清次序了。假牙上的钢丝,刺破了他的牙床,血顺着他的拇指流了下来。

我赶紧安慰他,说文章是别人写的,人家也是出于好心,再说了,狗熊是别人打的,熊掌是别人剁的,跟你无关。我说:"想开些,啊,想开些。"我很诚恳。这么说吧,很多年我都没有这么诚恳地说过话了。我的话,他是否听进去了,我不知道,因为他两眼直瞪瞪地盯着那堆牙齿,似乎在研究它们到底是什么玩意儿。我问了他最后一个问题,就是为什么还要找唐声。他虽然已是口齿不清,但他的意思我还是听懂了。他说,唐声在电话里告诉他,应东方林场领导的要求,唐声最近要再去一次东方林场,东方林场既然有他这样爱熊如命的人,林场一定是熊鸣阵阵。杜莉的姑夫说,他这次来,就是为了劝阻唐声,千万不要再报道东方林场,至于别的林场,唐大记者你想去哪里就去哪里。而那几只熊掌,就是他送给唐大记者的礼物,顶得上三万块钱了。不过,那些熊掌并不是从东方林场的狗熊身上剁来的,而是他用白酒从俄罗斯人手中换来的。因为那是俄罗斯的狗熊,所以他并不担心它们前来向他索命。

那天下午四点多钟,我终于和唐声取得了联系。一阵寒暄之后,他非常客气地告诉我,他也看过我写的文章。原来,他正在四川卧龙大熊猫自然保护区采访,然后还要去秦岭,大约一星期后返回北京。我问最近是不是要去东方林场?他说原来打算去的,后来计划又调整了。这次返京之后,稍作休整,他就要随中国科考队奔赴北极,考察北极熊的生存状态。"我什么熊掌都吃过了,黑熊、棕熊、熊猫,熊猫就是猫熊,你知道吧?就北极熊的熊掌还没有吃过。"他说。

我告诉他,东方林场那个老人捎来的几只熊掌就放在我这里,他明天就可以来取。他立即请我看在朋友的分儿上,帮他去弄些石灰,垫到熊掌下面,给熊掌去去腥气。他还算给面子,说可以分一只给我。可是一只怎么够呢,杜莉已经拿走一只了呀。我就告诉他,我原来不知道那是送他的,所以已经约好朋友晚上来吃,一下子来了二十几个人,连厨师都请好了。他说:"那好吧,我再让你一只。剩下的那三只,一定要给我留下。那不是我要的,是中国动物新闻奖的评委托我搞的。"他几乎哀求了。

杜莉的姑夫正躺在沙发上睡觉,鼾声如雷。看来一时半刻,他也醒不过来。我拿起一只熊掌放到冰箱的最下层,用冰块压好。然后,我就去给杜莉商量,我能不能今天晚上就去上海。杜莉说:"谁反对你去上海了?上午,那不是误会吗?"她好像还巴不得我快点走:"你走了,我刚好可以静下心来补两天外语。比利时人也讲英语吗?"

为了打消杜莉的怀疑,我当着她的面给王珊打了个电话,说我可能坐晚上的飞机去上海,问她还有没有什么要交代的。王珊问我是否收到了她的短信,我就解释说,因为忙着准备出差所需的资料,所以没有顾上回复,请原谅。"我输了。"她说,"腿先出来的时候,那么细,我还以为是驴驹,可头一出来,一看,却是骡子。你说气人不气人?"忙昏头了,我竟把她和导演打赌的事给忘了。原来,她发给我的那条短信,指的就是毛驴开始生产了。不是说,谁赌输了,谁就请对方吃熊掌吗?我就考虑要不要再从阳台上拿一只,藏到冰箱里去。我听见王珊说:"我一生气,就朝骡子的脑袋踩了一脚,也只是轻轻地踩了一脚,谁知道它的脑袋那么软,一下子就扁掉了。不过,请放心,我会赔钱的。"

这时候,从客厅里传来一声吼叫,是杜莉姑夫的声音。我以为他从沙发上摔了下来,又摔倒了两颗牙。我忍住笑,从书房跑出来的时候,看见他蹲在阳台上,手里抱着那三只熊掌。他眼泪直流,就像丢了东西无法向大人交差的孩子。杜莉也走了出来。她问到底是怎么回事。我说不知道,我不知道是怎么回事。这么说的时候,我脑子飞快地盘算着,要不要编个谎话告诉他,是唐声派人把熊掌取走了。可我又怎么向他解释,唐声为什么没有全部拿走呢?不过,我很快就不用为此担心了,因为杜莉的姑夫自己有办法解决这个问题。瞧,他开始数数了,第一遍数出来是二,第二遍数出来就变成了四,第三遍数出来,太好了,一下子就变成了五十。还是杜莉说得好,照这种算法,他还得另外再找给我们一大堆熊掌呢。

2005年6月2日

平 安 夜

叫平安夜也好,不叫平安夜也罢,老秦反正都是这么过的。平安夜这天,也就是十二月二十四号晚上,六点钟一过,老秦照例又去了一趟火车站和人才市场。它们紧紧地挨在一起,就像一对连体姐妹。去的时候,老秦围着红黑相间的围巾,穿着黑呢子大衣,大衣里面掖着各种期刊、报纸和盗版的DVD光盘。那些东西把他撑得大腹便便的,有一种这个年纪的人特有的笨重、迟缓和威势。这是一种特殊的风度,容易引起别人的信任,但别人又难以模仿。十点钟左右,他乘坐地铁回到钟鼓楼。从地铁口出来的时候,那些乱七八糟的东西已经所剩无几了,他又突然显得精干了,还年轻了许多。怎么说呢,他一点都不像是已经六十一岁的人。往死里说,也就是五十岁出头的样子,如果在电视新闻中出现,他肯定被指认为第三梯队中最年轻的一员。当然,如果你碰巧遇到他压低嗓门,唱着那首英文歌曲《祝你生日快乐》,那么你的尊重就会油然而生,很可能把他看成一个回国效力的知识分子。说起来,他本来就是个知识分子,不过,他并非叶落归根远涉重洋而来,而是市郊中学的退休教师进城发挥余热。

不管怎么说,这样的一个老头确实容易让人肃然起敬。但是现在,在地铁口灯光的照射下,老秦的表情却有些古怪,似乎有那么一点猴急,有那么一点落寞,还有那么一点悲伤,其中还不乏那么一点可怜相。唉,要是能带个姑娘回来,哪怕一张报纸没卖出去,老秦又何至这样呢。

老秦的书报亭位于地铁站西边的安贞街,紧挨着人民广场和一架人行天桥,与本市赫赫有名的伊甸园歌厅隔街相望。他平时吃喝拉撒都在那个报亭里,里面有一张可以折叠的钢丝床,钢丝床下面是他的锅碗瓢勺。这会儿,走下地铁口的台阶,他才觉察到又下雪了。雪花斜着飞舞,打湿了他的围巾,搞得他的下巴都凉飕飕的。几乎毫无来由的,他突然想起来小时候每逢下雪,他就会想到棉花糖,像兔绒似的那种棉花糖。但这个念头只是一闪而逝而已,他现在想到的是,遇到这种鬼天气,铁路交通或许要瘫痪,搞不好还要火车出轨。报纸上已经有了类似的报道,当然迄今为止那还是来自国外的报道。有那么一阵子,他脑海里浮现出了火车出轨的惨剧,是中国式的火车出轨,大人哭,小孩叫,再加上路人趁火打劫。他忍不住皱起了眉头,然后像狮子狗甩头似的,使劲抖了抖,将它们从脑子里赶了出去。他更愿意去想象那些滞留在车站的旅客,年关将近了,他们的焦灼、无奈和悲伤溢于言表,必须靠他的报纸来打发难熬的时间。当然,他最乐意想象的还是那些女孩。他想象那些妙龄女子其实并不着急回家,只要城里有钱赚,家又算得了什么,更何况离春节还有一段时间,正好大干一把。怎么说呢,如果有谁把她们带走,慷慨地给她们一份工作,让她们能发上一笔横财,她们可能连春节都不愿意回家。而老秦,或者说她们的老秦叔叔,正是这样一个慷慨的人。但是刚才,她们都溜到哪里去了呢,怎么没让我给逮住呢?

通常情况下,十点以后街灯就寥若晨星了,灯光昏暗,人们只能勉强看清路径。昨天的晚报还说,有人好端端地正走着,扑通一声,就没影了,原来是掉到窨井里去了,等拉上来的时候已经冻成了冰棍。这全是黑灯瞎火给闹的。可是这一天,大街上都是少有的明亮,许多商店还在加班营业。已经关了门的,橱窗里也有灯光闪烁。走近看了,他才明白连橱窗里的石膏模特儿都在向人们祝贺"平安夜快乐"。平安夜?什么叫平安夜?老秦有点搞不明白。快到书报亭的时候,他发现广场上也是灯火通明。如果不是雪气氤氲,那简直比白昼还要亮堂了。与往常不同,虽然已近深夜,但广场上仍然人影攒动,而且不时有歌声响起。还有一帮人,此刻正聚在人行天桥上,他们也在唱歌,咿咿呀呀的,就像是一群被赶上了架的鸭子。每当有车辆经过,他们就投下雪块。那些司机非但不恼,还鸣响车笛,似乎要以此加入他们的合唱。到了书报亭,老秦看见对面伊甸园歌厅的门楣上,霓虹灯不时地闪烁着几个字:"平安夜,快乐之夜"。又是一个"平安夜"?他从来没有听说过什么平安夜,是国务院刚定下来的吗?是啊,除了兵荒马乱的年月,确实没有哪个时候比现在更不平安的了,确实很有必要提醒人们注意自身安全,最好睡觉的时候也睁一只眼,屁股后面也长上一只眼。可是,设立节日这么大的事,报纸上怎么不好好宣传宣传,使妇孺皆知,万民同乐呢?一想到万民同乐,老秦就悲从中来。他想起了自己的女儿。他的女儿携带着他的退休金,跟着她那个巧舌如簧的男人去了福建,然后偷渡到了日本,好不容易混上了岸,却在惊惧和肺病中突然死掉了。他为女儿无法过上这个让他莫名其妙的节日而伤怀。他的女儿,一个永远停留在二十五岁的姑娘,现在正在书亭的墙角朝他微笑。那是一张经过电脑扫描放大的照片,放在一只熊猫牌收录机的上面。那照片是她十多岁的时候照的,还是个黄毛丫头呢。照片上的她噘着嘴,上面都能挂上个油瓶了,眉头也紧蹙着,似乎真的为自己无法过上多年之后的这个平安夜而满肚子不乐意。

有一个胖墩墩的小伙子来到了报亭前面。那人剃着寸头,脸刮得精光,身穿皮夹克,一只金光闪闪的小十字架吊在胸前,脚蹬长筒军靴。一句话,你分不清他究竟是干什么吃的。小伙子这会儿是来打电话的。他问老秦这里有没有公用电话,同时还像出示身份证似的,向老秦亮了一下手机,意思是他的电池用完了,不得已才打公用电话的。他理解这年轻人的心思:好像是从今年春天开始的,打公用电话似乎成了穷鬼的专利。小伙子当然不愿意被别人看成穷鬼。老秦告诉这个小伙子,电话倒是有,但不是公用电话,如果真急着用,那就按公用电话收费。小伙子从皮夹克里掏出钱包,抽出一张百元大钞,啪的一声拍到了老秦的面前。看来这个人不是吃素的,老秦想。老秦装作没事似的,捏起那张钞票,然后对着灯泡照着钞票上的四个领袖头,验证那是不是假币。这时候,老秦听见小伙子在向对方祝贺节日快乐。他还听见小伙子说:"快出来,快出来,平安夜还窝在家里,不显没劲吗。"小伙子约对方在伊甸园歌厅见面。那边的人说了些什么,老秦不知道。老秦看见小伙子眉毛一挑,说:"老子刚赚一笔,想请你推油。还是一起推更有意思。"说好"不见不散"以后,小伙子又拨了另外一个电话,照例先祝贺对方节日快乐,然后问人家是否接到了他用手机发出的短信息。老秦这会儿真想问一下,平安夜到底是个什么节日。但他幸亏没问,不然小伙子连他也一块骂了。小伙子斜倚着报亭窗台上的木板,对着话筒笑了一下,是用鼻孔发出的那种笑,然后老秦就听他骂了一声SB。"S"和"B"是用英文发出来的,老秦一时都没有反应过来,后来想起报纸的副刊上常用到这两个字母,才迷登过来人家说的其实是傻×。"你真是个SB,连平安夜都不知道?亏你还是个经常出国的人。耶稣你总该知道吧,不知道你可就真成了SB了。有张碟子,《基督的最后诱惑》,你看过没有?里面的裸体镜头拍得不错,就差推油了。这会儿,我就是请你推油的,让你比基督还基督,怎么样,赏个脸吧?"小伙子说。小伙子接下来又给一个女的打了个电话。听得出来,那女的要么是他的妻子,要么是他的情人。他打电话是请假的,几乎是哀求对方准他的假。他的理由充分得不能再充分了。他说他要谈一个重要的合作项目。他一会儿谈到"双赢",一会儿谈到"全球化"和"互不干涉内政",然后又谈到"要敲他一笔",最后又谈到此事几乎是"铁板上钉钉子"。胡诌了这么一通以后,他话题一转,说到请她放心,他一定守身如玉,绝不到"那种地方"去,绝对不会,否则"让那玩意儿烂掉"。那个女的似乎提醒小伙子,今晚是平安夜,小伙子这会儿却装起了糊涂:"平安夜?什么平安夜?

咱们现在岁岁平安,夜夜平安。"现在轮到那女的骂他傻×了。老秦看见那个小伙子一下子蹦了起来,电话线都差点让他扯断了:"什么,你说我傻×?好吧好吧,我的客人来了,你说我傻×那我就傻×吧。拜拜,拜拜。"其实哪有什么客人来呀,这小伙子是急着给另外的人打电话呢。出乎老秦的意料,这一次,小伙子把电话打到了伊甸园。他对伊甸园里的人说,他就在门口,一会儿就带着人马进去了:"你先给我把把关,上面要漂亮,下面要清爽,两手都要硬,缺一不可。"

平安夜到底是怎么回事,老秦虽然没有完全听懂,但总算不是两眼一抹黑了。他娘的,原来是个洋人的节日啊。莫非平安夜就是圣诞夜?他记得去年的圣诞节就在年底,当时他还收到了女儿寄的一张贺卡,是祝贺他节日快乐的。唉,现在什么事情都在改,中国的事情改过了,再来改外国的事情。有时候是换汤不换药,但更多的时候是药不换汤也不换。比如这广场,五一节以前还叫明珠广场,过五一节的时候搞一帮戴着红袖箍的老太太在上面扭扭秧歌,然后就改叫人民广场了。多铺一块砖了吗?没有。多种一棵树了吗?也没有。对面的歌厅也是,三八节以前还叫大观园,就因为扫黄的时候被查封了一次,过一星期再开业的时候,就改叫伊甸园了,其实小姐还是那些小姐,要说有什么不同,那就是新来了一些小姐,而最大的变化也不过是十一月七号那天,从东北运来了一批俄罗斯小姐罢了。小伙子打完电话,顺手拿起一份报纸看了起来。老秦想,他一定是等着找钱呢。可是刚才,老秦忘了看表了。他就问小伙子:"喂,先生,该找你多少钱呢?"小伙子从报纸上抬起脸,一边挖着鼻孔,一边和他说话:"老先生,你说呢?"因为挖鼻孔,小伙子有些瓮声瓮气的。也不知道怎么搞的,老秦觉得那瓮声瓮气中透着那么一种不在乎。老秦在心中揣摩,这年轻人或许是个大方的人。是啊,这几乎是肯定的,不然他不会四处打电话请人推油。老秦听里面的人说过,推油用的婴儿露都是从法国进口的,本来就够贵的了,当它们倒在小姐的掌心,再涂到人的身上的时候,它们的价格就扶摇直上了。推过油之后,再干一点别的,那几乎是肯定的。在老秦手下干过一段时间,后来到伊甸园挣大钱的一个小姐说得好,推油就是给机器膏油,而男人就是那架机器,膏了油之后就要上天了,变成飞机了。上天之后怎么办?让他落下来呀。怎么个落法呢?就是打飞机啊。但究竟什么是打飞机,就像他搞不清什么是平安夜似的,老秦也有好长时间没搞清楚。后来,又有一个姑娘从他这里去了伊甸园。那个姑娘在伊甸园里待了几天,脸皮就厚了,比砖还厚了。她脸不红心不跳地指了指老秦的裤裆,说,打飞机就是这么回事儿。老秦当时一听,吓得腿都夹紧了。当然,他现在不夹了。不但不夹了,有时他还会问那些从伊甸园里出来买报纸的人,问他们现在打一次飞机要花几张百元大钞,老秦听得直咋舌,天价啊天价,不过是两腿一岔,让小姐揪住那玩意儿让它由硬变软,撒上一泡,就相当于他老秦卖一个月报纸的收入。老秦现在看着眼前的小伙子,觉得他就是个散财童子。既然遇到了一个散财童子,何不敲他一笔呢?"敲他一笔"好像很耳热,老秦后来才想到这是小伙子打电话时说过的话。对,敲上一笔。不过,为了显示自己也是个有身份的人，不在乎这几个臭钱，老秦拉开抽屉找零的时候，故意将那些钢镚弄得哗哗作响，还故意弄几个掉到地上，连捡都不捡，同时又低声唱起了那首英文歌曲。唱了两句，他停下来，若无其事地问道："先生，你打长途没有，打了几个？"他当然知道小伙子没打长途，他一直盯着呢。他这样问，是想让小伙子知道，这是一笔糊涂账，还真是不太好算，要算只能算一个大概。小伙子如果真的是个散财童子，那就会说算了，干脆别找了。果真如此，老秦这个老油条也会处理得非常得体。他会对小伙子说："怎么能不找呢？《三大纪律八项注意》里面早就说过，买卖要公平嘛。这样吧，我看先生也是个读书人，这里的报纸啊刊物啊，你看中什么尽管拿去。"但是，他的美梦很快就破灭了。小伙子说："找我九十块。零的我就不要了。这报纸有点看头，我拿去了。喂，你说刘晓庆是不是傻×，这才关了几天呀，就什么都招了。难道她就不知道坦白从严，抗拒从宽？"在找给小伙子的一堆零钱当中，有十五块钱钢镚。他没有直接把钱交到对方手中，而是哗的一声按到那堆报纸上面。他的动作很潇洒，有点像围棋高手对弈之前猜先的意思。那些报纸堆放得参差不齐，钢镚落下去的一瞬，就有几枚钻到报缝里去了。老秦这么做的时候，并不看对方，而是望着远处的人民广场。那里不时传来几声惊叫，夸张、矫饰、放浪。这声音总能让他想起刚从这里离开的那个女孩。和前面的那几个女孩一样，她在书报亭里也只干了两个星期。她是前天离开的，也没有走远，也是到对面的歌厅发财去了。伊甸园的女领班，也就是过去叫老鸨，现在叫妈咪的，照例又付给了他一笔钱。这是照章办理，因为他和那些姑娘都是签了合同的，老鸨从他这里挖人，当然要按合同法办事，就像引进人才似的，给老秦付上一笔钱。是的，每次找到一个姑娘，老秦要做的第一件事，就是与她签订一份为期三个月的工作合同。歌厅与楼下的快餐店是同一家人开的，老秦会故意领着那姑娘到快餐店里吃饭。每次吃饭，他都会当着姑娘的面，指责那些吃完饭就上楼服务的小姐。但他的指责却往往是意味深长的，他的嘴巴往往发出一种啧啧的声音，他能从那声音中听出一丝嫉妒，甚至是羡慕。再后来，羡慕的成分会越来越大，你都能听出他是在表扬人家了，表扬人家能抓住机遇，发展经济，提前走上小康之路了。这样的耳濡目染，是很能见效的。用不了几天，在他的报亭打工的小姐就要跳槽了。前两天，那个女孩就是这样走掉的。当然，那个女孩也付给了他一笔违约金，多乎哉，不多也，三百元。这种额外收入，老秦每过一段时间就能领到一笔。遇到那种想赖钱的女孩，老秦自有办法，那就是扣下她的身份证。没有身份证，你想当个正儿八经的鸡都当不成。伊甸园的妈咪说了，加入WTO以后，一切都要与国际接轨。顾客的要求提高了，小姐的职业道德水平也必须提高，要讲究诚信，不准以大充小，欺骗顾客。顾客来了，看过脸蛋、腰肢，还可以再看小姐的身份证。据妈咪说，小姐的身份证上面，姓名和家庭住址可以用胶布贴住，但出生年月则必须向客人公开。唉，真要说起来，面前这个正埋头捡着钢镚的小伙子，真是得不偿失。老秦想，这小伙子倘若大方一些，不让他找零，他或许会把那个姑娘介绍给他。那个姑娘才上了两天班，所以他敢保证，整个伊甸园里没有哪个小姐比她更清爽了。可是现在,他都巴不得这个小伙子染上脏病了。老秦的目光越过小伙子的头顶,看着伊甸园。楼上的每扇窗户都紧闭着,厚厚的窗帘透不出一丝光亮,但它的墙壁包括楼外的停车场,却灯火通明。但是,若往楼顶上看,看到的却是沉沉黑夜。老秦就那样看着,脑子里似乎纷乱无序,又似乎是一片空白。亭子里有一只高凳,刚开始的时候,他的屁股还放在那凳子上面。他的目光有些迷离,有些发虚,有些视而不见的意思。但是渐渐的,他的屁股一点点抬了起来。与抬屁股的动作相配套,他的嘴巴也一点点张开了。当那个小伙子告诉老秦,有一只钢镚掉进了报纸下面木板的接缝里,他想再拿一份报纸的时候,老秦想都没想,抓着个东西随手就递了出去。心眼儿比针尖还细的老秦这时压根儿没有料到,他递过去的并不是报纸,而是一份画报,《环球银幕周刊》,10.8元一份的。此刻,他的全部注意力,都被一个女孩的身影吸引住了。那个女孩是坐三轮车来的,穿着红色的羽绒服。她下车以后,暂时没让三轮车走掉。她左看右看,其间还低头看着地面,似乎犹豫是否下错了车。过了一会儿,她才把车钱交给那三轮车夫。她既没有往伊甸园那边走,也没有往人行天桥那个方向走,但她又确实在走。也就是说,这个姑娘几乎是在马路中央原地踏步。老秦几乎一下子就判断出来了,这是一个涉世未深的姑娘,正好下手。当老秦想到自己应该上去叫住她的时候,他其实已经走出了书报亭,同时他听到了自己又唱起了那首英文歌曲。

对不起了姑娘,这可不能怨我,是你自己撞到枪口上来了。老秦向她走过去的时候,在心里面嘀咕了这么一句。到了姑娘跟前,他侧身站在姑娘和伊甸园之间,这样一来伊甸园里的人就别想看见她了。那里的妈咪眼睛比狗鼻子都尖,要是让她看见了,那就要扯皮了:这人到底是谁找来的?老秦咽了口唾沫,使出他用过了无数次的口吻对姑娘说:"大叔看见你站在这里,是不是在等什么人。冷呵呵的,你先到报亭坐一会儿吧。"他指了指自己的报亭。报亭上面的几个字,被对面的灯光照得清清楚楚:小铃铛。他对姑娘说:"看见了吧,就是那个小铃铛。我的女儿名叫玲玲,所以她给报亭起名叫小铃铛。"这么说的时候,他还没有看见姑娘的脸。姑娘对他的话好像感了兴趣,歪头看了一下报亭。当她的头重新歪过来,朝他微笑的时候,老秦终于看见了她的脸。那是一张孩子的脸,大约十八九岁的样子,粉嘟嘟的。那一瞬间,他觉得这姑娘长得太美了,不,还不是那种超凡脱俗的美,而是那种尚不知道什么叫凡俗,几乎是与世隔绝的美。这姑娘还吸溜起了鼻涕,吸溜过之后似乎有些不好意思了,微微地低下了头。这吸溜鼻涕的声音,他也觉得非常好听,就像女儿小时候咬自己的小脚丫的声音。这一切就跟做梦似的,可他什么时候做过这样的梦呢?好像从来没有。即便是在女儿死后,他也只是梦见过她的坟头,听到她在坟墓里的哭泣。他娘的,我从来没有做过一个好梦,半个也没有,每次醒来都吓得浑身是汗,湿淋淋的就像个落汤鸡。有那么一次,他倒是做了一个好梦。他梦见自己终于攒够了钱,坐船到了日本,挖开了女儿的坟头,看到了女儿的骨殖。他在梦中捧着女儿的骨殖,重新坐上船。望着船头犁开的波浪,想着女儿终于回到了自己的身边,他本该高兴的,却突然哭了起来,都把自己哭醒了。这会儿,当姑娘再次抬起头的时候,他看到姑娘长长的眼睫毛上落了几片雪花,既是毛茸茸的,又是晶莹透亮的,有一种不可思议的神秘的美。老秦突然结巴起来了。他再次提起了自己的女儿:"玲玲,我的女儿名叫玲玲,我是替她看摊的。"这是怎么了?终其一生,老秦都没有这么紧张过。漂亮女孩他也不是没见过,每天给他送报的那个姑娘就很漂亮,那个姑娘刚从邮电学校毕业,刚学会骑自行车。有一次,她没有刹住车闸,一头撞到了老秦的怀里。老秦扶她的时候,不知道怎么回事,一只手就进去了,抓住了她胸罩的带子,都把它扯断了。当时他不但没有紧张,反而还觉得自己有点笨了。是啊,胸罩有什么好抓的,要抓胸罩里面的东西,哪怕为此挨上一通训呢。后来,他可以随便和她开玩笑了,如果你送给她一支蛋卷冰淇淋,那么你摸摸她的脸蛋似乎也不是什么难事。当年与玲玲的妈妈相亲的时候,他也不知道紧张是什么滋味。当时他夸夸其谈,从革命样板戏中的柯湘谈到大寨的铁姑娘队长郭凤莲,从《炮打司令部》谈到修正主义的头目赫鲁晓夫。他谈得唾沫星子乱飞,嘴角都起了白沫,把老丈人给唬得一愣一愣的。可是眼下,面对这个素不相识的姑娘,他竟然有些结巴起来了。这太突然了,真是出其不意,攻其不备。现在,他一边后退,一边继续结巴:"我、我走了,真冷啊。冷、冷、冷、冷死了。"他还拍着自己的脸,好像自己的老皮老脸很容易上冻似的。而那个姑娘呢,此刻扑闪着长长的眼睫毛,显然是不明其意。别说她了,连老秦自己都不知道自己搞的是什么鬼名堂了。他就那样后退着,平展的雪地似乎也变得坑坑洼洼起来,以致他一个趔趄,几乎要摔倒了。怎么说呢,他本来就要站住了,可当那姑娘去拉他胳膊的时候,他越是极力想站稳,越是脚跟发软。他肚皮朝上,一下子飘了起来,如同腾云驾雾一般。但是随后,他就结结实实地落到了大地上。落地之后,他感到自己又被弹了起来。弹起来的时候轻盈如鸟的羽毛,再落下去的时候,就像死狗一样沉重了。

究竟是怎样回到报亭的,老秦已经想不起来了。他只记得姑娘拉住他的手,把他往报亭的方向拖。姑娘的手柔若无骨,就像一朵棉花糖,兔绒一般的棉花糖。他还突然想起来,女儿小时候最爱吃的,除了爆米花,就是棉花糖,她喜欢让额前的刘海上粘着棉花糖,然后到小伙伴家里串门。渐渐地,他感到自己的嘴里有一股子甜丝丝的味道。他不由得嚼起了嘴巴。嚼着嚼着,他就嚼出了一股子腥味,是血腥味。当他一个激灵醒过来的时候,他又感到天旋地转,身下的那张钢丝床就像旋转的飞毯似的。而那个姑娘此刻就坐在他面前的凳子上,正俯着脸看他。连姑娘的鼻息他都感到了,甜丝丝的,没错,就像棉花糖的气息。"你就像喝醉了酒,"那姑娘说,"老头一喝醉,就像个孩子。""要我看,就像一条癞皮狗。"有一个人说。那声音是从报亭外面传进来的。老秦听出来了,他就是打电话的那个小伙子。他怎么还没有滚呢。小伙子这会儿又对姑娘说:"这个糟老头子最会缠人了,别让他缠住你。好端端的一个平安夜,别让这老头给搅了。"老秦真想告诉姑娘,今天他没有喝酒。他还是昨天喝的酒。昨天，他向伊甸园的妈咪讨要合同上说好的那三百元钱的时候，妈咪请他喝了一次酒，还让两个小姐陪着他喝。其中的一个，就是刚刚离开他的报亭的那个小姐。他们几个人喝了一瓶，那酒有一种掺了陈醋的过期黄酒的味道。可妈咪却说，那是地道的法国干红，只要拿进伊甸园的门，它就价值两千元。要按人头算下来，即便是给他打八折，他也起码得付五百元，再加上有小姐作陪，没有一千元别想拍屁股走人。他娘的，依妈咪的意思，没让他另外付钱，就已经是高抬贵手了。这会儿，老秦用拳头顶着腰坐了起来。他要给姑娘倒水，只有他知道那个水壶放在钢丝床下。坐起来以后，他看见那个小伙子仍然站在亭子外边。老秦不由得心头一惊：莫非这姑娘就是伊甸园的妈咪临时从家里唤来的？用妈咪的话来说，这就是她辛辛苦苦建立起来的候选人制度。果真如此，那么亭子外的小伙子此刻就是这姑娘的客人。他的脑子一时乱了，手都有些不听使唤了，水都倒在杯子的外面，堆放在地上的报纸都被浇湿了。但很快的，他就发现他误解了那姑娘。他看出来了，无论那小伙子的舌头怎样翻动，怎样向姑娘使眼色，姑娘都不愿意搭理。后来，老秦听到外面一阵喧哗，原来是小伙子约请的人到齐了。当他们离开的时候，老秦看见那姑娘长长地舒了一口气。接下来，他听见姑娘对他说："我在这里找一个人。大叔，真让你说准了，我就是找人的。""你一出现，我就看出来了。"老秦说。"你真的看出来了？""骗你是小狗。"老秦说。当狗就行了，还要当"小狗"，和姑娘在一起，老秦感到自己真的年轻了，都自动降低辈分了。他还注意到，每过几分钟，姑娘就朝外面看一眼。他想，莫非她找的是自己的男朋友？有这么好的女孩在身边，那个男的怎么还会到那种地方鬼混呢？待会儿，那个男孩出来了，我一定骂他一通。想归这么想，他还是对姑娘说："今天不是平安夜吗，他或许和几个朋友在里面唱歌呢。到这种地方的人，不见得都是做那种事的。那里面可以喝茶、唱歌、洗澡、看电影、看电视。像你这样的好姑娘，找的一定是个好男孩。他不会背着你，干那种见不得人的事的。"老秦说。姑娘捂着嘴笑了。她没谈自己的朋友，突然问他："你的女儿呢？她一定也是个好姑娘。那是她的照片吧？你看她噘着嘴，一定是个调皮的姑娘。"这一下轮到老秦苦笑了。"你等一等。"老秦说着，将那张照片取下来，看了看，放到一边，然后打开了那个熊猫牌放录机。一阵刺刺啦啦的噪音过后，响起来一个女孩的歌声，《祝你生日快乐》。姑娘听着听着，扑哧一声笑了出来。但看到老秦听得那么用心，姑娘先把脸扭到一边，做出陪他听的样子。好不容易听完了，姑娘说："她的嗓子很好，可好多地方都唱错了。"她说，"看样子她只有十来岁吧，该叫我姐姐的，哪天我教教她。""你也会唱这首歌？""我在私人幼儿园教英语。"那姑娘说，"我的学生们都会唱这首歌。"这么说，玲玲真的是唱错了。可是自从女儿跟着那个男人走掉以后，这首歌就成了他唯一的安慰。这是去年冬天他生日的时候，女儿给他唱的歌。那一天，女儿给他过生日，派一个车把他接到鼓楼饭店。进了包间他才知道，开车接他的那个中年男人，那个巧舌如簧，嘴皮子乱翻的家伙就是她的男友。那个叼着粗大的雪茄，梳着国家领导人似的大背头，抽烟的时候胳膊肘平端着，端到嘴唇的高度。女儿和那人手上各戴着一枚戒指,连上面的绿宝石都是一样的,就像鹦鹉的一双眼睛。那天他喝多了。他记得蜡烛点起来的时候,女儿和那个男人,给他唱了这首歌。几天之后,女儿把这个书报亭留给他,跟着男人去了福建,只给他留下了这盘磁带。这些事当然不能给姑娘讲。他也不能告诉她,他的女儿已经死了,他费尽心机地赚钱,只为了能接回女儿的骨殖。他只能模棱两可地说:"她要是早点认识你就好了。"他没想到,姑娘会那么不好意思,不过,只停了那么一会儿,姑娘的羞涩就变成了调皮:"她可能是故意唱错的,反正你又听不懂。你刚才在路上唱这首歌的时候,我都听出来了,你真是在瞎唱。"姑娘说这话的时候,有点得理不让人的劲头,就像个骄傲的小公主。老秦真是打心眼里喜欢上了这个姑娘,简直要迷死了。姑娘仍然不时地朝伊甸园的方向看着。似乎她还在等待那个人,而那个人却像老鼠怕猫似的,永远也不敢出来了。老秦想,那个小混蛋最好永远不出来,这样,他就可以和这个可爱的姑娘一直待下去。她简直比他的女儿还惹人疼。但同时,他又盼望着那个小混蛋早点出来,因为他不忍心看着这个姑娘被人伤害。"你的男朋友是个球迷吗?里面可能正转播球赛呢。通常情况下,球赛很晚才会结束。"老秦说。"男朋友?"那姑娘又笑了起来,"我的男朋友在国外。明年我要到美国去了。他要我去陪读。我不要他的钱,我要自己攒够路费,学费。""那你要找谁呢?""找一个好心的老人。"那姑娘先是犹豫了一会儿,然后鼓起了勇气说,"是一个朋友让我来的。那个朋友原来是我的同事。如果我没搞错的话,她以前都是从你这里给我打的电话。她也出国了,不过不是去美国,而是去了英国。现在正在利物浦过着平安夜呢。她打电话给我说,这里有个小铃铛报亭,是个老人开的。她说,只要在那个报亭打上几天工,老人就可以帮你找到最好的工作。她说了,他是这世上最热心的人。叔叔,她说的不就是你吗?""我?"老秦的眉毛都竖了起来。"是啊,你不就是那个好心的人吗?"姑娘说。她好像不习惯当面奉承人,所以说这话的时候,还用一张报纸遮住了脸。"我?不是我——"老秦突然喊了起来。他的嗓音那么大,吃奶的力气都使出来了。那个姑娘被吓了一跳,紧紧地抓住了一张报纸,把里面的一张彩页都揉成了团。"那不是我。我不是老秦,老秦不是我。"老秦几乎是捶胸顿足了。他还突然拉起了姑娘的手,要把她拽到门外。姑娘吃惊的目光中,有一种哀求,哀求他让她留下。而他,此刻却逃出了那个报亭。他的嘴巴仍没有闲着,但声音已经变得非常微弱了。"我不是我。"他说。他反复地说他不是他。他的身体堵住了报亭的小门,好像担心那个女孩现在就从报亭里出来,跑到街的对面去。报亭之外,璀璨的灯火,照亮了他慢慢倒下去的身影。他仰面倒下去的时候,他最后看到天空昏暗,像一个巨大的锅盖,但是他身边的大街上依然光辉灿烂。他可能不知道,当然他永远也不可能知道了,从这一天开始,不光在汉州,在任何一座城市,那灯光要一直从这个西方的平安夜亮到举世瞩目的元旦之夜,还要亮到中国的除夕之夜,中国的元宵节。

它来到我们中间寻找骑手

一九八五年的暑假,我带着一本《百年孤独》从上海返回中原老家。它奇异的叙述方式一方面引起我强烈的兴趣,另一方面又使我昏昏欲睡。在返乡的硬座车厢里,我再一次将它打开,再一次从开头读起。马贡多村边的那条清澈的河流,河心的那些有如史前动物留下的巨蛋似的卵石,给人一种天地初开的清新之感。用埃利蒂斯的话来说,仿佛有一只鸟,站在时间的零点,用它的红喙散发着它的香甜。

但马尔克斯的叙述的速度是如此之快,有如飓风将尘土吹成天上的云团:他很快就把吉卜赛人带进了村子,各种现代化设施迅疾布满了大街小巷,民族国家的神话与后殖民理论转眼间就展开了一场拉锯战。《裸者与死者》的作者梅勒曾经感叹,他费了几十页的笔墨才让尼罗河拐了一个弯,而马尔克斯只用一段文字就可以写出一个家族的兴衰,并且让它的子嗣长上了尾巴。这样一种写法,与《金瓶梅》《红楼梦》所构筑的中国式的家族小说显然迥然不同。在中国小说中,我们要经过多少回廊才能抵达潘金莲的卧室,要有多少儿女情长的铺垫才能看见林黛玉葬花的一幕。当时我并不知道,一场文学上的"寻根革命"因为这本书的启发正在酝酿,并在当年稍晚一些时候蔚为大观。

捧读着《百年孤独》,窗外是细雨霏霏的南方水乡,我再次感到了昏昏欲睡。我被马尔克斯的速度拖垮了,被那些需要换上第二口气才能读完的长句子累倒了。多天以后,当我读到韩少功的《爸爸爸》的时候,我甚至觉得它比《百年孤独》还要好看,那是因为韩少功的句子很短,速度很慢,掺杂了东方的智慧。可能正是由于这个原因,当时有些最激进的批评家甚至认为,《爸爸爸》可以与《百年孤独》比肩,如果稍矮了一头,那也只是因为《爸爸爸》是个中篇小说。我还记得,芝加哥大学的李欧梵先生来华东师大演讲的时候,有些批评家就是这么提问的。李欧梵先生的回答非常干脆,他说,不,它们还不能相提并论。如果《百年孤独》是受《爸爸爸》的影响写出来的,那就可以说《爸爸爸》足以和《百年孤独》比肩。这个回答非常吊诡,我记得台下一片叹息。

我的老家济源,常使我想起《百年孤独》开头时提到的场景。在我家祖居的村边有一条名叫沁水的河流,"沁园春"这个词牌名就来自于这条河流,河心的那些巨石当然也如同史前动物的蛋。每年夏天涨水的时候,河面上就会有成群的牲畜和人的尸体。那些牲畜被排空的浊浪抛起,仿佛又恢复了它的灵性,奔腾于波峰浪谷。而那些死人也常常突然站起,仿佛正在水田里劳作。这与"沁园春"这个词牌所包含的意境自然南辕北辙。我在中国的小说中并没有看到过关于此类情景的描述,也就是说,我从《百年孤独》中找到了类似的经验。我还必须提到"济源"这个地名。济水,曾经是与黄河、长江、淮河并列的四条大河之一,史称"四渎",即从发源到入海,激滟万里,自成一体。济源就是济水的发源地,但它现在已经干涸,在它的源头只剩下一条窄窄的臭水沟,一丛蒲公英就可以从河的这一岸蔓延到另一岸。站在一条已经消失了的河流的源头,当年百舸争流、渔歌唱晚的景象真是比梦幻还要虚幻,一个初学写作者紧蹙的眉头仿佛在表示他有话要说。事实上,在漫长的假期里,我真的雄心勃勃地以《百年孤独》为摹本,写下了几万字的小说。我虚构了一支船队顺河漂流,它穿越时空,从宋朝一直来到八十年代,有如我后来在卡尔维诺的一篇小说《恐龙》看到的,一只恐龙穿越时空,穿越那么多的平原和山谷,径直来到二十世纪的一个小火车站。但这样一篇小说,却因为我祖父的话而有始无终了。

假期的一个午后,我的祖父来找我谈心,他手中拿着一本书。他把那本书轻轻地放到床头,然后问我这本书是从哪里搞到的。就是那本《百年孤独》。我说是从图书馆借来的。我还告诉他,我正要模仿它写一部小说。我的祖父立即大惊失色。这位延安时期的马列学员,到了老年仍然记得很多英文和俄文单词的老人,此刻脸涨得通红,在房间里不停地踱着步子。他告诉我,他已经看完了这本书,而且看了两遍。我问他写得好不好。他说,写得太好了,这个人好像来过中国,这本书简直就是为中国人写的。但是随后他又告诉我,这个作家幸好是个外国人,他若是生为中国人,肯定是个大右派,因为他天生长有反骨,站在组织的对立面;如果他生活在延安,他就要比托派还要托派。"延安""托派""马尔克斯""诺贝尔文学奖""反骨""组织",当你把这些词串到一起的时候,一种魔幻现实主义的味道就像芥末一样直呛鼻子了。"把你爸爸叫来。"他对我说。我的父亲来到的时候,我的祖父把他刚才说过的话重新讲了一遍。我父亲将信将疑地拿起那本书翻了起来,但他拿起来就没有放下,很快就津津有味地看了进去。我父亲与知青作家同龄,早年也写过几篇小说,丰富的生活一定使他从中看到了更多的经验,也就是说,在他读那本书的时候,他是身心俱往的,并且像祖父一样目夺神移。不像我,因为经验的欠缺,注意的只是文学技巧和叙述方式。我的祖父对我父亲的不置一词显然非常恼火。祖父几乎吼了起来,他对我父亲说:"他竟然还要模仿人家写小说,太吓人了。他要敢写这样一部小说,咱们全家都不得安宁,都要跟着他倒大霉了。"

祖父将那本书没收了,并顺手带走了我刚写下的几页小说。第二天,祖父对我说:"你写的小说我看了,跟人家没法比。不过,这也好,它不会惹是生非。"我的爷爷呀,你可知道,这是我迄今为止听到的对我的小说最为恶劣的评价? 祖父又说:"尽管这样,你还是换个东西写吧。比如,你可以写写发大水的时候,人们是怎样顶着太阳维修河堤的。"我当然不可能写那样的小说,因为就我所知,在洪水漫过堤坝的那一刻,人们纷纷抱头鼠窜。当然,有些事情我倒是很想写一写的,那就是洪水过去之后,天上乱云飞渡,地上烂泥腥臭,河滩上的尸体在烈日下会发出沉闷的爆炸声,不是"轰"的一声响,而是带着很长的尾音:"噗——"艾略特在一首诗里说,这是世界毁灭的真实方式:它不是"砰"的一声,而是:

"噗——"两年以后,我的祖父去世了。我记得合上棺盖之前,我父亲把一个黄河牌收音机放在了祖父的耳边。从家里到山间墓地,收音机里一直在播放党的十三大即将召开的消息,农民们挥汗如雨要用秋天的果实向十三大献礼,工人们夜以继日战斗在井架旁边为祖国建设提供新鲜血液。广播员激昂的声音伴随着乐曲穿过棺材在崎岖的山路上播散,与林中乌鸦呱呱乱叫的声音相起伏——这一切,多么像是小说里的情景,它甚至使我可耻地忘记了哭泣。但是二十年过去了,关于这些场景,我至今没写过一个字。当各种真实的变革在谎言的掩饰下悄悄进行的时候,我的注意力慢慢集中到另外的方面。但我想,或许有那么一天,我会写下这一切,将它献给沉睡中的祖父。而墓穴中的祖父,会像马尔克斯曾经描述过的那样,头发和指甲还在生长吗?

据说马尔克斯不管走到哪里都要带上博尔赫斯的小说。马尔克斯是用文学介入现实的代表,而博尔赫斯是用文学逃避现实的象征。但无论是介入还是逃避,他们和现实的紧张关系都是昭然若揭的。在这一点上,中国读书界或许存在着普遍的误读。马尔克斯和博尔赫斯,对二十世纪八十年代中期以后的中国文学,产生了巨大的影响。对知青文学和稍后的先锋文学来说,它们是两尊现代和后现代之神。但这种影响主要是叙述技巧上的。就像用麦芽糖吹糖人似的,对他们的模仿使"八五新潮"以后的中国小说迅速成形,为后来的小说提供了较为稳固的"物质基础"。但令人遗憾的是,马尔克斯和博尔赫斯与现实的紧张关系,即他们作品中的那种反抗性，并没有在模仿者的作品中得到充分的表现。

当博尔赫斯说，玫瑰就存在于玫瑰的字母之内，而尼罗河就在这个词语里滚滚流淌的时候，"玫瑰"就在舟楫上开放，沉舟侧畔病树枯死。而说博尔赫斯的小说具有反抗性，这似乎让人难以理解，但是，那一尘不染的文字未尝不是出于对现实的拒绝和反抗，那精心构筑的迷宫未尝不是出于对现实的绝望。它是否定的启示，是从迷宫的窗户中伸向黑夜的一只手，是薄暮中从一炷香的顶端袅袅升起的烟雾。也就是说，在博尔赫斯笔下，"玫瑰"这个词语如同里尔克的墓志铭里所提到的那样，是"纯粹的矛盾"，是用介入的形式逃避，用逃避的形式介入。这也就可以理解，博尔赫斯为什么向往边界生活；经常在博尔赫斯的玫瑰街角出现的，为什么会是捉对厮杀的硬汉；硬汉手中舞动的为什么会是带着血槽的匕首。我非常喜欢的诗人帕斯也曾说过，"博尔赫斯以炉火纯青的技巧，清晰明白的结构对拉丁美洲的分散、暴力和动乱提出了强烈的谴责"。如果博尔赫斯的小说是当代文学史上的第一只陶罐，那么它本来也是用来装粮食的，但后来者往往把这只陶罐当成了纯粹的手工艺品。还是帕斯说得最好，他说一个伟大的诗人必须让我们记住，我们是弓手，是箭，同时也是靶子，而博尔赫斯就是这样一个伟大的诗人。我曾经是博尔赫斯的忠实信徒，并模仿博尔赫斯写过一些小说。除了一篇小说，别的都没能发表出来，它们大概早已被编辑们扔进了废纸篓。虽然后来的写作与博尔赫斯几乎没有更多的关系，但我还是乐于承认自己从博尔赫斯的小说里学到了一些基本的小说技巧。对初学写作者来说，博尔赫斯有可能为你铺就一条光明大道。他朴实而奇崛的写作风格,他那极强的属于小说的逻辑思维能力,都可以增加你对小说的认识,并使你的语言尽可能地简洁有力,故事尽可能地有条不紊。但是,对于没有博尔赫斯那样的智力的人来说,他的成功也可能为你设下一个万劫不复的陷阱,使你在误读他的同时放弃跟当代复杂的精神生活的联系,在行动和玄想之间不由自主地选择不着边际的玄想,从而使你成为一个不伦不类的人。我有时候想,博尔赫斯其实是不可模仿的,博尔赫斯只有一个。你读了他的书,然后离开,只是偶尔回头再看他一眼,就是对他最大的尊重。我还时常想起,在一九八六年秋天发生的一件小事。中国的先锋派作家的代表人物马原先生来上海讲课。当时,我还是一个在校学生,我小心翼翼地向马原先生提了一个问题,问博尔赫斯在何种程度上影响了他的写作,他对博尔赫斯的小说有着怎样的看法。我记得马原先生说,他从来没有听说过博尔赫斯这个人。当时小说家格非先生已经留校任教,他在几天之后对我说,马原在课下承认自己说了谎。或许在那个时候,博览群书的马原先生已经意识到,博尔赫斯有可能是一个巨大的陷阱?

韩少功先生翻译的《生命中不能承受之轻》在相当长的时间里曾经是文学青年的必读书。但时过境迁,我已经不再喜欢米兰·昆德拉的饶舌和扬扬自得,因为我从他的饶舌与扬扬自得之中读出了那么一些——我干脆直说了吧,读出了一些轻佻。在以消极自由的名义下,与其说"轻"是不可承受的,不如说是乐于承受的。而在"重"的那一面,你从他的小说中甚至可以读出某种"感恩",那是欢乐的空前释放,有如穿短裙的姑娘吃了摇头丸之后在街边摇头摆尾——与其相关,我甚至在昆德拉的小说中读出了某种"女里女气"的味道。更重要的是,所谓的"道德延期审判"甚至有可能给类似语境中的写作者提供了某种巧妙的说辞,一种美妙的陈词滥调。

但我仍然对昆德拉保留着某种敬意。经由韩少功先生,昆德拉在中国的及时出现,确实提醒中国作家关注自身的语境问题。如果考虑那个时候的中国作家正丢车保卒般地学习罗布·格里耶和博尔赫斯的形式迷宫,即如何把罗布·格里耶对物象的描写转变为单纯的不及物动词,把隐藏在博尔赫斯的"玫瑰"那个词当中的尼罗河那滚滚波涛转变为寸草不生的水泥迷宫,我们就有必要对昆德拉的出现表示感激。而且据我所知,关于"个人真实性"的问题,即便在此之前有过哲学上的讨论,那也仅仅是在哲学领域悄悄进行,与文学和社会学没有更多的关联。因为昆德拉的出现,个人真实性及其必要的限度问题,才在中国有了公共空间之内的讨论、交流和文学表达的可能。

昆德拉还是一个重要的跳板,一个重要的跷跷板。他的同胞哈韦尔经由崔卫平女士的翻译在稍晚一些时候进入中国读者的视阈。当然,哈韦尔在一九八九年的"天鹅绒革命"中的粉墨登场——如同约瑟夫·K进入了城堡,戈多突然出现在了流浪汉面前——也加速了他在中国的传播。虽然伊凡·克里玛说过"政治"一直是哈韦尔激情的重心,但我并不认为哈韦尔在此之前的写作、演讲和被审讯,是围绕着那个重心翩翩而起的天鹅舞。我读过能找到的哈韦尔的所有作品,他的随笔和戏剧。与贝克特等人的戏剧相比,他的戏剧的原创性自然要大打折扣,但我感兴趣的是他对特殊的语境的辨析能力,以及辨析之后思想的行动能力。在失去发展的原动力而只是以僵硬的惯性向前滑动的后极权制度下,恐怕很少有人能像哈韦尔那样如此集中地体会到生活的荒诞性。

吃盐不成,不吃盐也不成;走快了要出汗,走慢了要着凉;招供是一种背叛,不招供却意味着更多的牺牲——这是自加缪的《正义者》问世以来,文学经验的一个隐蔽传统。哈韦尔自然深知其味。人性的脆弱、体制的谎言性质以及反抗的无能,共同酿就了那杯窖藏多年的慢性毒酒——更多的时候,人们有如身处埃舍尔绘画中的楼梯而不能自拔。哈韦尔品尝到了这杯慢性毒酒的滋味。他并没有因为上帝发笑就停止思索,也没有因为自己发笑就再次宣布上帝死了。他致力于像刺穿脓包似的穿透其中的荒诞感,并坚持使用正常和严肃的方式来对待这个世界。然而,令人感到奇怪的是,昆德拉的小说可以在中国大行其道,并塞满出版商的腰包,但一个以正常和严肃的行为方式对待世界的哈韦尔却只能以"地下"的方式传播。我知道许多人会说这是因为哈韦尔后来在世俗意义上的"成功"使然,但我们不妨换个方式来思考这个问题:对一个越来越不严肃的时代来说,严肃的思维和行为方式仿佛就是不赦之罪。

卡夫卡与荒诞派戏剧所造就的文学经验,在哈韦尔的随笔和戏剧中得到了传承。对后来的写作者来说,哈韦尔其实开辟了另外一条道路,即对复杂语境中的日常生活事实的精妙分析。路边的标语牌，水果店老板门前的条幅，啤酒店老板的絮语，这些日常生活中常见的景象，都成了哈韦尔表达和分析的对象。

当代小说，与其说是在讲述故事的发生过程，不如说是在探究故事的消失过程。传统小说对人性的善与恶的表现，在当代小说中被置换成对人性的脆弱和无能的展示，而在这个过程中，叙述人与他试图描述的经验之间，往往构成一种复杂的内省式的批判关系。无论是昆德拉还是哈韦尔，无论是索尔·贝娄还是库切，几乎概莫能外。

当然，这并不是说马尔克斯式的讲述传奇式故事的小说已经失效，拉什迪的横空出世其实已经证明，这种讲述故事的方式在当代社会中仍然有它的价值。但只要稍加辨别，就可以发现马尔克斯和拉什迪这些滔滔不绝的讲述故事的大师，笔下的故事也发生了悄悄的转换。在他们的故事当中，有着更多的更复杂的文化元素。以拉什迪为例，在其精妙绝伦的短篇小说《金口玉言》中，虽然故事讲述的方式似乎并无太多新意，但故事讲述的却是多元文化相交融的那一刻带给主人公的复杂感受。在马尔克斯的小说中，美国种植园主与吉卜赛人以及西班牙的后裔之间也有着复杂的关联，急剧的社会动乱、多元文化之间的巨大落差、在全球化时代的宗教纠纷，使他们笔下的主人公天然地具备了某种行动的能力，个人的主体性并没有完全塌陷。他们所处的文化现实既是历时性的，又是共时性的，既是民族国家的神话崩溃的那一刻，又是受钟摆的牵引试图重建民族国家神话的那一刻。而这几乎本能地构成了马尔克斯和拉什迪传奇式的日常经验。

我个人倾向于认为，可能存在着两种基本的文学潮流，一种是马尔克斯、拉什迪式的对日常经验进行传奇式表达的文学，一种是哈韦尔、索尔·贝娄式的对日常经验进行分析式表达的文学。近几年，我的阅读兴趣主要集中在后一类作家身上。我所喜欢的俄国作家马卡宁显然也属于此类作家——奇怪的是，这位作家并没有在中国获得应有的回应。在这些作家身上，人类的一切经验都将再次得到评判，甚至连公认的自明的真理也将面临着重新的审视。他们虽然写的是没有故事的生活，但没有故事何尝不是另一种故事？或许，在马尔克斯看来，这种没有故事的生活正是一种传奇性的生活。谁知道呢？我最关心的问题是，是否存着一种两种文学潮流相交汇的写作，即一种综合性的写作？我或许已经在索尔·贝娄和库切的小说中看到了这样一种写作趋向。而对中国的写作者来说，由于历史的活力尚未消失殆尽，各种层出不穷的新鲜的经验也正在寻求着一种有力的表达，如布罗茨基所说，"它来到我们中间寻找骑手"，我们是否可以说有一种新的写作很可能正在酝酿之中？关于这个话题，我可能会有更多的话想说，因为它在相当长一段时间内成了我思维交织的中心，最近对库切小说的阅读也加深了我的这种感受。但这已经是另外一个话题了，是另一篇文章的开头。我只是在想，这样一种写作无疑是非常艰苦的，对写作者一定提出了更高的要求。面对着这样一种艰苦的写作，从世界文学那里所获得的诸多启示，或许会给我们带来必要的勇气和智慧。我再一次想起了从祖父的棺材里传出来的声音,听到了山林中的鸟叫。我仿佛也再次站到了一条河流的源头,那河流行将消失,但它的波涛却已在另外的山谷回响。它是一种讲述,也是一种探究;是在时间的缝隙中回忆,也是在空间的一隅流连。

局内人的写作

今年早些时候,我又重读了加缪的《局外人》。因为写作一篇小说的缘故,这次我最关心的是作者的肺病和写作的关系。在相当长的时间里,肺结核一直是文学的潜在主题。从来没有哪种疾病像肺结核那样和文学那么亲近,它活像是文学的结发妻子和情人。用一枚书签随意挑开世界文学史脆黄的册页,我们几乎都能从中看到结核病患者那艳若桃花的形象。我没有说出"痨病鬼"这个词,是因为考虑到鲁迅、郁达夫、瞿秋白、卢梭、卡夫卡、契诃夫、加缪等人都属于结核病一族;而托马斯·曼笔下的肺病患者的集散地魔山风景宜人,小仲马的茶花女和曹雪芹的林黛玉,都能使人茶饭不思。如果我说没有肺结核,整个世界文学史就得重写,那这话似乎并不为过。看来,决定世界文学史目前的格局的,与其说是因为文学大师的辛劳,倒不如说是由于小小的结核病菌的过于勤勉。结核病患者脸上的红云,就是文学天空中的朝霞和夕阳。

加缪第一次被发现患有肺病是在一九三〇年,其右肺呈现干酪样结核。在对结核病症状的描述上,除了经常提到咳嗽和咯血令人感到不适之外,所用的词语大都带着某种优雅、温暖的气质,此处的"干酪"一词就是个例证。那年他十七岁,是哲学班的学生,兼一支业余足球队的守门员。检查出其肺病的是一家贫民区医院,这与肺病发生的境况相适宜,因为肺病的发生通常与贫穷联系在一起,就像现在的艾滋病总是被人看成是饱暖思淫欲的后果。它使加缪第一次体验到了荒谬——生命的大幕刚刚拉开,死神就降临了。是的,在青霉素出现之前,肺病就是一种不治之症。你无法求助于医生,因为医生只能给你带来更为致命的疾病:胆怯、懦弱、轻信和对死亡的恐惧。《圣经·申命记》里说,在形形色色的疾病中,上帝曾挑选肺结核来惩罚人类,可见其功效等同于洪水。在早于《局外人》写成的《婚礼》一文中,加缪写道,一个年轻人"还不曾琢磨过死亡和虚空,但他却品尝到了它所带来的可怖的滋味","没有比疾病更可鄙的事物了,这是对付死亡的良药,它为死亡做着准备。它创造了一种见习过程,在这个见习阶段要学会自我怜悯。它支持着人为摆脱必死的命运所作的努力"。从他最早的言谈中,我或可听到与海德格尔"向死而生"相似的声音。四年之后,结核病菌再次光顾新婚不久的加缪的左肺。如果说加缪以前的自我疗养等同于西绪弗斯推巨石上山的话,那么此刻,巨石再次从山顶滚了下来,那些散乱的碎石子像结核病菌一样四下飞窜。

在苏姗·桑塔格所著的《疾病的隐喻》一文中,她引证《牛津英语词典》说明,肺结核的同义词即是"耗损":血量减少,紧接着是耗损和销蚀。词源学表明,肺结核曾被认为是一种反常的挤压,"结核"一词源于拉丁文 tuberculum,即 tuber(隆起、胀起)的小词缀。"耗损"一词给人一种慢死的假象,它使得病人在时间的流程中不得不接受这种命运的安排,并不断滋生求生的欲望。我可以理解鼓胀所带给人的那种硬块的感觉,它在无限的虚空中凝聚为一种坚硬和柔软相并存的存在经验,有如一块霉变着的麦芽糖。一九三七年,即加缪开始构思并写作《局外人》的那一年的八月,他作为巴黎的一名局外人来到了巴黎。他对巴黎的印象似乎是美好的:"这里充满温情,感动人心。猫,孩子们,还有悠闲的市民。到处都是灰色,天空亦如此。那一排排的石头建筑,那些随处可见的水塘。"到了一九四〇年,即《局外人》完稿的那一年,当他来到巴黎谋生的时候,同样的景色却在他的笔下换了个模样:"巴黎像是雨中的一团巨大的雾气,大地上鼓起不成形的灰包。"成团的雾气和鼓起的灰包,与其说是因为阳光被云层阻隔的结果,毋宁说是结核病力量的对象化。在托尔斯泰著名的小说《伊凡·伊里奇之死》中,肾走游带给官场中主人公伊凡·伊里奇一种疑惧体验,他仿佛能摸到它走游时的步履:"他竭力在想象中捕捉这个肾脏,不让它游走,把它固定下来。"而在《局外人》中,因为作者病体的缘故,我们也可时时感受到主人公默尔索——这个名字的发音给人一种沉寂的感觉,又像水洗布一样爽净、坚实、耐脏——那种像水淹蚂蚁窝式的绝望和慢吞吞的死亡,之所以慢吞吞地死去,是为了在沉默中验明自身的真实处境。

在多种不治之症中,肺结核病是少有的可以让病人知道其病情发展的疾病之一。在《魔山》里,托马斯·曼的病人们口袋里装着X光玻璃照片,在风景宜人的疗养院里,谈情说爱,一边消磨时间,一边讨论时间的玄妙,并在隆冬时分赏雪,看着雪地里的太阳怎样如同一个荏弱的烟球(它形似加缪笔下腾空而起的灰包),虽给难以辨认的万物的景色添上一抹生机,但其中也夹杂着朦胧的、幽灵似的色彩。结核病患者大都先是清醒地活着,然后清醒地死去。他们可从咯血、咳嗽、虚弱的程度上,约略知道自己病情的状况。"久病成医"这个词用到结核病人身上是再合适不过了——默尔索的死就是久病之后的医生的死。就像哮喘病人知道自己应该躲避花粉一样,所有的结核病人都知道,自己的苟延残喘有赖于躲开湿气和污浊,在阳光照耀下丈量自己的身影,在魔山上多吸上几口清新的空气——当然,鲁迅笔下的那个吃人血馒头的华小栓是个例外。这样做,仿佛是要以灵魂对付肉体,虽然灵魂必败,但不妨一试。加缪终其一生都是地中海阳光的颂祷者,而卡夫卡只要身体稍有不适,一块疥癣、一个鸡眼、一只疖子,都会促成他的一次远足,或者泛舟、游泳。作为医学的门外汉,我不知道青霉素里面是否有阳光的因素,但我可以认定,阳光和清新的空气确实为病人提供了最微弱的反抗力量,有如透过玻璃观赏玫瑰的叶片在凋零的季节舒展的一瞬。但是一个人能享受多少阳光,他就得忍受多少阴影。在这样的背景下,患者和疾病的对抗虽然无力,却又显得庄严和神圣——以渎神者名目出现的默尔索的反抗,同样具有如此的性质。

我想再一次提到"玻璃",事实上这是加缪在阐述荒谬时要用到的一个关键词。加缪把那个X光玻璃照片从医疗仪器上取出,转手就放进了《西绪弗斯神话》中,就像拿着一张

IC卡接通了西绪弗斯的电话。在《西绪弗斯神话》中,加缪写道:"一个人在玻璃隔板后面打电话,别人可以看到他的手势,却不明其意。人们不禁会自问,这个人为什么活着?"在萨特写的那篇《论〈局外人〉》的文章当中,萨特把这个与玻璃有关的动作挑了出来:"加缪的手法就在于此:在他所谈及的人物和读者之间,他插入了一层玻璃隔板。还有什么比玻璃隔板后面的人更荒诞呢?似乎,这层玻璃隔板任凭所有东西通过,它只挡住了一样东西,即人的手势的意义。有待做的就是选用玻璃隔板,而这便是局外人的意识。"但来源于X光照片的"玻璃隔板"还应该具备另外的意义。印在上面的图像一目了然,同时又有如水中的月亮、镜中的花朵。它与其说是一种可以触摸到的实物,不如说是一种可以触摸到的精神现实。

事实上,肺结核病给人的印象就是一种精神化的病症。按照桑塔格的说法,癌症可以发生于身体的任何器官,肺只是它赖以诞生的诸多土壤之一,这使它具有某种不便言及的特征。比如,前列腺癌、直肠癌、乳腺癌,至于新兴的艾滋病,它首先使人联想到生殖器官的病变。而肺病却只产生于人的上半部,那里距心脏最近,就像心脏的孪生姐妹,离头脑也不算太远,而且咯出的血首先要染红舌头,使味蕾得以品尝到它的滋味。说癌症和艾滋病更多的给人一种仅仅是器官性疾病的印象,似乎是可以理解的。而且它们更加速效,就像疾病的奥林匹克运动会上的百米赛跑,缺少足够的时间流程。虽然肺结核还被人看成是某种液体特征的疾病,用黏痰、虚汗、血来塑造自身形象,但和那两种要命的病比起来,它顶多只算是时有间歇的喷泉,而它们却要算是瀑布了。如果说癌症是警句和格言,那么肺病就是小说和论文。据说,在英语和法语中,结核病都是"疾驰"的。但实际上,这个词用到癌症和艾滋病上面,可能更为合适。当一个人被宣布患上这两种疾病的时候,死神其实已经拧住了你的耳朵。肺病对人却稍微慷慨一些,它给人提供了较多的时间的土壤,使病人可以把它培育成精神的花圃——如果说癌症是强扭的瓜,那么肺结核就是瓜熟蒂落。在这方面,卡夫卡在写给情人密莲娜的信中,直接地说:"肺病,这只不过是精神病的漫溢而已。"在另一篇文章中,卡夫卡写道:"结核病的居所并不在肺部,举例来说,就像世界大战的起因并不在最后通牒一样。"从嗓子眼里咯出的那一团血,在某种程度上可以看成是精神的蓓蕾。托马斯·曼在《魔山》里,将结核病看成是"被掩饰起来的爱情力量的宣示;疾病是一种变形的爱情"。说到爱情,许多作家曾经把最美丽的女性拉进结核病一族。茶花女的美貌使巴黎上层社会为之心旷神怡,林黛玉一皱起细眉,那个叫作贾宝玉的情种就把大观园看成了迷宫。多年前看曹禺先生的《日出》,如果陈白露不出场,那段戏就可以略过不看。许多患有结核病的女性被写得性感迷人,那尤物仿佛不是来自尘世,而是来自天国。作家对那些尤物的描写,使人想到沙漠中的旅人对葡萄的想象,不光是酸的,而且还分外地多汁,分外地甜。她们每咳嗽一下,作家的胸脯都会随着起伏;她们咯出的血丝还没抵达素洁的手帕,作家的泪水就已经打湿了衣襟。这当中有多少自我怜悯的情愫在悄悄发酵,岂是批评家们所能够说清;万千情愁,又怎忍交由那几个概念去生搬硬套。当批评家批判那些交际花的奢靡生活的时候,作家本人尽管口头上认同,但心里却像挨着针扎。让我们想一想现实生活中的林徽因的美吧,她的美使徐志摩神魂颠倒,并使一个逻辑学家金岳霖不合逻辑地终身未娶,其表现就像一个有洁癖的孩子摸过了糖果却再也不愿洗手。只因为能与林徽因擦肩而过,我本人就愿意生活在那个年代。徐志摩爱恋的另一个女作家凯瑟琳·曼斯菲尔德,也是结核病患者,她的早逝有如一缕青烟绕梁不绝。我曾看过加缪本人的一张照片,在草地、儿童的映衬下,那种男人的美能使好莱坞明星显得愈加俗不可耐。观看契诃夫本人的照片,你会发现随着肺病的加深,痞子气是怎样一点点地消失,而美是怎样一点点地从他的夹鼻眼镜后面培育起来的。在各种幽灵似的人物当中,如果选择一个幽灵作为他们的形象大使,那么卡夫卡就是一个合适的人选。没有哪些作家比肺病作家更清醒、更美、更复杂、更有魅力,也更难以捉摸的了。在这方面,抓阄似的随便拉来一个人都是现成的例子。所以,当纪德在《背德者》的题记中引用《诗篇》里的诗句,说"天主啊,我颂扬你,是你把我造就成如此卓异之人"的时候,我们不应该觉得他矫情,因为那实在是恰如其分的。

默尔索就是《诗篇》提到的"如此卓异之人"之一。他最后的独白,是我读到的最感人的篇章。他部分地实现了加缪的梦想:自由、反抗和激情。用加缪的话来说,"自由只有一种,与死亡携手共赴纯净之境"。或许是因肺病作家最后都脱离了贫困,所以,他们笔下的主人公死时,大都与脏乱差无关,显得体面优雅。耗损的结果是作者的身体像书籍一样单薄,灵魂浸润在那些文字之中,像穿花蛱蝶一样飞出。蛱蝶的翅膀与他们的身体也有某种相似性:透明,轻盈,绯红,像盛开在泉边的花朵上的叶脉。结核病患者卢梭说:"死亡和疾病常常是美丽的,就像肺痨的红光。"这样一种将肺病美学化的言谈,似乎要给人这样一种荒谬的印象,那时刻都会降临的灭顶之灾,带给他们的倒像是某种令人钦羡的恩惠。

但是,轻松地谈论肺病作家不能不说是一种罪过,因为这容易忽略残酷而真实的另一面。肺病作家的作品首先是一种痛苦的质疑性表达。如果它呈现出来的是忧郁,那是因为作者独上高楼之时,已将栏杆拍遍。如果它是一次慈航,那首先是苦海无边,回头无岸。如果主人公已经服罪,那是因为罪早已深入骨髓。如果有谁要反抗,那是因为西绪弗斯虚空的内心最需要石头的重量。茶花女之所以夜夜笙歌,那是因为她内心举目无亲。

是的,我不想让轻松的谈论掩盖住命运的伤口。这样的伤口放到一个人身上,比如,放到卡夫卡《乡村医生》里面的那个少年的臀部,就"比碗口还要大"。那样一个伤口之所以能够出现在那个少年的臀部,是因为它首先出现在卡夫卡的肺叶。在一篇日记中,卡夫卡写到了这个伤口:"如果真像你所断言的,肺部的伤口是一个象征,伤口的象征,F.(菲利斯)是它的炎症,辩护是它的深处,那么医生的建议(光线,空气,太阳,安静)就也是象征了。正视这个象征吧。"我们从肺结核作家的作品中,可以看到许多创伤性记忆,以及各种复杂的悖论关系。鲁迅终其一生都纠缠在激进与保守、遗忘与记忆、存在与虚妄、中心与边缘的巨大旋涡之中,这当中的每一次选择,都永劫不复地带来更大的创伤性记忆。"目光虽有,却无路可循;我们谓之路者,不过是彷徨而已。"如果谁对我说,这是鲁迅的言论我肯定不会怀疑,但这话却是摘自卡夫卡的《对罪愆、苦难、希望和真正道路的观察》。当一只小兽从阳光下的雪地里走过的时候,我们不仅要注意它留下的花朵般的蹄印,还应该注意到那蹄印中的血迹。默尔索(法文:Meursault)这个名字中的Meur与"谋杀"为同一词根。这个名字是从加缪的另一篇小说《幸福的死亡》中的梅尔索变化而来的。而梅尔索(Mersault)这个名字又可分解为"海"(Mer)和sault,其发音近似太阳。仅从名字上,我们就可以约略知道《局外人》的主题。在《局外人》中,有一个关于人和狗关系的段落,这个段落颇能表示小说是如何植根于某种创伤性记忆的:一个名叫萨拉玛诺的老人一直在寻找他丢失的一条狗,在狗还很小的时候,老人像喂婴儿似的拿着奶瓶给它喂奶。现在它丢掉了,老人的魂也就丢失了。这个老人年轻的时候,本来打算做话剧演员,这与加缪一生对话剧的痴迷是合拍的。小说用较大的篇幅来写人与狗的关系,对加缪来说并不奇怪。加缪总是愿意挤出篇幅,把人与人之间的关系让位给人与自然的关系,就像把秋收时的繁忙景象让给秋后广袤的原野。当他在人与人和人与狗之间作选择的时候,他当然要选择人与狗:"那一身漂亮的皮毛,真是天下无敌。"我上面曾提到,肺病患者总是喜欢阳光和清新的空气,并说那是一种最微弱的反抗力量的源泉,但急于奔向阳光和空气的举动,在肺病患者那里其实首先是对创伤的注脚。加缪对阳光和沙滩,对物的描写,与后来的法国新小说之间有着某种扯不断的亲缘关系。在《怀疑的时代》一文中,萨洛特在加缪的"客观描写"中,看到了复杂的心理因素:"加缪的境遇很容易让人联想到李尔王被女儿中最失宠的那一个所收留的情景。他曾细致入微地设法铲除这种'心理剖析'(是吗？李注),但它却像黑麦草一样到处生长。"

肺病因为拖时较长,所以最亲近的人也容易产生厌倦情绪,如果患者是一位老人,那么床前无孝子几乎是可以断定的。患者是一位年轻人又会怎么样呢？加缪在随笔中曾经写下他患病之后,他母亲的态度。虽然母亲在见到他咯血之后,顿感不安,但她并没有照料他,而是把他送到了舅舅那里。送是遣送,也是最早的流放。而当他们相遇的时候,"她便默不作声,两人面对面,绞尽脑汁找些话来说,有人曾告诉他(加缪)曾见她哭过,但是,他对此将信将疑。更令人奇怪的是,他不曾有责备她的想法。某种默契把他们联系在一起了"。这样的描写,不能不使人想起《局外人》中的默尔索的奔丧。法官、神父可以指责默尔索的冷漠,但他们绝不会指责默尔索死去的母亲。与卡夫卡的父与子之间强烈冲突不同,加缪笔下的母与子,在沉默的时候其实带着某种温情:"当母亲在家时,总是静悄悄地望着我。"那并非一般意义上的和解,而是认识到了存在的困境,以及解脱的不能。在《局外人》的结尾,默尔索在夜间醒来时,看见头顶上满天星斗,"我又听到了郊区的声音。夜晚的气息,土地和盐的气息,清醒了我的头脑……汽笛响了起来,它宣告有些人走进一个永远不再和我有任何联系的世界。很久以来,我又一次想起了母亲"。他想到母亲临死了,反而感到了解放,想重新过一种生活。如果说,卡夫卡的"父亲"是某种权力、专制的象征物的话,那么,加缪却宁愿回到事物本身,回到最普通的伦理关系上来,并从那里表达他对世界的体认。我这样说,似乎是要强调《局外人》的自传因素。是的,又有谁能否认所有伟大的作品首先是作家的灵与肉的自传。

"他的热情之多一如他的苦难之大。"在讲述西绪弗斯这个荒谬英雄的故事时,加缪这样写道。与推巨石上山的故事相比,我倒更喜欢发生在这个英雄身上的另一个小小的插曲,正是由于这个插曲,西绪弗斯才会去推那个巨石——他踏着沉重的步伐,永远不知道何时才能结束自己的苦难:据说,作为凡人的西绪弗斯临死的时候,决定考验一下妻子对自己的爱情。他叫她把他的尸体扔到广场上。西绪弗斯从冥间醒来,却对妻子的顺从感到恼火。于是他又再次来到人间,欲惩罚妻子。他又见到了温暖的石头、金色的沙滩、闪烁的海水,以及海湾那优美的曲线,并深深地迷恋于此,连冥王的召唤也被他当成了耳旁风。他胆大妄为地在人间又活了几年,惹得神祇们不得不对他进行处罚。他们逮住了他,攫去了他的欢乐,把他扭送到了下界。在那里,一块巨石正等着他推向山顶。除了赢得那荒谬英雄的美名,他似乎别无选择。是的,除了"肺结核"三个字没有出现之外,我们在这里可以看到所有肺病作家的宿命:他们的自由,他们的反抗,他们的激情。

听库切吹响骨笛

库切在中国受到冷遇,几乎是一种必然的命运。除了马尔克斯,最近一二十年的库切的诺贝尔同事们,在中国都"享有"此类命运。其中原因非常复杂,可以做一篇长文。我想,最重要的原因可能是,中国读者喜欢的其实是那种简单的作品,喜欢的是一分为二,最多一分为三(这两者真有区别吗?),并形成了顽强的心理定式,即单方面的道德诉求和道德批判。那种对复杂经验进行辨析的小说,国人并不喜欢。这当然不值得大惊小怪。在日常生活之中,国人已经被那种复杂的现实经验搞得头昏脑涨,他们有理由不进入那些以经验辨析取胜的小说:饶了我吧,我已经够烦了,烦都烦死了,别让我再烦了。当然,"烦不烦"是你自己的事,与人家的作品关系不大。

我觉得库切的小说就是典型的进行经验辨析的小说。库切的文字如此明晰、清澈,但他要细加辨析的经验却是如此的复杂、暧昧、含混。迄今,我只阅读过库切的两部作品:《耻》和《彼得堡的大师》。其实,这两部作品的主题中国读者都不会感到太陌生，只要稍加引申，你便可以在中国找到相对应的现实经验，所以我想许多人阅读库切的小说或许会有似曾相识之感。对经验进行辨析的作家，往往是"有道德原则的怀疑论者"。因为失去了"道德原则"，你的怀疑和反抗便与《彼得堡的大师》中的涅恰耶夫没有二致。顺便说一句，涅恰耶夫的形象，我想中国人读起来会觉得有一种"熟悉的陌生"：经验的"熟悉"和文学的"陌生"（缺失）。对陀思妥耶夫斯基的形象塑造，我倒觉得没有什么更多的新意，它只是库切进行经验辨析时的道具。书中所说的"彼得堡的大师"与其说是指陀氏，不如说是指陀氏的儿子巴威尔和涅恰耶夫。这两个人都是大师：巴威尔以自杀而成就烈士之名，涅恰耶夫以穷人的名义进行革命活动——穿着女人裙子的革命家，当然都是大师。当然，真正的大师还是库切，因为他们都没能逃脱库切的审视。

在对汉语写作的现状进行批判的时候，有很多批评家喜欢将陀思妥耶夫斯基和托尔斯泰抬出来，以此指出汉语写作的诸多不足。他们仿佛是两尊神，任何人在他们面前都将低下头颅。但是隔着一个半世纪的经验，任何人都不可能再写出那样的作品，这应该是一个起码的常识。即便写出来，那也只能是一种虚假的作品，矫揉造作的作品。读库切的《彼得堡的大师》，我最感到震惊的是他对少女马特廖莎的塑造。这样一个人物形象，令人想起陀氏笔下的阿辽沙、托尔斯泰笔下的娜塔莎、帕斯捷尔纳克笔下的拉里沙，以及福克纳笔下的黑人女佣。她们是大地上生长出来的未经污染的植物,在黑暗的王国熠熠闪光,无须再经审查。但是,且慢,就是这样一个少女,库切也未将她放过。可以说,书中很重要的一章就是"毒药"这一章:这个少女的"被污辱"和"被损害",不是因为别人,而是因为那些为"穷人"和"崇高的事业"而奔走的人,她进而成为整个事件中的关键人物,本人即是"毒药"。从这里或许可以看出文学的巨大变化。陀思妥耶夫斯基和托尔斯泰看到这一描述,是否会从梦中惊醒?我想,它表明了库切的基本立场:一切经验都要经审视和辨析,包括陀氏和托氏的经验,包括一个未成年的少女的经验——除非你认为他们不是人类的一部分。

库切书中提到一个"吹响骨笛"的故事:风吹遗骸的股骨,发出悲音,指认着凶手。读库切的书,就像倾听骨笛。有一种刻骨的悲凉,如书中写到的彼得堡灰色的雪。其实,"凶手"如那纷飞的雪花一样无处不在,包括少女马特廖莎,也包括陀思妥耶夫斯基,甚至也包括未出场的托尔斯泰。还有一个人或许不能不提,它就是库切——它粉碎了人们残存的最后的美妙幻想,不是凶手又是什么?当然,这个"怀疑论者"也会受到怀疑。只要那怀疑有"道德原则"的怀疑,它就是有价值的,库切也不枉来到中国一场。

卡佛的玫瑰与香槟

读过不少作家写的创作谈似的文字,早些年读得多,近几年读得少了些。在读过的创作谈中,印象最深的是美国作家卡佛写的。卡佛的小说近年在国内渐受瞩目。一些人喜欢,一些人不喜欢,有人觉得很重要,也有人不以为然。不管怎么说,他虽然死了,可人们还在议论他,虽然这和他本人已经没有什么关系了,但我们还是可以说,这就是他作为一个作家的成功。

卡佛的那篇创作谈,题目就叫《谈创作》。我在高校教书时,曾拿它作为范文在课堂上给学生们读过,它本来就是卡佛在写作班讲课时的一篇讲稿。它很短,约有三千字,写得非常朴素,又很感人,和卡佛小说的风格是一致的。我曾把它推荐给许多朋友看过,并认真地征求过他们的意见。不管我们对卡佛的小说作出怎样的评价,我觉得看看那篇短文并没有什么不好,至少,我们可以知道,一个诚实的人,一个热爱文学的人,应该像他那样时刻都是诚恳的,有一就说一,有二就说二。正是由于读了卡佛的那篇文字,我才觉得有不少人在写创作谈的时候,没少作秀。要么是在无情地抬高自己,要么是在无情地贬低自己——当然,贬低是为了让别人觉得应该抬高,是一种曲线拔高。我们什么时候,能彻底扔掉面具呢?既扔掉正人君子的面具,也扔掉流氓的面具。既不当老爷,也不装孙子。如果这个毛病改不掉,那就说明这并不是个小毛病。

我看过卡佛的一幅照片,有点笨头笨脑的,就像一个干粗活的。我甚至能想象到他额头的皱纹里积聚着锯末似的灰尘,当孩子们在木头的粉堆里玩的时候,他停下手中的活计,在一边悄悄观望。我还看过卡佛的一个学生写的卡佛的印象记。一看那个印象记我就笑了。我相信他是那种处处与人为善的人,是个让学生欢迎的教师。这个平时非常认真的人,在教学上一丝不苟的人,竟然给他的学生个个都打高分。他的这种做法可能不值得推广,可能还会受到许多学监的指摘。我不知道他的那些学生是否也提前感受到了生活的艰难,是否生活在水深火热之中。但有一点是毫无疑问的,他对他们每个人都很尊重,在课堂上,不管学生的作业有多么浮浅,他都难以容忍别人的发笑。我自己当过多年老师,我知道像卡佛这样的人,在中国并不多见。中国高校里的许多教师,即便在别人眼里是个笑料,也总是自认为手里握有真理。

还是那一篇印象记,它记录了两个让我很难忘怀的细节。一个是卡佛死之前的那个晚上,他长久地站在阳台上,凝望着花坛里的玫瑰。我想,隔着夜雾,他可能看不清玫瑰的枝叶,但那样一个凝望的姿态,那样一个充分体验到种种困境的人对生活的最后一瞥,真是让人感叹。第二个细节是这个学生转述的卡佛在最后一篇小说里对香槟酒的描述。卡佛的精神导师是契诃夫,契诃夫死之前,想喝香槟酒,当家人把香槟酒拿过来的时候,香槟酒的瓶塞突然自己蹦了出来,于是整个病房里自动地溢满了香槟酒的芳香。卡佛自知不久也将告别人世,他在小说里写下这样一个细节,无疑是要表明他和自己的精神导师的隐秘联系——一种感恩的情怀,像玫瑰一样,悄悄地吐放着最后的芳香。

卡佛的小说通常都是短小的。你在他的小说中看不到宗教和政治,看不到厄普代克笔下的那种丰富多彩的风俗画。和厄普代克相比,厄普代克是铺展的,是挥洒的,有如一片广袤的原野,饶有情致,而卡佛却是缩减的。他使人想到美国文学传统中的海明威,想起写《小城畸人》的安德森,想起写《都柏林人》时的乔伊斯。他的小说的叙述空间自然也算不上有多么大,但他却在有限的空间内,表达了下层人生活的艰辛,有一种感人至深的力量。尽管他的叙述语调通常是漠然的,但他对他的主人公的深切同情,深切关爱,仍然能直抵读者心间。和乔伊斯不同,他的人物并没有进入精神的长醉,与其说他的人物是麻木的,不如说,他们是在最简单的生活中体味着细致入微的痛苦。正如贝娄的小说的标题所展示的,更多的人死于心碎。卡佛当然无法拯救他们,就像他无法拯救自己一样。

卡佛的叙事艺术达到了很高的境界。他讲求一些最基本要素的精心配置。他的小说的情节非常简单。如果我们说他的小说没有情节,那似乎也能说得过去。经过多年的刻苦训练,他的小说在阴暗与微弱的亮光之间找到了一个属于小说的地带。在最简单的生活场景的展示中,有一种影影绰绰的效果,有如潭水对悬崖的反照。而与此同时,在那反照中,我们或可听到深情和怀疑的激流。

我很赞赏那个写《流放者的归来》的人(我一时想不起他的名字了)对卡佛小说的判断。他说过(大意),卡佛的简单派的意思其实是绝不简单。是啊,他笔下的那些让人心碎的场景,那些无助无告的人,那个面对着电视屏幕试图描绘出教堂尖顶的盲人,正结结巴巴地向我们倾诉着什么呢?

我知道有许多朋友已经觉得卡佛不是那么过瘾。我们所生活的这个具体的世界和卡佛的世界显然有着许多差异,我们在对历史、个人和权力结构的审视中或许已经体验到了更多维的矛盾和困难——这已经超出了卡佛想象力的范围——只有更复杂、更饱满的小说才可能使我们拿起来就放不下,但这个责任也应该由卡佛来承担吗?我无意把卡佛抬到多么高的位置,卡佛本人的写作也是一种没有野心的写作,他大概很少去考虑自己在文学史上的地位。他只是一个忠于自己内心生活的写作者,早年默默无闻,后来有了点名气,然后他死了,有如庭院里的一枝玫瑰的悄然凋谢,如此而已。

说来好笑,我自己也是多年没有再读卡佛了。有一个原因是卡佛的小说借出去就没能收回来。我想,我写这篇短文,并不是要说明什么。我只是想提醒自己记住那些应该记住的,那篇只有三千字的文字,那朵让卡佛凝望的玫瑰,那瓶香槟酒。

小说家的道德承诺

没想到,这本书我竟然读了两个星期。台湾作家中,张大春和朱天文的小说,凡是能看到的,我都要细嚼慢咽。因历史之思和家国之思而产生的疼痛感,对汉语小说所做出的智性表达,在张大春和朱天文那里是合二为一的,所谓道器并重。朱天文谈创作的文章,我只在《今天》杂志上读到过一篇关于电影的文字,很喜欢。这次读张大春的《小说稗类》,就不仅是喜欢了,应该说喜欢而且佩服。既能写小说又能论小说,舍得说,并且能够说到点子上的,确实没有几个人。博尔赫斯和纳博科夫当然是此中高手,但他们往往过于炫技,甚至夸大其词。米兰·昆德拉算一个,但此人有些心术不正,他热衷于表扬二流作家,而对一流的小说家却大加鞭挞。近年大陆文坛也不乏大内高手,比如,王安忆和格非。但这二位最喜欢分析的却是当代外国小说。而张大春先生,却是古今中外通吃,并且洞见迭出如同蜂房,我自己也从中得到很多启示。

撇开追名逐利的因素,其实每个作家首先要遇到的问题就是"为什么写作"。"除了写作我什么都不会",此类回答,我们听到的最多。俏皮倒是俏皮,但其实是敷衍之词。前段时间重读捷克作家伊凡·克里玛与美国作家菲利普·罗斯的对话,伊凡·克里玛对这个问题的问答真是深得我心。他说,在这个时代写作是一个人能够成为一个人的最重要的途径,正是因为这个原因,许多有才华的人将写作当成自己的终身职业。伊凡·克里玛其实道出了在极权专制以及随后到来的个人性普遍丧失的商业社会里,写作得以存在的理由。张大春先生在《小说稗类》中也给出了自己的理由。他认为小说是一股"冒犯的力量",小说"在冒犯了正确知识、正统知识、真实知识的同时以及之后,小说还可能冒犯道德、人伦、风俗、礼教、正义、政治、法律",正因为这种冒犯,小说一直在探索尚未被人类意识到的"人类自己的界限"。在谈论意大利作家艾柯的《玫瑰之名》(顺便说一句,这是我看到的最好的小说题目之一)的时候,张大春对此另有总结,认为小说是在探索"被禁止的知识"。无论是伊凡·克里玛还是张大春,他们的谈论其实闪烁着一种"道德承诺"的光芒。当然,那是基于小说写作的道德承诺。

当然认真地追问这个问题,仍然可以给人带来困惑。虽然米沃什曾说过,对于写作者来说,二十世纪的历史我们还几乎没有动过。这是谴责、期盼,也是无奈的哀叹。而对遗忘的反抗,写作者尤其大陆的写作者可能会比张大春先生有更强烈的动机。尽管如此,我还是想提出,当写作者当下的文化处境得到某种程度的缓解以后,"知识的禁忌"在文化记忆尚未丧失之时可能已经被迫贬值,小说作为一种"冒犯的力量",它所要冒犯的对象可能已经随之产生位移,并取消你的行动的意义。是的,一切仿佛都在改变,用迪伦马特的话说,祖国变成了国家,民族变成了群众,祖国之爱变成了对公司的忠诚。与此相适应,曾经被禁忌的知识,或许会显示出新的价值。我相信,这是写作者面临的最根本的困惑之一。春江水暖鸭先知,身处海峡对岸的张大春先生,可能会比我们更早地面临着这样一个疑问。我注意到张大春先生提到他非常看重索尔·贝娄,看重他的《雨王亨德森》(大陆译为《雨王汉德森》)。碰巧,这也是我热爱的作家和作品。索尔·贝娄曾经无可奈何地表示,在这个时代,写作者将被抛到脑后,在世界末日来临之际,人文学科将应召为地下墓穴挑选墙纸。听起来就足以让人汗毛倒竖!但他确实道出了部分实情。无疑,写作的意义,小说的意义,需要重新评估。张大春从最早的庄子的寓言故事,说到司马迁的《史记》,再说到艾柯和卡尔维诺(这二位也碰巧是我喜欢的作家),小说随着斗转星移而历经种种演变,从中我们或可得到某种启示,以便重新找到小说叙事的动力。

这本书中最精彩的部分是张大春对具体的小说写作技巧问题的阐述,即张大春的小说修辞学。读到他关于小说语言的一段文字,我差点站了起来。因为在七八年前的一段文章里,我也说过这样一段话。如果我没有记错的话,那篇短文是发表在《青年文学》杂志上的。现在读到类似的论述,我可谓遇到了知音。没错,当代小说家最重要的修辞学,就是清理和检验那些"语言的尸体"。这些尸体像粪便一样从播音员漂亮的嘴巴里喷出,它们散落在各种报纸的头条,严重地污染着人们的感官。我被张大春先生的议论完全吸引,是在读到张大春对那个有名的"公案"的分析之后,我说的"公案"是指鲁迅《秋夜》的开头:"在我的后院,可以看见墙外有两株树,一株是枣树,还有一株也是枣树。"惜墨如金的鲁迅为什么不直接说"有两株枣树",而要说"一株是枣树,另一株还是枣树"?我在高校教书时,也曾向学生分析过这个公案,我是从"形式的写意"上分析的。现在看了张大春的分析,我顿觉自己的分析有些勉强。张大春注意到了句子中的"可以看见"四个字,即鲁迅是"为读者安顿一种缓慢的观察情景",为的是引领读者接下来仰起脖子,好观察枣树上方那"奇怪而高"的天空。由此我想起海明威《永别了,武器》的开头,海明威用"望得见"一词为读者安顿了一个观察视角,让读者去看河心的那些大圆石头。类似的例子还有《百年孤独》的开头,作者引领读者看的也是河心的那些石头,它们宛如史前动物留下的蛋。看来,如此的看头,实为引领读者从现实世界进入文学世界的便捷小径。张大春书中类似的分析不胜枚举。如果你碰巧遇到他在分析一篇你熟知的小说,譬如,乔伊斯的《逝者》(大陆译为《死者》),譬如,艾柯的《傅科摆》,你都会发现张大春可能有更深入的读解。如果说有什么不足,我想张大春在分析具体文本的时候,其实可以更多地联系到当代生活经验。因为对任何文本的解读,都是为了让读者更好地用当代生活经验去理解小说家所呈现出来的经验。

我自己非常感兴趣的是,张大春对"百科全书式小说"的关注。就我所知,大陆的耿占春先生对此也有精妙的分析,耿占春在关于我的小说《花腔》的一篇论文中,就曾指认《花腔》是一部"百科全书式的小说"。耿占春和张大春都引用了卡尔维诺在《未来千年备忘录》的一段话:"现代小说是一种百科全书,一种求知方法,尤其是世界上各种事体、人物和事物之间的一种关系网。"张大春说,这种小说"毕集雄辩、低吟、谵语、谎言于一炉而治之,如一部'开放式的百科全书'"。我想,这种小说部分地偏离以讲述"个人经验"为主旨的"说书传统",为的是激活并重建小说与现实和历史的联系。之所以会出现这种类型的小说,当然因为小说家对已有的历史范畴和观念产生了怀疑,对"说书传统"在当代复杂的语境中的作用产生了怀疑。我想,最重要的因素还可能是,它要表明小说家对单一的话语世界的不满和拒绝。小说家在寻求对话,寻求这个世界赖以存在的各个要素之间对话。

我得承认,我在阅读《小说稗类》的时候,能够感觉到我与张大春先生之间存在的差异,这种差异可能源于写作的语境的不同。对张大春先生自况的"工匠精神"以及他对写下了《动物庄园》的奥威尔的不认同,我可能另有看法。张大春引用米兰·昆德拉的话说,奥威尔的小说有某种"恶劣影响",是伪装成小说的"政治读物"。不能因为书中"看不见少女和她盛满水的水罐",就断定这部小说没有"窗子"。其实,奥威尔的小说也是庄子所说的"卮言",是"酒杯中的水",它也是庄子笔下的"罔两"所说的"蝉蜕的壳,蛇蜕的皮"。在张大春先生渐渐陌生的语境中,那种小说可能是真正的屡遭铲除的"小说稗类"。而当我这样说的时候,我得承认,我对张大春先生所身处的具体语境确实有某种钦慕。我想,如果我处于那样的语境中,我或许也会作出类似的判断,但我现在不会。我想,这也是小说家的道德承诺,是张大春先生可能已经淡忘的小说家的一种"伦理的律令"。对小说家来说,或许更紧要的问题在于,如何带着这种"道德承诺",这样一种"伦理律令",站在一切话语的交汇点上,与各种知识展开对话。

对一本书的阅读,是对作者的尊重,也可能是对作者的偏离。因为这是一本值得小说家和读者阅读的书,我想我或许能看到更多有价值的讨论。

为什么写，写什么，怎么写

——二〇〇五年在苏州大学"小说家讲坛"上的演讲

很荣幸来苏州大学参加这个论坛，感谢主持人林建法先生和王尧先生给我这个机会。大学里的气氛让人很迷恋，我甚至有点激动。主持人王尧先生刚才的介绍，又给我带来一些压力。激动，再加上压力，我就不知道能不能讲好了。

我看过很多作家在这个小说家论坛上的演讲，虽然谈的都是小说问题，但每个人看问题的角度、方法和看法，却各有不同。这很重要，因为它构成了对话关系。这是一个对话的时代，写作是一种对话，阅读是一种对话，演讲也是一种对话，演讲与演讲之间也是对话。它可能是真理与真理的对话，也可能是谬误与谬误的对话。不过，真理的对立面不一定是谬误，谬误的对立面也可能不是真理。它是一种全面的对话关系。实际上，人类的语言活动都是对话，文学活动自然也在此列。我想从我刚写的一篇书评谈起。我刚刚应朋友之邀，给张大春先生的《小说稗类》写过一个书评。我不认识张大春先生，迄今也没有任何联系。我只知道他是台湾辅仁大学的教授，也写小说，以前在杂志上看过他的《四喜忧国》和《将军碑》。他好像是台湾的先锋作家，与白先勇、陈映真他们不同，主要是叙述方式不同。《小说稗类》大概是他关于小说的讲稿,涉及小说创作的方方面面。在写那篇书评的时候,我能够感受到我们对小说本身的理解有很多相同的地方。当然他看得比我多,比我细,也比我有学问。我觉得他跟在场的中国大陆最有学问的作家格非先生有一拼。但我也非常明显地感受到,我与张大春先生有很多不同。同是用汉语写作,同是在二十世纪末二十一世纪初写作,为什么会有这么多不同呢?我想,主要是因为语境的差异。说得具体一点,就是他在台湾写作,而我们在大陆写作。对他来说,历史已经终结,马拉松长跑已经撞线,而我们的历史尚未终结。我们还可以感受到历史的活力,当然也可以感受到它的压力。我给那篇书评起的题目就叫《小说家的道德承诺》。写完以后,我感到问题没有那么简单。也就是说,不仅仅是写作者的语境问题。比如,同是在中国内地写作,语境相同,感受着历史同样的活力和它的压力,很多人的写作不是同样有很大差异吗?我这种说法,很容易引起误解。我知道有人会说,你这句话毫无道理,写作当然应该有差异。不怕有差异,就怕没差异。要是所有人的写作都一样,那我们只看一个人的作品就行了,还要那么多作家干什么?杀了喂狗算了。所以,我得赶紧解释一下。我指的不是作品的风格、主题、情节和人物。我说的是真正的作家他为什么会持续写作,他在成名以后仍然要写作,哪怕再也达不到他曾经达到的高度他仍然要写作;小说家与他所身处的现实应该构成怎样的关系,小说家在这个时代的历史语境,对写作应该有怎样的基本的承诺。每个作家首先要遇到的问题就是"为什么写作"。追名逐利的动机可能每个人都会有,这一点似乎毋庸讳言。本雅明的《经验与贫乏》中讲到过卡夫卡的例子。这是文学史上著名的公案。他谈到,卡夫卡的遗嘱问题最能揭示卡夫卡生存的关键问题。我们都知道,卡夫卡死前将遗作交给了朋友布洛德,让布洛德将之销毁。布洛德违背了这一遗嘱,而是将卡夫卡的作品整理出版了。按照一般的理解,我们会说布洛德这样做,是要让别人知道他与圣人的关系很不一般,我的朋友胡适之嘛,我是圣人卡夫卡最好的朋友。本雅明说,与圣人产生密友关系,在宗教史上有特殊的含义,即虔信主义。布洛德采用的炫耀亲密关系的虔信立场,也就是"最不虔信的立场"。接下来,本雅明的分析才是更要命的。本雅明说,卡夫卡之所以把遗嘱托付给布洛德,是因为他知道布洛德肯定不会履行他的遗愿。接下来,本雅明又写道,卡夫卡会认为,这对他本人以及布洛德都不会有坏处。这是一次非常精彩的行为艺术。我想,这个例子就很能说明问题,我们无法逃脱这样的世俗的动机,这也是一种"个人的真实性"。布洛德在他关于卡夫卡的传记里,极力把卡夫卡写成一个圣人,其实是不得要领的。用本雅明的说法,是"外行的浅陋之见"。当然问题还有另外一面,另外一种可能,就是卡夫卡要求销毁作品,其动机也是真实的,就是他担心自己的作品会对后世产生不良影响,他不愿意为这种不良影响承担责任,现在通过这个遗嘱,他把这个责任推给了布洛德。鸟之将死其鸣也哀,人之将死其言也善啊。这应该是卡夫卡心理状况的真实写照。我们以此可以看到,一个作家在面对自己作品时的复杂心理。卡夫卡的这种精神状况,可能使我们想起另外一个人,那就是耶稣:当我们把他看成尊贵的神的时候,他其实是一个失败的人,当我们把他看成失败的人的时候,他是一个尊贵的神。生命中不可承受之俗啊。撇开名利因素,我想,谈到"我为什么写作",好多人的回答都是"除了写作我什么都不会"。此类回答,我们听到得最多。俏皮倒是俏皮,但其实是敷衍之词。我不相信,你会写作,却不会干别的。前段时间重读捷克作家伊凡·克里玛与美国作家菲利普·罗斯的对话,伊凡·克里玛对这个问题的回答真是深得我心。他说,在这个时代写作是一个人能够成为一个人的最重要的途径,正是因为这个原因,许多有才华的人将写作当成自己的终身职业。伊凡·克里玛其实道出了在极权专制以及随后到来的个人性普遍丧失的商业社会里,写作得以存在的理由。通过写作,通过这种语言活动,个人的价值得到体现,个人得以穿透社会和精神的封闭,成为一个真正的个人。伊凡·克里玛的这种说法,使我想起中国文学史上的一个名人。现在随着一系列肥皂剧的播映,他的名气越来越大。这个人就是铁齿铜牙纪晓岚。中国古代,将小说家说成是"稗官",与"史官"相对。按鲁迅在《中国小说史略》中转述的《汉书·艺文志》的说法,"小说家者,盖出于稗官,街谈巷语,道听途说者之所造也"。那么何为"稗官"呢?"然稗官者,职惟采集,而非创作,街谈巷语,自生民间"。所以,"稗官"可能相对于"史官"而成立,如果是"官"也不是什么正儿八经的官。实际上,它不可能是一个具体的官职,更应该看作一种文化身份。纪晓岚可能是中国最有名的一个具有"史官"与"稗官"双重身份的人。我们都知道,纪晓岚为一代重臣,大学士,加太子少保衔,兼理国子监事,官居一品,统筹《四库全书》的编撰事宜。这都让后人看重。但后人看重纪晓岚，比如，中文系的师生看重纪晓岚，还有另一个原因，即他是《阅微草堂笔记》的作者。当他写作《阅微草堂笔记》的时候，他的身份就由"史官"变成了"稗官"。在《〈阅微草堂笔记〉原序》里，纪晓岚的门人写道："文以载道，文之大者为《六经》，固道所寄矣。降而为列朝之史，降而诸子之书，降而为百氏之集，是又文中之一端，其为言皆足以明道。再降而稗官小说，似无与于道矣。"然后，这个门人又写道："河间先生以学问文章负天下重望，而天性孤直，不喜以心性空谈，标榜门户；亦不喜才人放诞，诗坛酒社，夸名士风流。——乃采掇异闻，时作笔记，以寄所欲言。"这段话说明，纪晓岚真正的心性，想说的真话，只能通过《阅微草堂笔记》说出来。否则，他就不是纪晓岚。所以，我以为，成为一个真正的人，真实的人，是写作者最大的动机，否则高贵如纪晓岚者，为什么也会屈尊为一介"稗官"呢？说出真实的自己，表达自己真实的想法，使自己成为一个人，我以为这是写作的动机，是小说家对自己的道德要求。为什么写是个问题，写什么也是个问题。张大春先生在《小说稗类》里说，小说是一股"冒犯的力量"，小说"在冒犯了正确知识、正统知识、真实知识的同时以及之后，小说还可能冒犯道德、人伦、风俗、礼教、正义、政治、法律"，正因为这种冒犯，小说一直在探索尚未被人类意识到的"人类自己的界限"。也就是说，他认为小说的一个重要职能，就是探索人类自己的界限，为此它要冒犯正确知识、正统知识和真实的知识。我想，他所说的冒犯，大概类似于我们经常说的质疑、怀疑，并付诸写作。确实，到了二十世纪以后,无论是哲学还是文学,还是别的人文学科,对人类的已有的经验进行重新审视和反省,都是一项重要工作。分析哲学,解构主义思潮,新历史主义等人文学派得以成立,也是因为这个原因。我们甚至可以说,任何一种新的人文学派的产生,都是怀疑之后的冒犯。我最近看了库切的一部小说《彼得堡的大师》。这部小说写得好坏是另外一回事,可以加以讨论。我比较感兴趣的是库切对少女马特廖莎的塑造。这样一个人物形象,令人想起陀思妥耶夫斯基笔下的阿辽沙、托尔斯泰笔下的娜塔莎、帕斯尔纳克笔下的拉里沙,以及福克纳笔下的黑人女佣。她们是大地上生长出来的未经污染的植物,有如泉边的花朵,在黑暗的王国熠熠闪光,照亮了幽暗的河流,她们无须再经审查。但是,且慢,就是这样一个少女,库切也没有将她放过。可以说,书中很重要的一章就是"毒药"这一章:这个少女的"被污辱"和"被损害",不是因为别人,而是因为那些为"穷人"和"崇高的事业"而奔走的人,为人类美好的乌托邦而献身的人,她进而成为整个事件中的关键人物,在小说的情节链条上具有非常重要的意义,她本人即是"毒药"。从这里,我想或许可以看出文学的巨大变化。陀思妥耶夫斯基和托尔斯泰看到这一描述,是否会感到挨了一刀,是否会从梦中惊醒? 我想,它表明了库切的基本立场:一切经验都要经受审视和辨析,包括陀思妥耶夫斯基和托尔斯泰的经验,包括一个未成年的娇若天仙的少女的经验——除非你认为他们不是人类的一部分。所以,我认为,小说家的一个重要工作,就是对已有的经验进行重新审视。对小说家来说,这不是不道德,而是一种道德,是要从黑暗中寻找新的可能性。我想起了波兰作家米沃什的一句话,他说对于二十世纪的历史,我们几乎还没有动过。怎么能说没有动过呢?有关的历史记述早已卷帙浩繁,汗牛充栋。但他说的意思其实是另外一个意思,我们需要不断地重新讲述这段历史,不断地重回历史现场,不断地重新审视已有的经验。顺便说一句,我至今仍然经常看到,有许多批评家,将当今的写作与陀思妥耶夫斯基和托尔斯泰相比,以此来批判当今的写作缺乏理想,缺乏博爱,缺乏宗教。当今的写作无疑有很多问题,很多不足,陀思妥耶夫斯基和托尔斯泰的写作无疑会给我们很多启示,但是,期望当今的文学出现类似的大师,期待人们向他们看齐,我想这是一种荒唐的想法,甚至是一种无知的想法。隔着两个世纪的漫漫长夜,千山万水,怎么可能出现那样的人物呢?我甚至想说,最不像托尔斯泰的那个人,可能就是这个时代的托尔斯泰。如果说,托尔斯泰用自己的文字为他的时代命名,那么,这个时代的作家,有一个重要的工作,就是为自己的时代命名。所以,我感到与重新审视已有的经验同样重要的工作,是审视并表达那些未经命名的经验,尤其是不同语言,不同文化背景相互作用下的现代性问题。前些年,我看到过一篇小说,我也与格非在电话中讨论过这篇小说,就是拉什迪的《金口玉言》。他写的是一个巴基斯坦少女到签证处签证,要到英国和未婚夫结婚的故事。这个少女是幼儿园的阿姨,有自己的事业,但媒妁之言、父母之命以及乡村的贫困,使她不得不嫁到英国去,但她又从未见过自己的未婚夫。有意思的是,主人公其实并不是那个美丽的少女,而是签证处对面的一个老人。故事是从一个饱经沧桑又行骗了一辈子的老人的视角来讲述的。在这个时刻,老人告诉少女,签证处的那些人都是些坏人,他们会问你很多问题,会百般刁难,比如,你的未婚夫的家世,他的生理特征,甚至做爱的习惯,等等。如果你答得不对,他们就会拒签。所以你应该相信我的话,让我替你签到证。我们都知道,中国各个城市验车的地方都有"车虫",就是和验车的工作人员勾结,赚取司机钱的人。如果你不通过"车虫"验车,你的车就会通不过。这个老头大概就相当于这种角色。但是这个老头,此时被这个少女的美镇住了,他平生第一次说了真话。问题是,这个少女不相信他,而宁愿相信政府的工作人员。后来,这个少女果然被拒签了。小说的结尾写这个老人面对着女孩的背影,为自己第一次说真话而不被相信,感慨万端。这个故事初看上去好像很简单,其实它很复杂,可以有多种理解。比如,我们也可能把它理解为,那个女孩子其实是等着被拒签,因为她其实不愿意去英国,她更愿意和家乡的孩子待在一起,这样一种写法还能让人联想到马拉默德的《魔桶》的写法。但我更感兴趣的是,在这样一个故事里面,包含着这个时代的文化上的第三世界和第一世界之间的关系,包含着边缘与主流的关系,包含着一个信息化时代个人的真实性问题,很多问题对我们来讲都是困兽犹斗式的。我以为,我们的小说,需要对这样一种经验进行有意识的呈现,这种呈现的过程就是命名的过程。我本人前不久遇到一件有趣的事,或许哪一天我会把它写成小说。现在都市里的有钱人,喜欢买明清家具。客厅里摆上古旧的从农村收上来的明清家具,成为一种新的时髦。

北京有个地方叫高碑店,从河南去北京,离北京最近的那个车站就是高碑店。那里有一条街,卖的都是这样的家具。我在那里看到很多老外,卖家具的人告诉我,老外都是成箱托运到国外的。我在那里看到一个东西,是农村喂马的马槽。店主告诉老外,这些马槽都是用来放鲜花的。老外买走自然就会用它来放花。我还看到电影《大红灯笼高高挂》里四姨太太颂莲用来敲脚的一套工具,好像有人指出过这是伪民俗。但现在店里的人告诉我,这是从什么时候的大户人家的后人那里收上来的,老外们很喜欢,中国人也很喜欢。店主说,很多明星,比如,经常在电视剧里演皇帝的那个演员,演和珅的那个演员,都来这里买东西。我觉得,在那些临着农田,临着高速公路,临着北京这样一个大都市的店铺里,每时每刻都在讲述着这个时候才有的故事,里面包含着非常复杂的文化寓意。比如,东西方的交往,传统与现代的关联,西方对于中国的想象,这样一种想象如何对中国构成了影响,并迫使我们自己改写自己的历史,以及大众传媒对生活的影响,等等。我不知道别人是怎么看的,我自己觉得这样一种复杂经验,在文学中并没有得到充分表现。类似的故事还有很多很多,不胜枚举。这是一个迅速变化的时代,一切都在发生改变。用迪伦马特的话来说,现在是祖国变成了国家,民族变成了群众,祖国之爱变成了对公司的忠诚。用索尔·贝娄的话来说,以前的人死在亲人的怀里,现在的人死在高速公路上。这都是一些有待命名的新经验,当然我说的是用文学的方式命名,是用一定的叙述形式来适应不同的现实。叙述这一现实大大超过文学的范畴,是我们认识现实的基本依据之一。关于小说,我们的庄子曾创造过两个词,一个是"小说"这个词。庄子是中国第一个小说家,也是第一个说出"小说"这个词的人。在《庄子外物》里,庄子说:"饰小说以干县(悬)令,其于大达亦远矣。"它的意思是说,粉饰一些浅薄琐屑的知识以求取高名,那么距离通达的境遇还差得很远。显然这里的"小说",与我们后来提到的小说,有很大不同。它也不是专用名词,它指的是浅薄的知识,没有虚构,讲故事的意思。但是后世关于小说的一些看法,却多少沿用了庄子的说法,并使得它最终成为一个专用名词,成为一种叙述文体的称谓。另外一个词是"卮言","卮"是古代盛水的器皿。庄子的意思是,语言就是"酒杯中的水"。水因为酒杯的形状不同,也会有不同的形式,所谓随物赋形。我想,在这样一个文化背景下,小说作为一种酒杯里的水,应该能用自己的方式对这种复杂的文化现实做出命名,即做出文学的表达。当然,这样一种表达,有时候会让人感到不习惯,不舒服。我自己感觉,我刚刚出版的长篇小说《石榴树上结樱桃》,在这方面做了一些努力。当然它也让一些朋友觉得不舒服,不习惯。我写的是九十年代以后中国的乡村,这个乡村与《边城》《白鹿原》《山乡巨变》里的乡村已经大不相同,它成为现代化进程在乡土中国的一个投影,有各种各样的疑难问题,其中很多问题,都超出了我们的想象。我觉得我们很长时间以来并没有进入乡土,谈论的很多问题,都是水过鸭背,连毛都不湿的。这篇小说,我写得好坏是一回事,但一定要触及,我觉得我触及了。如果我写得不好,我当然应该羞愧,但我没有必要十分羞愧。在八十年代,有一段时间文学界讨论,说小说的写作已经由"写什么"转向"怎么写"了。现在看来,这个说法太简单了,甚至有点荒唐了。"写什么"和"怎么写"的重要性,应该说从来都是等量齐观的,而且它们密不可分。几千年前,庄子用一个词"卮言"就把问题表达清楚了。但为了谈论的方便,我想把这个问题拎出来再说一遍。又因为具体的写法可以是各种各样的,所以我只能从方法论上来谈。有一本书,我觉得很重要,就是耿占春先生的《叙事美学》。耿占春先生在我的心目中,是一个非常重要的批评家,有很多洞见,而且他的洞见都带有自己的体温。他在这本书中谈到一种新的小说形式,就是"百科全书式的小说"。我注意到张大春的《小说稗类》里也谈到这个问题。我想,这涉及我们这个时代对怎么写的一些思考。耿占春和张大春,他们都引用了卡尔维诺在《未来千年文学备忘录》的一段话:"现代小说是一种百科全书,一种求知方法,尤其是世界上各种事体,人物和事物之间的一种关系网。"张大春说,这种小说"毕集雄辩、低吟、谵语、谎言于一炉而冶之,如一部'开放式的百科全书'"。说这样一种小说形式是"新的",可能有人不同意,比有人会说《圣经》就是百科全书式的,司马迁的《史记》和纪晓岚的《阅微草堂笔记》也就是百科全书式的,你怎么能说百科全书式的小说是新的呢?对这样一种质疑,我只能张口结舌。我唯一可以辩驳的是,这说的是小说,而不是历史和经文,不然我们就不会说小说的一个非常高的境界就是"伪经"。对中国的读者和写作者来说,应该承认,我们文学传统是植根于一个说书传统。传统的说书、鼓词,在皎洁的月光下,在清扫一空的打麦场上,一阵击鼓打板之后,好戏开演了。它虽然讲的都是帝王将相的故事、英雄美人的故事,但它的一个基本的思路,是通过讲述一种"个人经验",成功或者失败的个人经验,善与恶,忠与奸斗争的经验,来概括它对历史的认识,来实现它对人的教化。现在,这样一种百科全书式的小说,部分地偏离这个传统。我想它的目的,是为了激活并重建小说与现实和历史的联系。它出现的背景,当然首先是因为小说家对已有的历史范畴和观念产生了怀疑,对"说书传统"在当代复杂的语境中的作用产生了怀疑。我想,最重要的因素还可能是,它要表明小说家对单一话语的世界的不满和拒绝。小说家在寻求对话,寻求这个世界赖以存在的各个要素之间的对话。以前我们可能认为,真理就在我的手中,真理是唯一的,真理的对立面就是谬误。这种一元化的表述方式,显然是有问题的。现在的这种小说,应该是站在一切话语的交汇点上,与各种知识展开对话。我自己感觉,我在长篇小说《花腔》里做了这样的努力。类似的例子,其实还有,比如,韩少功先生的《马桥词典》和《暗示》也是很好的例子。大概也正因为这个原因,我对韩少功的《马桥词典》有很高的评价。据我所知,我的同代作家绝大多数是不认同韩氏的努力的。但是,这并不表明我对说书传统的拒绝。我的想法是,应该有一种小说,能够重建小说与现实的联系,在小说的内部,应该充满各种对话关系,它是对个人经验的质疑,也是对个人经验的颂赞。它能够在个人的内在经验与复杂现实之间,建立起有效的联系。至于这样一种小说,是不是属于百科全书式的小说,其实并不重要,重要的是小说内部要有这样一种机制,对话和质疑的机制,哪怕它讲的是关于恐龙的故事。以上说的问题,有些我自己也没有想清楚,很可能永远想不清楚。更何况自以为想清楚的一些话,反倒可能是一些糊涂话。我说出的与其说是感想,是读书心得,不如说是在表达困惑,是在寻求对话,是一种求解。

在来苏州的火车上,格非先生一路上在给我讲《红楼梦》,给我出了很多题,关于黛玉走路的姿势的,关于坐垫的新与旧的,非常有意思。他思考的问题,有很多切中这个时代文学写作的肯綮,涉及小说叙述资源的问题。我还是把时间省出来,让格非来谈。

再次感谢苏州大学,感谢林建法先生和王尧先生。

珍贵的时刻

——《应物兄》获奖感言

文学倾向于描述那些珍贵的时刻：它浓缩着深沉的情感，包含着勇气、责任和护佑，同时它也意味着某种险峻风光。作者和有经验的读者常常都会感动于此。除了与读者共享那样的时刻，写作者还必须诚恳地感谢命运让他与此相遇。

第十届茅盾文学奖评委将如此重要的奖项授予《应物兄》，无疑让我重新回到了那个珍贵的时刻，并让我有机会在此感谢命运的馈赠。

2005年春天，我开始写作《应物兄》的时候，我无论如何不可能意识到，它竟然要写13年之久。13年中，我们置身其中的世界发生了太多的变化。我们与传统文化的关系、我们与各种知识的关系，都处在持续不断的变化之中。所有这些变化，都构成了新的现实，它既是对写作者的召唤，也是对写作者的挑战。一个植根于汉语文学伟大传统中的写作者，必须以自己的方式对此做出回应。

对我个人来说，这个回应的结果，便是这本《应物兄》。在这本书中，我写到了一些人和事。他们就生活在我们身边，与他们的相处常常让人百感交集。他们中的那些杰出人物，都以自身活动为中介，试图为我们的未来开辟新的道路。他们浓郁的家国情怀使他们的事迹有如一个寓言，有如史传中的一个章节。

感谢各位评委。请允许我把你们的勇气、责任和护佑看成是对汉语文学的美好祝愿。感谢各位嘉宾。让我们一起带着这美好的祝愿，共同去见证汉语文学的险峻风光。在此，我也要感谢人民文学出版社和《收获》杂志社。你们对作家的支持和帮助，从来都是当代文学史上最动人的篇章。